FULVIA
LA VENGEANCE DES GRACQUES

Direction : Guillaume Arnaud
Direction éditoriale : Thibaut Dary
Édition : Emma Gibaux
Direction artistique : Thérèse Jauze
Direction de la fabrication : Thierry Dubus et Gwendoline da Rocha
Fabrication : Inass Houari
Mise en page : Text'Oh (Dole)
Cartes : @tallshepherd

Crédits photographiques de la couverture : © Trevillion

57 rue Gaston Teissier – 75019 Paris – 01 40 54 06 91
www.editionsdutriomphe.fr
ISBN 9782383861102
Déposé au ministère de la Justice

Destins de Femmes

Christian Deschamps

FULVIA
LA VENGEANCE DES GRACQUES

TRIOMPHE

AVANT-PROPOS

Fulvia (77 à 40 av. J.-C.) était issue d'une famille noble de Rome, les Fulvii, qui avait embrassé la cause « populaire ». Son père, Fulvius Flaccus, avait épousé une descendante des Gracques : Sempronia. Dans la Rome républicaine du Ier siècle avant Jésus-Christ (509 à 27 av. J.-C.), Fulvia fut une véritable « femme politique » avant la lettre, dans la mesure où elle exerça une influence certaine sur ses trois maris successifs : Clodius, Curion et Marc Antoine, tous les trois tribuns de la plèbe. Les circonstances firent d'elle une rivale acharnée de Cicéron.

Pour nous faire une idée de sa personnalité et de son action, nous disposons surtout des informations données par son ennemi Cicéron, rallié au parti conservateur des *optimates*. Aussi, nous avons essayé, à travers les allusions du grand orateur, de restituer *a contrario* quels ont pu être les arguments, les opinions et les attentes de Fulvia et des hommes qui dirigeaient le parti populaire, les *populares*.

Par ailleurs, à travers les destins croisés de Fulvia elle-même et d'un personnage de fiction, Lucius Laelius, dont les aventures illustrent les difficultés d'une existence plébéienne à cette époque, nous avons tenté de présenter un aperçu plus large des luttes sociales qui déchiraient ce dernier siècle de la république finissante.

Femme résolument combattante, décrite le plus souvent par ses adversaires comme dure et insensible, Fulvia ne cessa, en dépit d'une société officiellement patriarcale, d'exercer son pouvoir occulte sur la vie politique de son temps.

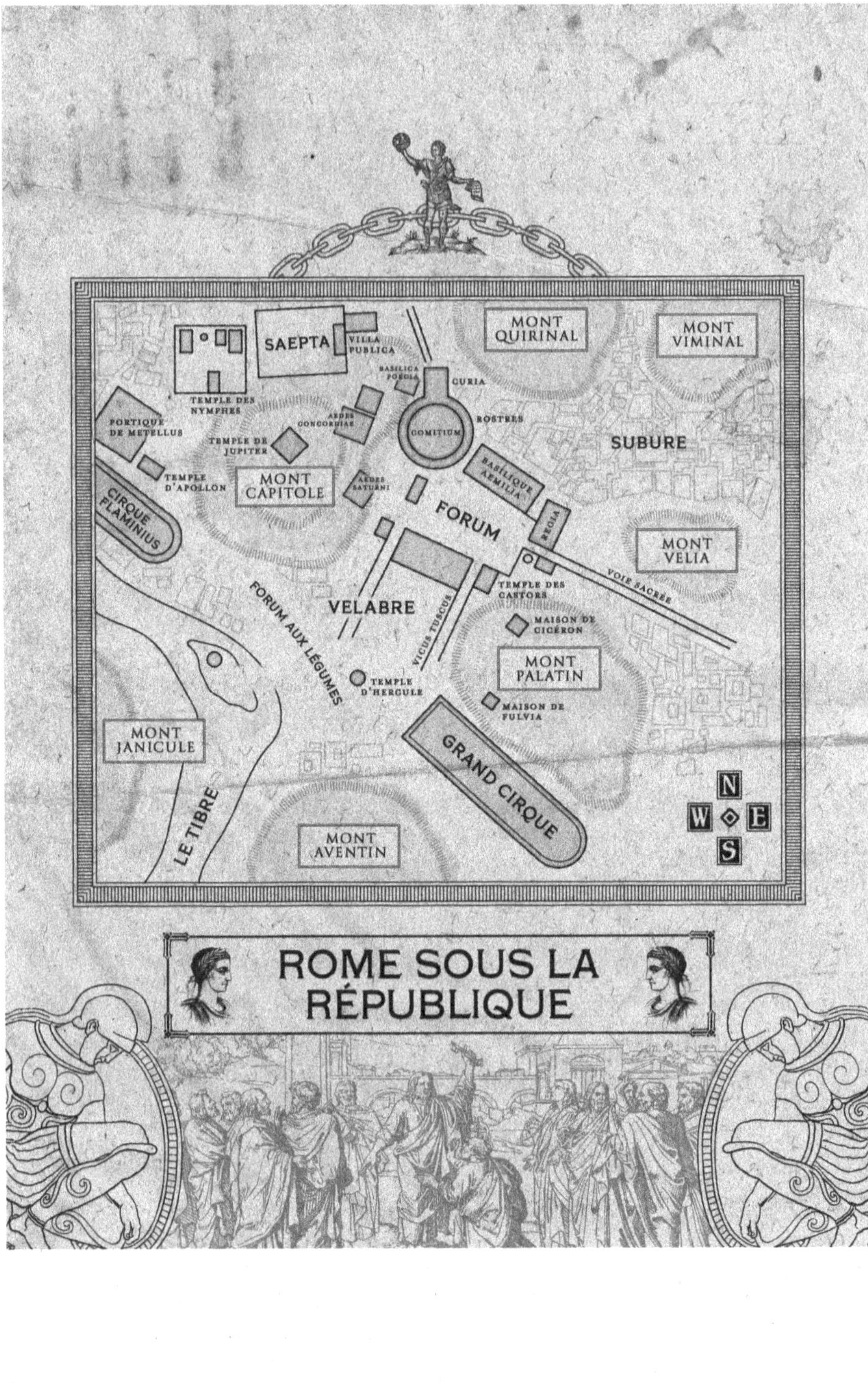
ROME SOUS LA RÉPUBLIQUE
MONT QUIRINAL
MONT VIMINAL
SAEPTA
VILLA PUBLICA
BASILICA PORCIA
CURIA
TEMPLE DES NYMPHES
AEDES CONCORDIAE
ROSTRES
COMITIUM
PORTIQUE DE METELLUS
TEMPLE DE JUPITER
SUBURE
BASILIQUE AEMILIA
TEMPLE D'APOLLON
MONT CAPITOLE
AEDES SATURNI
CIRQUE FLAMINIUS
FORUM
REGIA
MONT VELIA
VOIE SACRÉE
TEMPLE DES CASTORS
VELABRE
MAISON DE CICÉRON
FORUM AUX LÉGUMES
VICUS TUSCUS
MONT PALATIN
TEMPLE D'HERCULE
MAISON DE FULVIA
MONT JANICULE
GRAND CIRQUE
LE TIBRE
MONT AVENTIN
N
W
E
S

LE MONDE ROMAIN APRÈS LA CONQUÊTE DE LA GAULE
-TERRITOIRES ROMAINS
-PEUPLES GERMAINS
-PEUPLES CELTES
-DACES DE BUREBISTA
-ILLYRIENS
Oceanus Atlanticus
Mare Cantabricum
HIBERNIA
BRITANNIA
Mare Germanicum
GALLIA
HISPANIA
GERMANIA
RAETIA
NORICUM
PANNONIA
DACIA
MOESIA
DALMATIA
MACEDONIA
ITALIA
CORSICA
SARDINIA
SICILIA
AFRICA
MAURETANIA
NUMIDIA
CYRENAICA
Mare Internum
ACHAIA
CRETA
THRACIA
ASIA
GALATIA
CAPPADOCIA
CYPRUS
SYRIA
AEGYPTUS
Alexandria
Memphis
Pontus Euxinus
POPULI BALTICI
VENEDAE
SLAVI
SARMATIA
ALANI
ALBANIA
ARMENIA
Mare Caspium
REGNUM PARTHORUM
MESOPOTAMIA
ARABIA
N
E
S
W

PARTIE I

I

C'était dans ces rochers que prenait fin la chute tumultueuse et bondissante du torrent descendu des sommets des Abruzzes[1]. Parvenues au terme de leur course verticale, les eaux, d'abord bouillonnantes d'écume, s'alentissaient ensuite en effectuant quelques tours plus calmes sur elles-mêmes, et repartaient enfin, en une cascatelle, pour s'échapper dans la petite vallée discrète et solitaire qui s'éloignait, comme à regret, des flancs du mont Velino. Et, de là, le ruisseau gazouillait, emportant dans ses détours scintillants quelques-unes des premières feuilles jaunes de l'automne.

D'un geste prompt, Lucius Laelius se délesta de la gourde qu'il portait en bandoulière. Écartant les roseaux, il choisit un endroit frais et déposa sa précieuse réserve entre deux touffes de fougères. Puis il se retourna dans la direction d'où il était venu, mesurant du regard l'étendue du travail qu'il lui faudrait accomplir au long de la journée. La vigne des Laelii s'arrêtait ici, au pied de la montagne, mais commençait là-bas, à la hauteur de la ferme, qu'on devinait, à un stade environ, au milieu d'un bouquet de figuiers. Plus loin, c'était la plaine du lac Fucin, avec ses plantations d'amandiers et ses oliveraies, qui déployait ses parcelles à l'arpentage régulier et ses chemins bordés de noisetiers, et que tranchait, rectiligne, le tracé de la via Valeria qui, de Rome, allait vers Corfinium[2]. Et au milieu

1. Les Abruzzes : région du centre de l'Italie située à l'est de Rome, englobant le littoral adriatique et les montagnes des Apennins.
2. Corfinium : actuelle ville de Corfinio, dans les Abruzzes.

de cette plaine, la petite ville d'Albe[3], serrée dans son rempart de blocs énormes et répartie sur trois collines, paraissait se pelotonner sous la terrasse de sa citadelle qui élevait vers le ciel ses sanctuaires couronnés de statues. Enfin, très loin, on pouvait distinguer la ligne mince et brillante des eaux du lac Fucin, que le soleil de l'aube teintait d'un rose pâle. Les ceps avaient été plantés trois ans auparavant, à distance de quatre pas les uns des autres. Quelques touffes d'épineux, quelques tessons aussi, disposés avec soin autour de chaque pied, garantissaient les jeunes plants des chèvres et des cerfs.

Le garçon tira l'objet long qu'il portait passé à la ceinture et le dégagea du linge huileux qui le protégeait de la rouille. C'était une sorte d'épée, de sabre plutôt, qu'on appelait *falcata* ou, quelquefois, « machère ». La vieille arme avait une histoire. Le bisaïeul, disait-on, l'avait jadis rapportée d'Espagne, après l'avoir prise sur un Ibère[4] qu'il avait tué dans un combat. Le pommeau de bronze s'ornait d'une tête de lion verdie et très usée. La poignée se recourbait en une garde capable de protéger les doigts des coups de taille. Depuis longtemps l'arme ancienne ne servait plus à la guerre, mais pour certains travaux des champs. Lucius lui avait trouvé, avec une seconde vie, un tout autre usage : grâce à la section tranchante de la lame, la plus proche de la garde, il s'en servait à l'occasion comme d'un émondoir[5]. L'adolescent saisit l'objet au-dessus du quillon[6] : la poignée était parfaitement adaptée à sa paume. Lucius ressentait toujours la même joie profonde à prendre possession de cet objet antique et vénérable, et ensuite à saisir et diriger ce compagnon et ce prolongement des muscles de son bras. Avec cette arme presque vivante, chargée d'histoires et de symboles, il se sentait capable, à

3. Alba Fucens : l'une des plus anciennes colonies romaines, dans les Abruzzes.
4. Ibère : ancien peuple qui occupait la plus grande partie de la péninsule Ibérique et le Sud-Ouest de la France.
5. Émondoir : outil servant à débarrasser un arbre des branches mortes et des parasites.
6. Quillon : tige issue de la garde de l'épée.

la fois travailleur et guerrier, de tout entreprendre et de tout faire, capable de venir à bout de n'importe quel adversaire ou de n'importe quelle tâche.

À chaque jeune vigne était affecté un appui taillé dans une branche de frêne, planté en terre l'année précédente, qui, relayé par une perche horizontale, correspondait à l'un des ormeaux de la rangée disposée en retrait. Cela formait l'amorce d'une ingénieux système d'espaliers[7] naturels. Lucius s'approcha de la première vigne. Du pied, il remit en ordre les pierres et les tessons déposés là l'année précédente. Il affermit la machère dans sa main droite et se mit à tailler. Les coups, d'abord hésitants, redevenaient, peu à peu, précis, rapides, instinctifs, tels qu'ils avaient été à la fin du précédent automne. Son coup d'œil était de nouveau vif et sûr. À mesure que tombaient les parties mortes ou stériles, son autre main redressait les spirales saines de la plante grimpante en direction de l'ormeau auquel elle était destinée. Et Lucius inlassablement continuait son travail, frappant et rectifiant à droite ou bien à gauche, enroulant de nouveau les tiges égarées sur leur support, reculant de deux pas pour juger de l'effet obtenu, enfonçant plus profond les appuis fragilisés dans l'année par le poids des grappes, émondant aussi par application, quand il le fallait, les jeunes ormes apposés à la vigne. Le dernier cep était enfin élagué, les ultimes vrilles redressées, disciplinées, offertes à la lumière. L'ensemble formait déjà comme un long tunnel de feuillages dorés. Mais le soleil montait. Il était temps de souffler un peu. Le regard de Lucius erra parmi les frondaisons qui limitaient le vignoble, puis se fixa. Dans l'ombre d'un olivier, une forme s'activait, posément. La silhouette était familière et le garçon sourit : c'était Caius.

---

7. Espalier : forme d'arbre, le plus souvent fruitier, obtenue par une technique de taille permettant d'avoir un arbre à forme plate.

Avec patience, le grand frère accomplissait ce matin-là un délicat et méticuleux travail au pied d'un olivier. Lucius voulut de loin lui adresser du bras un large salut, mais l'aîné, absorbé qu'il était par sa minutieuse besogne, ne pouvait pas le voir. Un appel même insistant ne l'aurait pas distrait davantage. Aussi, l'adolescent, sautant par-dessus les sillons que la charrue avait laissés entre les arbres, s'élança et parcourut, en un instant, la distance qui le séparait de son frère.

Caius avait, sur le tronc du grand arbre, aménagé une série de fines entailles à coups de masse. Il venait d'insérer, au sein des fentes pratiquées dans l'écorce, quelques rameaux pris sur un olivier d'une autre espèce, et appliquait maintenant, en protection sur les blessures faites à la plante, une fine couche de cire d'abeille. Le cadet contemplait l'insolite et étrangère parure grise qui maintenant ornait cet arbre et lui faisait penser à quelque couronne de feuilles placée sur le front d'un haut personnage. Mais il n'y avait point de doute que la greffe réussirait, comme celles de l'année passée qui avaient donné de belles olives noires, si bien vendues au marché d'Albe. Caius avait la main verte. Il savait, sur un poirier, obtenir une récolte de pommes, sur un cornouiller faire mûrir des prunes ; il avait créé deux sortes d'olives, d'aspect et de goût différents, et sélectionné diverses espèces de poires, dont certaines mûrissaient en été, d'autres en automne. Il recueillait souvent les éclats de vieux troncs d'olivier car, enfouis dans la terre à un endroit propice, ils donnaient parfois naissance à de nouveaux rameaux. Le père lui avait enseigné la plupart de ces choses, mais le fils avait su perfectionner par lui-même cet art au-delà de toutes les espérances.

Lucius avait pris juste le temps qu'il fallait pour récupérer sa gourde fraîche, et les deux frères prirent un moment pour se désaltérer et se rafraîchir. Mais voici que, du côté du gué, des rires cristallins se firent entendre. C'étaient les deux petites sœurs qui rapportaient leur récolte de figues. Et, marchant entre elles deux, une fille un peu plus grande les tenait chacune par la main. Le visage de Lucius s'éclaira : Stella, leur jeune cousine, était avec elles. Coupant à travers le champ d'oliviers, les deux garçons rejoignirent en courant le petit groupe. L'heure du *prandium*[8] approchait. Le cortège sérieux, joyeux et sage des jeunes gens pressa un peu le pas pour regagner la ferme.

C'était toujours la même émotion, le même ravissement, que suscitaient en Lucius les visites de Stella. Et de fait, cela datait de fort longtemps. Enfants, on les voyait déjà toujours ensemble. Lucius quittait volontiers la troupe turbulente des jeunes batailleurs pour venir offrir à la petite fille les menus objets qu'il avait réservés ou fabriqués pour elle. Il savait l'écouter, la consoler au besoin de mille petits malheurs. Devenus grands, l'éducation et les nécessités de la vie les forçaient à garder quelque distance, mais une part de complicité était restée. Et le grand frère, qui venait de revêtir la toge virile[9], du haut de sa dignité et de son influence toutes nouvelles, s'en rendait bien compte, mais n'était point jaloux. L'heureux événement de la visite se produisait quand l'oncle, de retour du marché d'Albe, qui se tenait tous les neuf jours, passait devant la ferme et venait rendre au père la salutation habituelle, car le plus souvent Stella l'accompagnait.

*
* *

Ce jour-là, comme à chaque *nundinae*[10], l'oncle avait pris sa place accoutumée sous la tonnelle, en face du père. Ensemble, les deux hommes attablés parlaient du temps qu'il allait faire, du prix du vin et de l'huile sur les marchés de Rome, des travaux auxquels il faudrait s'atteler, des tempêtes qui agitaient le monde… en

8. *Prandium* : repas léger de midi.
9. Toge virile : vêtement de l'homme mûr.
10. *Nundinae* : les marchés.

surveillant du coin de l'œil les deux esclaves qui piétinaient dans les cuves le produit tout nouveau des vendanges. Spurius, le père, semblait pourtant plus réfléchi et plus soucieux que d'habitude. Derrière lui, Spuria, sa femme, passait et repassait, longeant le mur, discrète et silencieuse. Voûtée, elle portait vers l'âtre des chargements de fagots pour l'hiver. D'un air grave, Spurius prit la fiasque qui était à ses pieds, respira profondément et versa une mesure du vin de l'an passé dans chacun des deux gobelets de bois.

« Caius va sur ses dix-huit ans. Il vient, comme tu le sais, de prendre la toge virile[11]. Il est émancipé et je dois songer maintenant à le marier.

– C'est un beau garçon, répondit l'oncle, nul doute qu'il ne te donne, en fondant un foyer nouveau, entière satisfaction.

– Ta petite Stella va quant à elle sur ses quatorze ans, reprit Spurius, qui avait son idée.

– Elle est mon unique enfant, soupira l'oncle, et la mort de ma chère épouse m'interdit d'avoir un héritier.

– On ne sait, tu vois bien, ce qui peut arriver : la vie est courte, demain peut-être ne serons-nous plus là. Aussi, je voudrais préparer l'avenir. »

À ce moment, Spuria vint déposer sur la table un grand gâteau d'amandes. L'oncle la remercia d'un regard.

« Les petites propriétés sont fragiles et peu rentables. Or, ton lopin et mon lopin ensemble feraient plusieurs arpents. Nos biens, réunis, pourraient rester dans la famille, si… »

L'oncle vit bien où son frère voulait en venir. Le projet était un peu prématuré et il lui déplut qu'on aille faire à sa place des prévisions sur l'avenir de sa propriété. Mais l'oncle, qui se sentait l'obligé de son frère depuis plusieurs années, ne protesta pas. Vingt ans auparavant, la guerre civile avait fait rage entre les partisans du Sénat, commandés par Sylla, et ceux du parti populaire dirigés par

11. Caius est donc majeur à partir de ce moment.

Marius. L'oncle était un marianiste farouche ; Spurius fut enrôlé dans l'armée de Sylla. Quand les syllaniens triomphèrent, les proscriptions et les confiscations de terres portèrent l'épouvante dans la ville de Rome et dans toute l'Italie. L'oncle en fut l'une des nombreuses victimes. Et c'était Spurius, quittant les rangs de sa légion victorieuse, qui avait remué ciel et terre pour qu'on rendît à son frère la terre dont on l'avait dépossédé. Tels étaient les tristes souvenirs que l'oncle agitait dans sa tête lorsque la troupe insouciante des jeunes vint remiser non loin de lui les outils et la récolte du matin.

Sans paraître porter attention à ses deux filles, ni même à sa nièce, Spurius, d'un ton rude, s'adressa aux deux garçons :

« Tenez-vous là, les gosses, et écoutez. »

C'était le ton du chef de la famille. C'était le ton des grands moments. Chacun se tint coi et attendit.

« J'ai décidé, continua le père, de transmettre, par testament, cette ferme et ce terrain, en totalité, à mon fils aîné Caius, ici présent. Demain, Caius et moi nous rendrons à Alba Fucens, où je ferai, devant le préteur[12], la déclaration nécessaire. Toi, l'oncle, je te charge de réunir les sept témoins que la loi exige. »

Rien n'avait préparé Caius à une décision anticipée de la part de son père. Il ouvrit de grands yeux et resta interdit.

« Ce n'est pas tout : Stella est promise, avec l'accord de votre oncle, à Caius ici présent, pour fonder le foyer qui me succédera dans cette exploitation après ma mort. »

Caius était stupéfait, Lucius abasourdi. Stella ne put étouffer une plainte. Prête à défaillir, elle comprima son cœur et s'appuya contre le mur de la resserre. La maman, de stupeur, laissa échapper son fagot. L'oncle, de ses doigts noueux, fouillait, gêné, sa barbe mal rasée. Le père fit signe à sa femme de servir le prandium. Et, avec son frère, il se pencha sur l'ultime débat qui restait à trancher : lesquels,

12. Préteur : magistrat chargé de la justice, placé sous le consul.

de Gellius, de Lappius ou bien d'autres voisins seraient les témoins à l'audience du préteur. Pas une allusion aux motifs qui l'avaient conduit à prendre coup sur coup ces décisions brutales – et entre lesquelles on ne percevait pas le lien – n'avait été faite. Le père aurait pu invoquer l'exiguïté ou la rentabilité des parcelles, l'âge des jeunes gens, une maladie qu'il aurait redoutée pour lui-même…

Caius, embarrassé, n'osait regarder son frère. Stella était d'une pâleur mortelle. Quant à Lucius, la foudre tombant à ses pieds ne l'aurait pas plus anéanti que la décision si soudaine du père. Sans un mot, il mit sa gourde et sa besace en bandoulière ; décrocha sa pèlerine[13] qui pendait à un clou ; se saisit d'un quignon de pain ; affermit sa falcata à la ceinture et, d'une démarche mécanique, il remonta lentement la pente légère, le long des vignes auxquelles il avait dispensé tant de soins ; puis il disparut dans la montagne.

13. Pèlerine : manteau sans manches, ample, souvent muni d'un capuchon.

II

Il dormit sous les haies, il dormit dans les fossés de la route, il dormit sous les arches des ponts. Mais, surtout, il marcha. Il marcha la machère à la main, à grandes enjambées, les yeux jetant des éclairs sous la capuche de sa pèlerine, toute son âme en révolte et ses muscles prêts à en découdre à la plus infime provocation, à laquelle aucun passant ne se risqua. Un matin, les tombeaux, qui s'élevaient de plus en plus nombreux le long de la via Valeria, indiquèrent la proximité d'une grande ville. Lucius aperçut la ligne claire d'une muraille semée de tours qui franchissait au loin les vallées et les collines : c'était Rome. La porte Capène ouvrait ses trois arches de brique dans la masse formidable des blocs du mur servien[14]. La falcata sous la ceinture et à portée de main, le garçon, l'œil aux aguets, s'enfonça au cœur de ce monde nouveau.

*
* *

Si l'on avait voulu la comparer aux riches demeures des illustres familles, la maison de Fulvius Flaccus était, bien que située elle aussi sur le mont Palatin[15], plutôt simple d'aspect, retirée, presque cachée, au fond d'une étroite ruelle qui se terminait par un à-pic

---

14. Mur servien : muraille de défense construite par le roi Servius Tullius, qui aurait régné de 578 à 534 av. J.-C.
15. L'Aventin, le Cælius, le Capitole, l'Esquilin, le Palatin, le Quirinal et le Viminal sont les sept collines de Rome. Le Capitole est le centre religieux de la ville.

au-dessus des gradins du cirque Maxime. Comme devant les maisons voisines des Metelli, des Cornelii ou des Claudii, se rassemblaient tôt le matin les « clients[16] » venus présenter leur hommage. Mais ce jour-là, devant les deux colonnes doriques et le petit fronton très simple qui désignaient la porte principale, les visages étaient ténébreux, émaciés, comme agités de sombres inquiétudes ; il régnait comme la nostalgie d'une grandeur passée ou bien d'un rêve inachevé. Le vent glacial venu de la vallée Murcia[17] balayait la rue d'enfilade et les visiteurs, trop heureux d'y échapper, s'engouffrèrent, sitôt ouverts les battants de la porte, dans le vestibule et envahirent les quatre côtés de l'*atrium*[18].

La foule était déjà dense. Quelques mots de salutation, discrets, s'échangeaient çà et là entre ceux qui se connaissaient. Certains déposaient, avec ostentation, une petite offrande sur l'autel des dieux lares[19]. Les visiteurs savaient que Fulvius était un homme généreux, d'un abord facile, et qui faisait peu attendre ; chacun était confiant. Bientôt un bruit de clefs sonna derrière la cloison de bois qui limitait le fond de l'atrium ; une petite porte pratiquée dans la paroi mobile s'ouvrit, laissant apparaître dans le *tablinum*[20] le maître de maison qui prenait place en son fauteuil et auquel l'assistance, d'une seule voix, adressa une salutation bruyante et unanime. Le maître rangea sous son siège ses deux jambes maigres et démesurées, ordonna sur ses genoux les plis d'une toge trop grande pour lui, disciplina un peu la touffe de cheveux mal peignés qui couronnaient sa tête et parut lui aussi disposé à attendre. Ce maître ne montrait nullement la majesté qu'affichaient d'habitude les

---

16. Les riches « patrons » de la classe aisée reçoivent chaque matin la visite de leurs « clients » plébéiens qui viennent leur présenter leurs respects.
17. Vallée Murcia : dépression de terrain qui s'étend au pied du Palatin et où se trouve le Cirque Maxime (voir note 49, page 34).
18. *Atrium* : grande pièce, la première des deux parties principales d'une maison romaine.
19. Les lares sont des divinités qui protègent et conservent. Ils peuvent être publics ou domestiques : dans la maison, un dieu lare, généralement unique, veille sur la santé et la prospérité de la famille.
20. *Tablinum* : bureau de travail et de réception.

« patrons » des grandes familles. Il paraissait même comme un peu hésitant, mal assuré, roulant de grands yeux presque inquiets ; sa tête branlante dodelinait comme sous la contrainte de responsabilités trop vastes et, peut-être bien, eût-il préféré être loin de ce lieu hanté d'obligations et de convenances.

Avant que l'appariteur[21] n'eût appelé le premier des arrivants, un mouvement se produisit dans l'assemblée : tous s'écartèrent de la cloison devant laquelle ils s'écrasaient, et la foule compacte s'ouvrit pour laisser entrer dans l'atrium un singulier cortège. Précédée de deux servantes portant, non des cassettes à parfums mais des coffrets à stylets et des tablettes de cire, parut une femme qui avançait, fière et majestueuse, d'une démarche solennelle. Son visage d'une maigreur ascétique n'affichait rien d'autre qu'un masque impénétrable, qu'une moue méprisante et sévère. Une couche de fard blanchissait ses joues, laissant deviner çà et là les rides d'une matrone ayant dépassé la cinquantaine. Mieux peut-être que ne l'eût fait la couronne d'une vieille reine, sa chevelure, abondante et répartie en trois étages, dominait l'assistance ; vestige finissant d'une grandeur passée, mais redoutable encore. Par-dessus une stole[22] vert pâle d'un drapé fort austère, à manches longues et sans ornement particulier, était jeté un châle dont la teinte rouge vif retenait l'attention et imposait le respect tout autant que l'eût fait la toge pourpre d'un triomphateur[23]. « Dame Sempronia ! » chuchotèrent quelques voix. Du pas assuré qui prouvait une grande habitude, la matrone entra résolument dans le tablinum ; on aperçut deux esclaves qui disposaient pour elle, avec un respect mêlé de crainte, un siège à côté de celui du maître. Alors seulement, l'appariteur annonça la première personne à introduire. À partir de ce moment commença une suite ininterrompue d'audiences. L'entrée du tablinum s'entrouvrait, puis se refermait sur de mystérieux conciliabules. S'en

21. Appariteur : garde attaché à la personne d'un tribun ou à une personne privée.
22. Stole : robe des femmes romaines.
23. Triomphateur : général romain à qui l'on faisait les honneurs du triomphe.

échappaient parfois des protestations étouffées, des plaintes, des promesses véhémentes et répétées. Et les visiteurs sortaient enfin, un peu rassurés sur leur sort, apaisés de quelques promesses, les yeux au loin dans l'imagination de nouvelles espérances. Quatre heures de clepsydre[24] s'écoulèrent ainsi.

Puis, le flot des quémandeurs commença à se tarir ; l'atrium se vidait peu à peu. Le portier allait fermer l'entrée lorsque se présenta un voyageur en manteau, la tête couverte d'un capuchon, qui demandait instamment à être reçu le jour même. Le portier voulut l'éconduire, mais l'inconnu insistait, répétant qu'il avait parcouru quatre-vingts milles dans l'espoir d'être admis en présence de maître Fulvius ou, à défaut, de son épouse Sempronia. Titubant de fatigue, le voyageur était visiblement sur le point de défaillir. Le *nomenclator*[25], qui survint à ce moment, l'autorisa à s'asseoir sur un banc en attendant que l'on pût, éventuellement, le recevoir. Il le délesta d'autorité de l'attirail qu'il transportait : pèlerine, épée et besace furent déposées dans un vestiaire. Ensuite, après lui avoir demandé son nom, et l'avoir dévisagé avec attention pour graver son identité dans sa mémoire, il disparut derrière la cloison du tablinum pour l'annoncer.

Ce fut donc dans sa simple tunique plébéienne que Lucius entra enfin dans la salle des audiences. En le voyant ainsi, le maître, que le défilé interminable des quémandeurs avait lassé, ne put réprimer un bâillement d'ennui. Que venait faire cet adolescent, de seize ans tout au plus, à la mine épuisée et livide, et d'évidence absolument seul dans la cité ? Ce fut dame Sempronia qui, d'un geste de la main, signifia qu'il y avait lieu de parler vite et que le temps à consacrer à cet entretien devrait être limité. Néanmoins, comme Lucius,

24. Clepsydre : horloge à eau.
25. *Nomenclator* : esclave chargé d'annoncer les visiteurs ; doué d'une excellente mémoire, il doit en connaître les noms.

paralysé par son inexpérience, n'osait commencer, la matrone rompit elle-même le silence :

« Tu es, me dit-on, arrivé dans la Ville ce matin même, et c'est aussitôt que tu viens te présenter devant nous ? »

Depuis son départ d'Albe, Lucius avait marché comme un automate, la tête enflammée, remplie de rêves de révolte. Mais le froid, la faim, la fatigue avaient érodé son agressivité et affaibli ses capacités de résistance. Peu à peu s'était imposée dans son esprit la seule solution réellement envisageable : se faire connaître à Rome de la famille noble qui était la « patronne » de la petite cité d'Albe, proposer de menus services, s'en faire apprécier peut-être, et ensuite on verrait. Seulement, toutes les paroles qu'il avait préparées s'étaient brouillées dans sa tête, et il restait là, silencieux, interdit. Ce fut l'interrogation abrupte de dame Sempronia qui le réveilla de sa torpeur.

« Je m'appelle Lucius Laelius, de la tribu Fabia, natif d'Alba Fucens près du lac Fucin. Un de mes grands-oncles a été soldat dans l'armée de votre père, seigneur Fulvius. »

Fulvius eut un mouvement de gêne. Son père en effet était parvenu jusqu'à la dignité de consul[26] et il avait participé à la conquête d'une nouvelle province, établie dans le Sud-Est de la Gaule, qu'on appelait maintenant la Narbonnaise. Mais lui, le fils, ne se sentait nullement en possession des mêmes capacités. Jamais il ne serait un grand général. Il voulut répondre, mais Sempronia parla plus vite.

« Cela est bien, mais quel espoir, quelle intention te conduisent ainsi jusqu'à Rome ?

– Mon grand-père, Caius Laelius, a été, à la même époque, un partisan fidèle de l'illustre Caius Gracchus, votre père à vous, domina. Et l'on n'oublie pas, à Alba Fucens, que c'est l'un de vos

26. Un consul, au sommet de la hiérarchie des magistrats, détient l'imperium, c'est-à-dire le pouvoir civil et militaire suprême. Il est élu pour un an par les comices, les assemblées où le peuple romain vote.

glorieux ancêtres qui, dans les temps anciens, fonda notre colonie. »

À cette réponse qui flattait doublement son orgueil, Sempronia, de sévère et impénétrable qu'elle était, parut s'adoucir.

« Je désire, continua Lucius, que ce changement de physionomie encouragea, mettre mes modestes possibilités, par les mêmes actes, au service de deux des plus nobles familles de Rome. »

Fulvius, que la lassitude impatientait, voulut abréger l'entretien, mais Sempronia sentit que l'épuisement du garçon n'était que passager : il y avait dans son regard un air d'obstination farouche qui lui donnait à réfléchir. On pouvait utiliser à son profit la fougue et le désir de bien faire de cet adolescent, par ailleurs inconnu à Rome, pour aider à la réalisation de certains projets qu'elle mûrissait en secret. Elle interrompit la velléité de son époux.

« Seigneur Fulvius, suggéra-t-elle, ce jeune Albain vient de loin. Il a le souhait, et les qualités aussi, peut-être, d'apporter son concours à la grandeur de notre famille. Aussi, j'estime qu'un panier de provisions, quelques sesterces[27] et une tessère[28] pour se présenter à l'*insula*[29], propriété des Fulvii, où il pourra loger, seraient un bon départ… »

Puis Sempronia ajouta, cette fois à l'adresse du plébéien[30], mais sur un ton lourd de sous-entendus et de menace voilée :

« Seulement, il faudra être pour notre famille d'une fidélité sans faille et d'une loyauté à toute épreuve. »

Sur l'ordre de la toute-puissante matrone, Lucius reçut, n'en

27. Sesterces : monnaie romaine en usage pendant les deux derniers siècles de la République romaine.

28. Tessère : objet sur lequel figure une inscription indiquant une adresse à trouver, un mot de passe, ou servant de bon de retrait ou de justificatif.

29. *Insula* : immeuble collectif.

30. Il y a deux catégories de citoyens : les patriciens, soit la noblesse, et les plébéiens, très nombreux, qui n'appartiennent pas à la classe dirigeante. Ils sont artisans, commerçants et paysans.

croyant pas ses yeux, les cadeaux dont on le gratifiait. Il sortit, se confondant en remerciements et en excuses.

C'en était trop pour lui. Comme il repassait dans l'atrium, il fut saisi d'un vertige, s'appuya contre une colonne, mais ses forces l'abandonnaient : son dos glissa le long des cannelures et il resta là un court instant, sans connaissance. Mais voici qu'une main faisait passer entre ses lèvres un peu de vin et qu'une voix secourable l'engageait à revenir à lui. Il ouvrit les yeux. Une jeune fille, dont l'âge ne devait guère dépasser celui auquel on a coutume de faire convoler les jeunes filles[31], vêtue d'une stole rose élégamment plissée, le fixait d'un regard noir et pénétrant.

« Ce sont la boisson et les fruits que les dieux lares ont humés, et que je rapportais de leur autel, lorsque tu as défailli. Puisqu'ils ont rassasié leurs corps immatériels, puissent-ils te permettre de reprendre des forces.

– Puissent tous les dieux vous accorder la joie et l'espérance, demoiselle. Mais, que pourrais-je faire à mon tour pour vous ? »

Le regard candide de la jeune fille en rose devint soudain plus réfléchi. Son petit menton s'orna d'une moue malicieuse :

« Attends-moi à la deuxième veille[32] devant la porte de la maison. »

Les lourds vantaux se refermèrent derrière Lucius. Il n'entendit pas le serviteur qui s'adressait à la jeune fille à la stole rose : « L'on vous attend dans le salon du péristyle[33], demoiselle Fulvia. »

---

31. Le mariage intervenait souvent à partir de quatorze ans.
32. Dix heures du soir.
33. Péristyle : galerie de colonnes faisant le tour extérieur ou intérieur d'un édifice.

III

Sempronia referma avec soin derrière elle la porte du salon, se défit du grand châle rouge qui pesait sur ses épaules, se servit un peu d'eau améliorée de miel, se regarda dans un miroir, singea l'expression autoritaire qu'elle affectait d'avoir en public, en parut amusée et satisfaite. Puis elle s'approcha du canapé qui lui tendait ses accoudoirs et ses coussins et, avec un soupir d'aise, s'y allongea, fermant les yeux.

Le mauvais sort avait voulu que Caius Gracchus, son père, le grand tribun[34] aux idées généreuses, eût disparu, son œuvre tragiquement interrompue, sans laisser de fils. Mais il avait eu Sempronia, sa fille unique. Son ami, le consul Fulvius Flaccus, avait un fils. Les deux hommes résolurent de concrétiser l'alliance de leurs familles par le mariage de leurs deux enfants. Mais le mauvais sort avait voulu encore que le fils des Fulvii fût affligé d'un si horrible bégaiement que parler en public était pour lui un véritable supplice. C'était à cause de cette tare insurmontable que lui avait été donné le surnom de « Bambalio ». À force de tentatives et d'appuis bienveillants, Fulvius le jeune, devenu l'époux de Sempronia, était certes parvenu à conquérir la fonction de préteur. Mais son rôle n'était point de mener lui-même les débats des tribunaux ; il se limitait à choisir, sur les listes établies à cet effet, les personnalités qui seraient les juges en vue de tel procès particulier. Jamais l'aimable, mais discret

34. Les tribuns de la plèbe sont chargés de défendre les droits et les intérêts du peuple contre l'arbitraire des magistrats.

Bambalio ne serait un homme politique de premier plan. Aussi, pendant de nombreuses années, Sempronia avait dû pallier la disparition prématurée de son père, compenser par sa présence permanente le triste défaut de son mari, chercher pour l'avenir un remède à l'absence du fils qu'elle n'avait pas eu. Mais elle était fatiguée de jouer ce rôle auquel elle devait rester fidèle pour la mémoire de son père. Et elle n'avait qu'une fille à qui elle pût transmettre la tradition, à qui elle pût léguer la flamme : c'était Fulvia.

Quelqu'un gratta doucement à la porte du salon. Instantanément, la matrone ouvrit les yeux et se redressa. Le charmant visage de Fulvia apparut. La jeune fille entra, légère, sur la pointe des pieds, mais s'arrêta soudain, interdite. Elle regarda tout autour d'elle. Jamais jusqu'alors elle n'avait été admise en ce lieu. Ses yeux parcoururent, tout le long des parois, une série de fresques à grands panneaux peints de la couleur des honneurs, du sang et de la guerre ; sur leur fond de cinabre étaient fixés des tableaux pareils à ceux que l'on voit dans les cortèges des triomphes. Des candélabres étaient disposés aux angles de la pièce. Au centre du salon, très droite sur son canapé de travail, se tenait Sempronia.

« C'est dans un lieu sacré que tu entres ici, ma fille. Couvre-toi la tête et emplis-toi de respect, parce que tu pénètres dans le temple de tes ancêtres. »

La jeune fille avait pris le temps, pour traverser le péristyle, de jeter sur ses épaules un grand voile transparent. Elle obéit.

« Il appartient d'ordinaire aux hommes de perpétuer les traditions et de prendre en mains les destinées des nobles familles. Mais je n'ai pas de fils. Aussi, puisque tu es la descendante des Sempronii, j'ai résolu de te faire la gardienne de leur mémoire. Regarde bien, mon enfant, et grave dans ton esprit tout ce que je vais te dire. »

À partir de ce moment, la voix de Sempronia devint vibrante : elle commençait, en commentant les fresques, le long récit de la geste de son illustre famille. Ici l'on pouvait voir Sophus, fondant la ville d'Albe, et là son descendant, sous les murs de Capoue retenant Hannibal[35]. Plus loin, c'était celui qui recueillit la soumission des Ilergètes[36] et organisa les deux Espagnes. Et Fulvius le consul, terrassant les Volques et les Salluviens[37], et créant la province de Narbonnaise. La frise déroulait au-dessus des panneaux des rinceaux de lauriers, et au-dessous se succédaient, tranchant la couleur sombre du registre inférieur, de ces héros défunts tous les portraits de cire.

« C'étaient, poursuivait la grande dame, les temps vertueux de la république. Tiberius, ton aïeul, était un homme intègre. Lorsqu'un jour, étant consul, il avait accompli des actes de gouvernement en oubliant de prendre les auspices[38], et qu'il ne se rendit compte de son erreur qu'après-coup, une fois parti pour sa province, il écrivit sans hésiter au collège des augures pour l'avertir de sa propre faute ; ses actes furent cassés, mais il n'en éprouva jamais la moindre aigreur. C'est toujours ton aïeul qui, lorsqu'on eut pris deux serpents dans sa maison, fut prévenu par les haruspices[39] que s'il relâchait le mâle, sa femme mourrait sous peu, mais que s'il relâchait la femelle, ce serait lui qui périrait. Alors Tiberius relâcha la femelle, expliquant que lui-même était déjà d'un âge respectable, mais que son épouse, jeune encore, était pleine d'avenir. Et il mourut peu de jours après. Sa femme, il faut le dire, était la fille de Scipion l'Africain. »

Passant devant un grand meuble de bois précieux, Sempronia en ouvrit tout grand les volets : les étagères et les rayons contenaient, sur des rouleaux de papyrus, les *Mémoires* écrites par les ancêtres et racontant leurs exploits, jusqu'aux souvenirs de Caius Gracchus en personne. Le salon se prolongeait par une exèdre[40] en

35. Hannibal : général de Carthage (située dans l'actuelle Tunisie), la cité rivale de Rome.
36. Ilergètes : l'un des peuples qui occupaient une partie de la péninsule Ibérique avant l'arrivée des Romains.
37. Volques et Salluviens : peuples du Sud de la Gaule.
38. Prendre les auspices permet de s'informer des présages envoyés par les dieux ; c'est un acte obligatoire avant toute décision.
39. Haruspices : devins cherchant à connaître l'avenir par l'examen des entrailles d'animaux sacrifiés.
40. Exèdre : salle, souvent semi-circulaire, dotée de sièges, où l'on conversait.

forme d'abside ; l'arrondi élégant s'ornait, sous la demi-coupole, à la place des lauriers, du lierre pacifique des tribuns. Au fond de cette exèdre, une fenêtre à croisillons laissait entrer une lumière diffuse. Au centre étaient placés, sur un haut piédestal, l'un près de l'autre, deux bustes de marbres colorés. La mère prit sa fille par la main, et la fit approcher.

« Sophus, Fulvius, Tiberius… regarde bien, ma fille, les exploits de tes ancêtres, continua-t-elle d'une voix grave. Mais défendre son pays contre l'envahisseur, porter plus loin les frontières de l'empire et soumettre des peuples à nos lois ne sont pas les seuls actes de gloire que l'on puisse mettre au service de Rome. »

Sempronia se tut un court instant et, avec respect, regarda intensément les deux derniers bustes, ceux qui étaient particulièrement chers à son cœur, avant de rajuster sur les deux fronts marmoréens leurs couronnes de lierre.

« Il me reste à te parler de ceux de tes aïeux qui n'ont pas été illustres pour ces raisons, mais qui pourtant furent peut-être les plus grands de tous : ce sont ceux-ci, c'étaient deux frères. Ils s'appelaient Caius et Tiberius Gracchus.

– Mais que firent-il alors ? demanda Fulvia, qu'envahissait d'instant en instant une nouvelle avidité d'apprendre.

– Ils firent adopter par le peuple réuni des lois très justes : certaines répartissaient les terres de façon bien plus équitable que par le passé, d'autres accordaient généreusement la citoyenneté romaine à tous les peuples d'Italie. Ces mesures étaient admirablement humaines, et sans aucun doute nous en avions un immense besoin. D'ailleurs, regarde. »

Sempronia montrait et commentait les fresques qui encadraient l'abside : Caius d'un côté rendant ses terres à la plèbe[41], Tiberius de l'autre donnant au peuple ses lois nouvelles. Avec émotion, la

41. Plèbe : partie du peuple (*populus*) romain, c'est-à-dire les citoyens romains, distincts des esclaves.

vieille dame caressait les deux visages de marbre. Elle essuya une larme et, passant derrière la double statue, ouvrit la fenêtre toute grande. L'air nouveau en pénétrant fit vaciller, autour des candélabres, toutes ensemble les lampes du sanctuaire. Fulvia vint s'accouder près de sa mère, et là, le souffle coupé, elle reçut en plein visage le spectacle d'une seconde Rome.

L'exèdre formait saillie sur la pente du Palatin, à un jet de pierres des arcades du Cirque, dont le noble bâtiment étendait ses portiques tout le long du flanc sud de la colline. Au-delà des gradins de l'immense stade, l'Aventin se couvrait d'un enchevêtrement irrégulier et anarchique d'immeubles collectifs aux murs de brique et aux balcons de bois, parmi lesquels, de loin en loin, on distinguait les tégules[42] décorées d'acrotères[43] d'un vénérable temple. Sur la droite, c'étaient les murs sévères qui soutenaient la terrasse et les sanctuaires du Capitole. À leur pied, le quartier du port entassait ses masures misérables, d'où émergeaient le grand autel[44] d'Hercule invaincu[45] et son temple à la structure circulaire. Et au-delà, vers le couchant, on distinguait au loin, scandées par les arches des ponts, les eaux miroitantes du Tibre.

« Le jour, poursuivit Sempronia d'une voix haletante, où le dernier des Gracques[46] réunit le peuple sur l'aire sacrée du Capitole, les sénateurs et les puissants résolurent de donner à la révolution qui commençait le coup fatal. L'idée de partager leurs biens et de réduire leurs privilèges les frappait de terreur. Ils armèrent leurs affidés, leurs stipendiés[47] et leurs esclaves, rameutèrent la garnison

---

42. Tégules : tuiles.
43. Acrotères : décorations sculptées de l'extrémité des tuiles, qui font partie des ornements des frontons.
44. Autel : lieu où les sacrifices étaient réalisés.
45. Hercule : demi-dieu célèbre par sa force, son courage et ses nombreux exploits légendaires.
46. Les Gracques : il s'agit de Caius Gracchus, père de Sempronia, et de son frère aîné Tiberius Gracchus, qui fit également une tentative de réformes, une dizaine d'années avant lui.
47. Stipendié : personne qui est payée pour accomplir une tâche.

de Rome et se précipitèrent au Capitole. Le combat était inégal. Le long des escaliers qui desservent les collines et par les rues que tu vois là, les partisans de Caius se replièrent en combattant vers l'Aventin. Ils se retranchèrent à son sommet, dans le temple de Diane[48] que nous voyons au loin. Mais les archers de la garnison les criblaient de flèches, couvrant par leurs tirs l'assaut des émeutiers. Caius voulut s'enfuir en traversant le Tibre, mais comme il passait sur l'un de ces ponts qu'on aperçoit là-bas, ses poursuivants le rattrapèrent et le percèrent de leurs coups. Et moi, chaque matin, je contemple l'Aventin, témoin de cette lutte héroïque ; puis mes yeux se tournent vers le Tibre, vers ce pont par lequel, voyant tout perdu, Caius Gracchus s'était efforcé, mais en vain, de trouver son salut. »

Avec un soupir, la noble dame s'écarta de la croisée, revint vers le meuble de bois précieux, en tira parmi les rouleaux de parchemin celui qui, couvert d'une belle écriture, lui était le plus cher ; elle commença à le dérouler, bien plus pour sentir entre ses doigts l'antique objet que pour en faire une lecture, tant elle en connaissait le texte par cœur.

Fulvia, quant à elle, s'était attardée dans l'exèdre. Oui, le récit de Sempronia, riches en révélations, l'avait émue, profondément. Il éclairait tout à coup la vision partielle, transmise par des bribes de conversations entendues çà et là, des événements tragiques survenus au siècle précédent. Elle mesura du regard la configuration et l'étendue de ce champ de carnage. Et puis, son regard s'égara vers les boxes du Cirque Maxime[49] et se fixa enfin sur une maison très simple, voisine du grand autel d'Hercule invaincu ; là où ce soir-là, vers la deuxième veille, un rendez-vous chargé de promesses l'attendrait.

48. Diane : déesse de la chasse, de la guerre et de la nuit. C'est aussi la patronne de la plèbe.
49. Cirque Maxime : édifice de spectacle le plus populaire de Rome. Près de cent cinquante mille spectateurs venaient y assister aux courses de chars.

IV

La porte des Fulvii une fois refermée derrière lui, Lucius, les yeux écarquillés d'étonnement devant une chance si prompte, s'était assis sur le trottoir à l'extrémité de l'impasse et avait attaqué avec un appétit féroce le contenu du panier de provisions si généreusement offert au titre de la sportule[50]. Tout en dévorant, il lui semblait entendre, provenant du fond de la vallée, comme une intermittence de souffles rauques. Il avalait la dernière bouchée d'un plantureux jambon lorsque, à sa surprise, deux têtes surgirent de ce qu'il croyait être le vide et, dans un effort de respiration qui semblait presque surhumain, deux hommes à bout de souffle prirent pied ensemble sur les derniers pavés de la ruelle. Lucius, se remettant debout, leur montra la tessère porteuse de l'adresse qu'il cherchait.

« Tu cherches l'insula des Fulvii, sur la rue des Toscans ? dit l'un d'eux. Si tu es agile, le plus court est de descendre par l'escalier que nous venons d'emprunter nous-mêmes et qui est à flanc du Palatin. Quand tu verras la statue de la Louve[51], tu y seras. »

La ruelle se prolongeait de fait par un escalier dans lequel Lucius s'engagea aussitôt. Les arcades gigantesques de l'hippodrome situé en contrebas atteignaient à peu près le niveau auquel, sur la pente du Palatin, il se trouvait. Une rumeur montait jusqu'à lui : celle des ouvriers sablant la piste et des chevaux qu'on harnachait. Comme

50. Sportule : donation par un maître de maison, en espèces ou en nature, faite à un plébéien lors de sa visite de courtoisie.

51. Cette statue évoque les origines légendaires de Rome : la louve aurait sauvé deux frères, Romulus et Remus, abandonnés par leurs parents, qui décidèrent par la suite de fonder la Ville.

en effet, pour avoir arpenté mille fois les sommets du mont Velino, agile il était assurément, Lucius, continuant sa descente malgré l'étroitesse des degrés, parvint en quelques instants au pied de la colline. Là, quelques maisons encadraient une petite place. Une grotte s'ouvrait dans le rocher. Un énorme figuier sacré décoré de guirlandes ombrageait une chapelle au milieu de laquelle resplendissait une statue couverte d'or : c'était la Louve.

Sur le perron d'une demeure proche de la chapelle, un groupe de jeunes hommes devisait avec animation. Lucius s'en approcha et crut le moment opportun de demander laquelle des rues avoisinantes était la rue des Toscans. À sa grande confusion, un éclat de rire général secoua l'assistance.

« Tu connais si peu Rome, tu dois être un étranger, se gaussa quelqu'un, mais d'où viens-tu donc ?

– Je viens d'Alba Fucens, répondit Lucius, un peu piqué.

– Alors si tu es à ce point nouveau dans notre ville, et que tu es comme un oiseau tombé du nid, tu as grand besoin de solides protections. Entre donc dans cette maison et tu les trouveras. C'est la demeure d'un citoyen vertueux et qui a nom : Annius Milon. »

Déjà plusieurs bras solides empoignaient l'Albain, cherchant à l'entraîner à l'intérieur.

« Je suis déjà engagé, objecta Laelius qui, remarquant à partir de ce moment que leurs mines étaient plutôt louches et leurs invitations trop pressantes, commença à redouter d'être mêlé à quelque entreprise douteuse, et à vouloir couper court. Je dois me rendre à l'insula des Fulvii », ajouta-t-il.

À cette précision livrée imprudemment, les visages devinrent de glace et quelques mains se crispèrent sur le manteau de l'ignorant. La menace était évidente : Lucius se cramponna à une colonne pour éviter d'être happé par les couloirs de la villa. Le geste fit que son manteau s'écarta, découvrant la machère passée sous sa ceinture et toute prête à servir. Aucun des hommes qui l'entouraient n'était armé. Il y eut un flottement. Laelius profita de leur hésitation pour se dégager et redescendre les marches du perron, la main sur le pommeau de l'épée et l'œil vigilant. Peu désireux de paraître, aux yeux des passants, être mis en échec par un seul homme, le groupe entier résolut de lui tourner le dos, en affichant une hostilité méprisante. Seul un solide gaillard, un colosse balafré, demeuré pendant toute la durée de l'incident dans l'encoignure de la porte, continuait de regarder l'étranger avec une attention particulière.

Heureux de s'échapper à si bon compte, Lucius s'éloigna aussitôt. Et, par chance, au bout de quelques pas, un boutiquier lui désigna de la main à la fois la rue des Toscans et l'insula qu'il recherchait. Il n'avait pas pris garde au fait que l'hercule balafré l'avait suivi. Comme tenté de talonner Laelius, l'homme amorça un pas vers l'entrée, parut réfléchir, puis il se ravisa et finalement choisit de retourner sur ses pas.

L'accès par lequel le jeune homme avait pénétré se continuait par un escalier droit et sombre. Les degrés raides s'élançaient comme dans les ténèbres d'une grotte faite de briques. On percevait, provenant des étages, des voix et des rumeurs, des bribes de disputes, des raclements de tables et de chaises déplacées. Se pouvait-il que l'on pût construire une vie dans un pareil univers ? Lucius fut sur le point de sortir de ce lieu au plus vite et de courir à toute vitesse vers l'air libre, vers le ciel et vers les pentes arborées du mont Velino. Mais au travers d'une espèce de guichet pratiqué dans une porte, une voix rude l'interpella.

« Je viens de la maison de maître Fulvius Flaccus », expliqua Lucius en présentant le signe de reconnaissance. L'homme entrouvrit sa fenêtre grillagée et examina le nouveau venu avec une minutieuse attention : par les temps qui couraient, il était fréquent qu'on lui adressât des vagabonds en quête d'appuis ou de travaux. Il apprécia secrètement la tournure et les aptitudes éventuelles de celui qu'il reconnut fort justement comme un montagnard des

Abruzzes et, dans un grand bruit de loquet grinçant, il finit par déverrouiller la porte et lui fit signe d'entrer.

La pièce où Lucius pénétra était une sorte de taverne que des volets de bois rendaient presque invisible de la rue. À ce moment, une conversation assez vive fusait entre plusieurs hommes attablés, et Laelius perçut nettement dans leur discussion le nom qu'il avait entendu moins d'une heure auparavant devant la chapelle de la Louve. Mais tous soudainement s'étaient tus, dévisageant avec suspicion le client inconnu qui restait dans l'entrée avec une réserve prudente.

« Justement, insista quelqu'un, voilà une question des plus simples, que l'on peut poser sans tarder au jeune encapuchonné que voici : voyons, mon garçon, dis-nous ce que tu penses de notre ami Milon ? »

Il y avait dans les paroles de l'homme qui s'exprimait ainsi comme une menace diffuse, et les regards étincelants de ceux qui l'entouraient montraient assez que le sujet était sensible et les protagonistes tout prêts à en découdre. Lucius jugea bon de ménager les susceptibilités de l'auditoire. Sans que sa voix trahît la moindre hésitation ou la moindre crainte, il répondit :

« Veuillez pardonner, honorables citoyens, l'ignorance d'un montagnard arrivé depuis ce matin des Abruzzes : je ne connais à Rome que dame Sempronia, épouse de Fulvius, qui m'a recommandé à vous et à votre protection, *quirites*[52], et je tiens ici à la remercier avec chaleur ! »

Quelques regards entendus saluèrent l'allusion à la grande dame qui, dans sa maison, « portait la toge ». Non seulement le nouvel arrivé avait su éviter le piège, mais le discours de Lucius, qui n'avait aucunement indisposé l'assistance, l'avait amusée, même. Le garçon jugea à propos de confirmer la bonne impression qu'il

52. *Quirites* : le mot, qui désigne les plus anciens citoyens, est élogieux.

avait faite en offrant une tournée générale qui lui coûta ses trois sesterces. Mais dès lors l'atmosphère se détendit.

« Je me présente, annonça le tavernier, je m'appelle Fonteius. Pour l'instant, ce nom ne te dit rien, mais tu en entendras parler. Et voici Sergius, et voici Lollius. À toi qui, à voir ta mine, es un expatrié des montagnes, ils te raconteront leurs aventures ; mais chaque chose en son temps...

– Tu verras, précisa celui qu'on appelait Sergius, ici, lorsqu'on se connaît bien, chacun peut compter sur chacun.

– eulement, avertit Lollius, ton devoir est de répondre présent au moindre appel. »

La fatigue de la journée se faisait sentir : Lucius piquait du nez sur son gobelet. Le tavernier s'en aperçut. Avec un coup de coude et un geste de la tête, il lui fit signe de le suivre. Dans des escaliers et des couloirs étroits, il le précéda jusqu'à une pièce aux dimensions fort réduites, aux parois recouvertes de chaux blanche sans aucune peinture qui pût distraire le regard, et percée très haut d'une petite lucarne ronde. Une paillasse tenait à elle seule presque tout l'espace disponible. Le seul avantage était que, à cette hauteur de quatre étages, les bruits tonitruants de la rue ne parvenaient qu'assourdis en ce milieu d'après-midi. Épuisé par sa marche de quatre jours et par les incertitudes de la journée, Lucius s'endormit profondément après avoir, par précaution, bloqué la porte avec un bord de la paillasse.

V

Les révélations de Sempronia sur la noble tentative des Gracques et son issue dramatique s'étaient abattues sur sa fille comme aurait pu le faire la chute soudaine de la foudre. Hébétée, stupéfaite, Fulvia s'efforçait maintenant de reconstruire et d'agencer, à la lumière d'une clarté nouvelle, non plus seulement ce qu'elle avait entendu jadis au hasard d'allusions éparses et décousues, non plus les connaissances partielles et diffuses que rapportaient de vieilles légendes, mais la geste complète, dans ses victoires et dans ses drames, d'une illustre famille et de cette *gens*[53] qui était la sienne.

La flamme d'une admiration sans limites pour cette lignée qui comptait parmi les plus nobles de Rome venait de la conquérir. Les justes désirs de vengeance de Sempronia, elle les faisait siens. Elle sentait éclore en elle l'ébauche de sentiments, de devoirs, d'obligations et d'ambitions nouveaux. Seulement, poursuivre l'œuvre inachevée de leurs ancêtres, remporter de haute lutte le châtiment de leurs assassins resteraient sans doute à jamais hors de la portée et de la mère et de la fille, puisque toutes les deux n'étaient que femmes ! Sa pensée s'arrêta là un long moment, tournoyante, comme au bord d'un précipice. Des desseins aussi vastes engageaient la durée d'une existence tout entière ; ils auguraient des combats semés d'embûches et des difficultés sans nombre. Pour l'emporter dans cette lutte titanesque, il fallait avoir développé au Champ de Mars une endurance apte à soutenir tous les combats ; il fallait avoir cultivé,

53. *Gens* : famille noble.

sous les dures leçons des rhéteurs[54], des capacités oratoires propres à fasciner les foules. Aucun des projets tumultueux que Fulvia sentait naître en son esprit n'était réalisable, puisque, même héritière d'une lignée célèbre, même la dernière de tous les Gracques, elle n'en était pas moins une femme. L'exécution complète et irréversible, dans un avenir improbable et lointain, de tels projets ne pouvait être, la société le commandait, que l'œuvre d'un homme, à condition même qu'il fût un homme d'exception. Accablée, Fulvia cessa d'aller et de venir le long des galeries du péristyle et s'en alla s'asseoir au milieu du jardin, là où un lieu retiré serait propice à une méditation sereine.

De part et d'autre du banc de marbre entouré d'un cercle de lauriers, deux statues représentant des cerfs poursuivis par des chiens émergeaient des buissons et des massifs aux essences diverses, que l'on avait disposés en une asymétrie savante et un désordre calculé. La nuit allait tomber. À l'entrée du triclinium[55], les serviteurs allumaient les candélabres. Les lumières naissantes des lampes répandaient çà et là leurs vacillantes présences le long des panneaux jaunes du portique, refoulant vers les parties les plus ombrées du parc l'obscurité prochaine du crépuscule et saluant l'arrivée imminente des couleurs de l'automne. Alors, Fulvia se rappela.

C'était un soir comme celui-ci, il y avait un mois à peine. Fulvius et Sempronia avaient invité pour la *cena*[56] leurs amis, Appius Claudius Pulcher, ancien consul, et Caecilia, son épouse, avec lesquels ils étaient liés par une amitié très ancienne. Sempronia avait pris soin de faire accrocher aux trois parois du triclinium des tableaux qui rappelaient les exploits les plus célèbres de la famille des Claudii. L'ancien consul était entouré de deux de ses grands fils,

---

54. Rhéteur : maître de la rhétorique, qui enseignait l'éloquence.
55. Triclinium : salle à manger à lits en pente, autour d'une table ronde ou carrée.
56. La *cena* : repas du soir.

et il avait été suggéré que Fulvia, à titre exceptionnel, serait autorisée à paraître à la table.

L'on avait conversé, longuement, sur des sujets de la plus haute importance, mais qui, pour Fulvia, étaient des préoccupations d'un autre monde et l'ennuyaient profondément. Les deux frères eurent une âpre discussion au sujet de la gestion de l'annone[57] et Publius, le cadet, l'œil en feu, s'échauffa, et ne se tut qu'après avoir cédé, de mauvaise grâce, au regard sévère de son père. Pendant que les deux pères de famille, avec le fils aîné du consul, s'attardaient au triclinium en parlant de consulats et de prétures, les deux épouses avaient disparu vers le salon, alors plein de mystère pour Fulvia qui n'avait pas eu encore la permission d'y pénétrer. La fille obéissante avait donc quitté la table et s'en était allée, discrète, s'asseoir sur le banc de pierre au centre du jardin, là où les bosquets touffus la dissimulaient même aux rayons blancs du clair de lune.

Entre les colonnes du portique aux bases baguées de jaune, les *oscilla*[58] suspendus à leurs guirlandes tintinnabulaient doucement, au gré du vent, tantôt l'un et tantôt l'autre. Alors que la jeune fille jouait à deviner lequel de tous produirait le prochain son, il lui sembla qu'une silhouette furtive glissait le long de la galerie. Le continu des treillages et l'abondance des buis ne lui permettait pas de distinguer de qui il s'agissait. En apparence peu familière de ces lieux, la forme humaine avança jusqu'à l'extrémité du portique latéral et, laissant à sa gauche l'accès du salon dans lequel Sempronia avait entraîné son invitée, elle obliqua à droite et se trouva sur la section du péristyle qui bordait, sur une trentaine de pas, le flanc sud de la hauteur du Germal[59]. Parvenu à cet endroit, l'homme se mit à arpenter de long en large, à pas sonores, le sol de mosaïque, puis il s'immobilisa au centre du belvédère, là où de larges baies pratiquées dans le mur, donnant sur la vallée, répondaient aux

57. Annone : approvisionnement de Rome en denrées de première nécessité.
58. *Oscilla* : images de bronze, suspendues dans les entrecolonnements.
59. Le Germal : l'une des hauteurs du mont Palatin.

entrecolonnements tournés vers l'intérieur. Deux lampes qui brûlaient à cet endroit révélèrent alors la puissante carrure de Publius.

Il croyait être seul. Son agitation était extrême, à la suite de l'altercation avec son frère, sans doute, et du rappel à l'ordre brutal de son père, et on le devinait tremblant de rage. Sur cette tribune improvisée qui dominait la plaine obscure, il commença, orateur solitaire, à déclamer avec, pour seuls témoins, les ombres et les puissances de la nuit :

« Là-bas, sur la colline infortunée qui est en face de nos palais de marbre – ce malheureux Aventin – et séparée de nous par la seule largeur de la vallée du Cirque, règnent avec les ombres du soir toutes les ténèbres de l'asservissement d'un peuple. Je frissonne à l'écoute de ces silences de mort que déchirent parfois le hurlement d'un chien, la plainte d'un malade incurable ou le réveil angoissé d'un affreux cauchemar. Ô mânes[60] des Gracques, inspirez-moi ! Donnez-moi la force de rompre le destin facile et tout tracé que m'offre la noblesse confortable de ma famille ! Donnez-moi l'énergie d'affronter les dangers pour reprendre votre œuvre ! »

Mais au moment où l'orateur, rugissant en invectives contre un adversaire imaginaire, passait sous les branches d'un pin, le vacarme amplifié par la nuit d'un battement d'ailes affolé l'interrompit brusquement. C'était une tourterelle qui, nichant dans le grand arbre, avait pris peur à cette agitation et aux clameurs inhabituelles, et s'enfuyait de son abri nocturne. Dans son vol, elle traversa le massif de lauriers, et Publius, cherchant à la suivre des yeux, aperçut dans les massifs une forme claire qui venait de bouger. C'est alors que Fulvia, se croyant découverte, se leva lentement du banc de pierre et s'approcha.

Surpris, Publius Claudius la regarda venir. Il la fixait tandis qu'elle s'avançait, avec un regard étrange, et Fulvia se rappela

60. Les mânes : divinités associées aux défunts.

qu'au cours de la cena, chaque fois que la conversation marquait une pause, Publius l'avait dévisagée avec insistance, avec ces mêmes yeux ; mais, sur l'instant, elle n'avait pas cru devoir y prêter attention.

« Demoiselle Fulvia, dit le jeune homme, excusez mon audace. J'ai déclamé comme on le fait à l'école du rhéteur ou sur la place du Forum, sans respecter la calme intimité d'une demeure qui n'est pas la mienne. Mais, après les propos qui m'ont opposé à mon frère, après la réprobation sévère de mon père, je n'ai pas su me contenir.

– C'est à la femme, répondit modestement Fulvia, que l'audace n'est pas permise. Mais un jeune homme, promis à un brillant avenir, est libre, de par sa nature et par son devoir, libre de tout entreprendre et tout risquer.

– Mais vous pouvez être femme, jeune Fulvia, et néanmoins oser. Votre mère en est un excellent exemple, et je l'approuve tout à fait. L'on a parlé, ce soir, des questions qui agitent notre monde, mais dame Sempronia les perçoit, les embrasse et les maîtrise avec aisance : vous aussi pouvez les comprendre. »

Ensemble, ils s'accoudèrent à l'une des trois baies. Tout d'abord, Fulvia ne vit que le vide béant et noir qui enveloppait l'espace du Cirque Maxime. Mais Publius lui désigna, du côté des marchés qui jouxtaient la rive du Tibre, une maison, pas très loin, dont la terrasse était la seule qui demeurât éclairée par un grand candélabre chargé de lampes.

« Voyez-vous cette maison ? Je m'y rends, avec une régularité ponctuelle, le jour des calendes de chaque mois[61]. Il se passe dans ce logis des choses dont mon propre père est loin de se douter. S'il venait à l'apprendre, sa fureur serait terrible. Des projets audacieux s'y échafaudent, auxquels dame Sempronia elle-même n'a pas osé songer. »

Effrayée, Fulvia eut un mouvement de recul.

---

61. Calendes : le premier jour du mois, dans le calendrier romain.

« Aux calendes prochaines, poursuivit Publius en s'animant, pendant l'heure qui précédera la réunion de tous mes amis, je serai seul. »

Le regard du jeune homme devint intense. Fulvia fit un « non » énergique de la tête.

« Ô Fulvia, viendrez-vous ? J'ai tant de choses à vous faire connaître ! Et quand je vous les aurai dites, vous verrez par vos yeux, vous entendrez par vous-même, vous comprendrez et vous adopterez les vérités que bien peu d'aristocrates de nos nobles familles osent admettre. »

La jeune fille écoutait. Ce jeune homme fougueux, aux beaux cheveux bouclés, au torse et aux muscles d'athlète, aux idéaux si purs, aux révoltes promptes et aux audaces infinies, la fascinait. À le contempler ainsi, puissant et invincible, mû par une passion dévorante pour des choses qu'elle pressentait mais ne connaissait pas, Fulvia se sentait subjuguée. Oui, cette petite maison à la terrasse lumineuse dans la nuit l'attirait maintenant. Au-dehors pouvait exister une autre vie, une vie où l'on ose, où l'on échappe à son destin. Avec pour guide cet homme qui lui ferait découvrir comment on se jette dans l'arène, comment on bouscule les convenances, comment on renverse les interdits.

Et cela aurait lieu dès la fin de ce mois-ci, la nuit des calendes de novembre.

VI

L'heureux effet de la sportule bienvenue et de quelques heures de sommeil avaient suffi à rendre à Lucius toutes ses forces. Le soir approchait déjà. Pour se rendre au lieu du rendez-vous convenu, il jugea opportun de sortir avant l'obscurité complète, tant il était hasardeux de se diriger dans cette ville qu'il ne connaissait pas et tant les mauvaises rencontres lui paraissaient probables à cette heure tardive. En effet, il n'avait échappé aux assiduités des hommes de Milon que pour tomber dans les filets d'une association qui était peut-être assez semblable. Certes, elle lui fournissait un gîte, mais il fallait espérer qu'elle n'exigerait rien de lui qui serait contraire à sa conscience. Il ressentait une sorte de malaise à se sentir courtisé, jaugé, épié peut-être, et à prévoir que, fatalement, il serait contraint de prendre parti dans quelque mauvaise affaire, lui, inconnu encore dans la Ville le matin même. À nouveau il regretta la liberté et la simplicité de ses montagnes. En revanche, l'attitude de la demoiselle noble à la stole rose – noble, elle l'était sans aucun doute, les bracelets étincelant à ses chevilles et à ses bras le montraient bien – l'intriguait. La masse sombre de ses cheveux retombant en mèches folles sur le front relevait son teint éblouissant. La manière avec laquelle elle portait la raie jetée effrontément sur le côté semblait présager la femme volontaire qu'elle deviendrait très vite. La fossette malicieuse qui ornait son petit menton pourrait se révéler un jour faite pour intriguer, séduire et commander. Mais de quelle mission particulière entendait donc le charger une fille de famille qui, jamais, jusqu'à présent, n'avait dû sortir de la demeure de son père ?

Perplexe, il se vêtit et s'équipa, afin de parvenir avant la tombée de la nuit en vue de la porte des Fulvii. Plutôt que d'emprunter la rue pentue et l'escalier qui l'auraient contraint de passer devant la maison de Milon, il résolut de se mettre en quête d'un itinéraire plus sûr et plus commode. Tournant à gauche, il longea la rue des Toscans en direction du Forum, de façon à contourner le Palatin par le quartier du Vélabre[62]. À un quart de stade, il trouva une fontaine qu'on lui dit être celle de Juturne[63], et à laquelle il put s'asperger et s'abreuver. Sur les conseils d'un passant, il obliqua à droite et, longeant le chevet d'un grand temple qui était celui des Dioscures – dédié à Castor et Pollux[64] –, il rejoignit très vite la voie en impasse au bout de laquelle était la maison des Fulvii. Là, assis à quelques pas de l'entrée sur le bord du trottoir, il attendit dans l'ombre avec patience qu'arrive le moment de la deuxième veille.

Enfin il entendit, venant de l'intérieur, le bruit des barres de fermeture que l'on ôtait discrètement. Deux silhouettes féminines, enveloppées dans des manteaux et la tête recouverte de grands châles, apparurent, hésitèrent un instant et descendirent les degrés lentement. Tandis que derrière elles des mains complices refermaient les lourds battants en silence, les lumières dansantes de leurs lampes s'agitèrent de gauche et de droite, à la recherche de quelque chose ou de quelqu'un. Lucius avança jusqu'au pied des marches. L'une des deux jeunes femmes, celle qui paraissait la plus décidée, toucha l'épaule de la seconde en voyant le garçon debout et immobile près d'elle et dit :

« C'est lui. »

---

62. Vélabre : quartier occupant la vallée entre le Capitole et le mont Palatin.
63. Juturne : déesse des fontaines, des puits et des sources.
64. Les jumeaux Castor et Pollux étaient considérés comme les protecteurs du foyer et de l'hospitalité, des serments, de l'amitié et des activités sportives. Ils étaient les protecteurs des athlètes.

Et, se tournant vers Lucius :

« Tu es là pour assurer notre sécurité jusqu'à ce que nous soyons parvenues au lieu où nous allons. »

Lucius reconnut aussitôt la voix de la jeune fille à la stole rose.

« Tu n'interviendras qu'en cas de nécessité. Es-tu prêt ? »

Les mots avaient été choisis, les instructions étaient claires et brèves. Lucius perçut à peine une légère hésitation et un léger tremblement dans la voix. De fait, Fulvia, qui n'avait jamais eu jusqu'alors à donner d'ordre à un homme, parvenait avec peine à conférer à ses intonations un semblant d'assurance.

« Je suis prêt.

– Alors, suis-nous. »

Sur un signe de Fulvia, la femme qui l'accompagnait et qui était sa plus jeune servante, marcha la première, et à la surprise de Lucius, elle s'engagea, par l'escalier à flanc de colline, sur un itinéraire qu'à l'évidence elle connaissait. L'on allait parvenir à la grotte de la Louve. Lucius mit la main sur le pommeau de sa falcata et redoubla d'attention. Mais la servante, après avoir, en quelques mouvements de lampe, fait remarquer les particularités du terrain, obliqua à gauche et guida sa maîtresse le long d'un nouvel escalier, presque invisible, qui conduisit enfin le groupe sur une place assez vaste située en contrebas.

Le lieu était sinistre. À gauche, la masse menaçante des arcades béantes du Cirque laissait deviner les accès des *carceres*[65]. À droite, les maisons, mal alignées en un arc de cercle approximatif, délimitaient une place sur laquelle le murmure d'un mouvement d'eau continu indiquait la présence d'une fontaine. Avec assurance, la servante, passant derrière le socle énorme d'une colonne rostrale, précéda le groupe jusqu'à l'entrée, occultée par la masse du

65. *Carceres* : les douze entrées des boxes prévus pour l'accès des attelages, en vue des spectacles du Cirque.

monument, d'une maison d'aspect simple dont on devinait, au-dessus des étages, la terrasse faiblement éclairée.

« Attends ici », commanda Fulvia à Lucius. Ayant heurté l'huis, sans doute d'une manière convenue, les deux femmes chuchotèrent quelques mots brefs à l'adresse d'un homme venu entrouvrir prudemment, puis elle se faufilèrent à travers l'ouverture entrebâillée et disparurent. Lucius resta seul. Ses yeux peu à peu s'habituaient à l'obscurité. Il distinguait maintenant des formes humaines, debout à quelques pas de lui. Gardant la main sur son arme, il s'immobilisa et attendit.

Croyant qu'à tout instant elle allait s'éveiller de l'illusion d'un rêve, Fulvia, ayant laissé sa servante, suivit l'homme aux cheveux gris qui venait d'ouvrir et qui la conduisit jusqu'à l'étage. Une fois-là, elle s'arrêta, le souffle coupé, interdite. Publius. C'était bien lui. Il marchait de long en large, en proie à la plus vive agitation. Lorsqu'il la vit, il s'immobilisa aussi, comme figé. Ils restèrent ainsi un instant l'un en face de l'autre, le cœur battant, tant il était incroyable que cette rencontre impossible et interdite puisse être autre chose qu'un songe.

« Fulvia ! Vous êtes venue ! »

Mais, saisi d'une soudaine inquiétude :

« Que de dangers vous avez bravés, seule dans les rues de Rome ! Mais vous êtes sauve, les dieux soient remerciés !

– Ma servante la plus fidèle m'accompagnait, et rien d'alarmant ne s'est produit. De plus, un homme récemment arrivé des Abruzzes, et obligé de notre famille, a accepté de me faire escorte ; c'est, je crois, un homme sûr. Aucun serviteur, aucun client de mon père n'a eu connaissance de mon escapade. »

Rassuré, Publius parut se détendre ; mais un nouveau souci l'étreignit aussitôt. Il la prit par les épaules.

« Fulvia, dites-moi : lorsque vous m'entendiez déclamer contre des fantômes entre les murs de votre maison, ne me preniez-vous pas pour un fou ? »

La jeune fille ramena son grand châle sur ses épaules et, la tête découverte, elle regarda Publius droit dans les yeux. Elle dit alors d'une voix claire :

« Je vous considérais comme un homme animé d'une passion sincère.

– Mais que pouvez-vous comprendre à mon discours ?

– Certes, sur l'instant, je ne savais en percevoir le sens. Mais depuis, j'ai pris conscience de certaines choses, en particulier du fait que ma mère, Sempronia, est en quelque sorte l'héritière de la pensée des Gracques ! »

Tout en parlant, Fulvia s'accoutumait à l'étrangeté du lieu. La vaste salle dans laquelle ils se trouvaient occupait presque tout l'étage de la maison. Sur les quatre côtés s'alignaient des lits de travail[66]. Au milieu, une grande table disparaissait sous un amoncellement de registres, de tablettes et de boîtes rondes contenant des poinçons. Les murs n'étaient pas peints de la couleur martiale qui frappait l'œil dans les *domus*[67]. Au contraire, les parois, simples et blanches, comportaient des panneaux clairs, séparés par de larges zones d'un bleu pacifique et présentant en leur centre des médaillons, portraits de philosophes et de penseurs. D'un geste, Publius avait invité Fulvia à s'appuyer sur l'inclinaison plus confortable de l'un des lits d'étude. La belle visiteuse examina le désordre apparent, semé sur la table de thuya. C'était donc en ce lieu que cet homme si différent des autres élaborait les vastes projets auxquels, peut-être, il était sur le point de faire prendre vie.

« Voici donc l'asile mystérieux de vos travaux et de vos réflexions… »

---

66. Les Romains, pour étudier, s'accoudaient sur des lits inclinés.
67. *Domus* : maison individuelle, par opposition à l'insula, immeuble collectif.

Elle resta pensive un court instant, et reprit :

« Croyez-vous qu'il soit possible de restaurer l'œuvre des Gracques ?

– J'en suis certain, et je voudrais, de plus, la rendre pérenne et en amplifier les effets. »

Sur un regard interrogateur de son interlocutrice, il précisa :

« En instituant, par exemple, un service efficace de l'annone. Mais je voudrais vous associer à ce projet, vous, Fulvia, qui êtes descendante des Gracques et que motivent le respect et le souvenir des ancêtres.

– Et le devoir de vengeance, aussi », répondit Fulvia dont le regard, pour la première fois, se fit dur.

Pourtant, elle hésita :

« Une femme ne peut avoir aucune prise sur les affaires du monde !

– Mais l'on vous écoutera, vous, Fulvia, parce que je serai là ! Je serai là, parce que je ne veux pas pour vous d'un mariage arrangé avec un politicien de la haute noblesse qui étouffera vos souvenirs et annihilera vos ambitions ! Pas plus que je n'accepterai quant à moi de suivre la volonté de mon père qui me destine à être l'otage d'alliances que je désapprouve. C'est vous que je veux, Fulvia, entendez-vous ? »

Tandis qu'il s'animait ainsi, les rumeurs d'une activité nouvelle se précisaient, montant de l'étage inférieur de la maison. C'étaient, d'instant en instant, l'ouverture discrète de la porte, des froissements de manteaux ou de toges, des échanges brefs de saluts et de reconnaissances.

« Voici arriver les uns après les autres, pour notre réunion de ce soir, mes premiers compagnons de lutte. Si vous pouvez rester, il vous sera possible d'écouter ce qu'ils disent, ce qu'ils espèrent. »

Mais tout à coup, Publius eut un geste brusque. Il se dressa, tous les sens en éveil. Les murmures paisibles des salutations amicales avaient cédé la place à un tumulte d'exclamations et de menaces.

VII

Tandis que dans le salon d'études se déroulait cet entretien, Lucius montait une garde attentive devant la porte d'entrée. À quelques pas, le petit groupe qui, comme lui, était là en faction paraissait tout aussi vigilant. Au bout de longues minutes, des bruits de pas, provenant de la voie qui montait vers l'Aventin, et qu'on appelait la rue des Douze Portes – par référence aux douze carceres du Cirque – se firent entendre sur les pavés. Deux hommes, qui avançaient, semblait-il, en se tenant sur leurs gardes, traversèrent la place et se dirigèrent vers la maison devant laquelle Lucius était en sentinelle. Parvenus dans l'ombre de la colonne rostrale, frôlant les hommes de garde qui sans un geste les laissèrent passer, ils toquèrent l'huis comme Fulvia l'avait fait avant eux, et le même homme, sans doute, vint les accueillir. Les visiteurs échangèrent avec lui quelques mots de salutations, et Lucius, à des intonations particulières, pensa qu'il avait déjà entendu la voix de ce gardien. Quelques instants seulement avaient passé lorsqu'un autre groupe se présenta, venant cette fois du port ou du forum Boarium[68]. Celui qui veillait constamment derrière la porte les fit pénétrer dans le logis, et cette fois, Lucius n'eut plus le moindre doute : le portier n'était autre que Fonteius, le boutiquier de l'insula des Fulvii. À ce moment, l'un des gardes, ayant résolu, pour se dégourdir les jambes, de faire les cents pas devant le perron, poussa en arrivant à la hauteur de Lucius une exclamation de surprise : « *Heia*[69] ! Par la Diane de l'Aventin !

68. Forum Boarium : marché aux bestiaux.
69. « *Héia* ! » : interjection courante exprimant la surprise.

Mais c'est Laelius, le jeune montagnard qui offrait si bien à boire à l'auberge ! » Et Lucius reconnut Lollius, le client de la boutique de Fonteius.

C'est alors que, provenant des ténèbres qui régnaient sous les arcades du Cirque, un ordre fusa tout à coup. En un instant, plusieurs torches se trouvèrent allumées et la place tout entière fut éclairée par une dizaine de foyers. Mais les porteurs de torches n'étaient pas seuls : un vaste demi-cercle d'hommes armés de bâtons convergeait vers la maison. Celui qui paraissait être leur chef les exhortait de la voix et du geste. Il était d'une taille extraordinaire, et l'on pouvait remarquer, zébrant son visage, la cicatrice d'une fort laide blessure. Lucius reconnut en lui l'homme qui l'avait observé étrangement devant la maison de Milon.

« Birria ! s'exclama Lollius qui l'identifia aussitôt. Le gladiateur au service de Milon et de la milice des sénateurs, l'ennemi implacable de notre Publius Claudius qui nous comprend et qui nous aime ! Et avec toute sa bande ! Alerte, vous autres ! »

À cet appel, les gardes restés dans l'ombre de la colonne se démasquèrent, et une alarme similaire se fit entendre à l'intérieur de la maison.

« Laelius ! Es-tu des nôtres ? » s'informa Lollius en affermissant son bâton.

Publius acquiesça d'un geste qui faisait une allusion claire aux deux personnes mises à l'abri à l'intérieur du bâtiment, dont il était chargé d'assurer la protection. Cependant, la voix de stentor de Birria faisait résonner les murs des maisons alentour :

« Je crois bien, clamait-il à l'intention de ses partisans, que nous prenons la main dans le sac les fauteurs de séditions, au milieu de leurs réunions subversives !

– Sbire des oppresseurs du peuple, pourfendeur sinistre de la liberté ! hurla Fonteius qui, ouvrant la porte, avait paru sur le perron en tête de tous les affiliés qui vinrent se ranger aux côtés des gardes, viens te mesurer à nous, si tu l'oses ! »

Mais Birria, tout en portant la main au pommeau de son glaive, apostrophait maintenant Lucius :

« Que fais-tu donc ici, en si mauvaise compagnie, toi, l'Albain qui ce matin arrivait tout juste de sa campagne ? Crois-tu que j'ignore qui tu escortais jusqu'ici, ce soir à la deuxième veille ? On t'a suivi ! Mais, gageons que dans ce logis douillet se passent des choses qui ne devraient pas se faire et qu'en entrant ici nous allons prendre quelques pigeons au nid ! »

Fonteius eut un haut le corps et se tourna vers Lucius :

« Tu connais donc cet homme ?

– On ne passe pas ! » tonna Lucius pour toute réponse, à l'adresse du gladiateur.

Birria voulut tirer l'épée, mais Lucius, plus prompt, dégaina aussi et frappa de sa falcata la lame du glaive qui se rompit net. Stupéfait, le balafré, gardant au poing le tronçon devenu inutile, recula. À ce moment, Publius qui, alerté par les clameurs, avait barricadé dans l'étage Fulvia et sa servante, parut à son tour dans l'entrée. Le glaive qu'il avait à la main tournoyait, jetant des éclairs dans la lueur des torches.

« C'est moi que tu cherches, Birria ? Eh bien, me voici : tu as devant toi Publius Clodius en personne ! »

Le nom de Clodius venait de résonner comme les phalères[70] entrechoquées d'une enseigne militaire, le son de la *tuba*[71] présidant à la manœuvre d'une légion, le choc des premiers traits sur une tortue de boucliers. C'était un cri de guerre, un signal de ralliement. Clodius était le nom « Claudius », mais prononcé avec l'accent du

---

70. Phalère : plaque ronde de métal précieux ou d'ivoire, gravée de diverses figures, qui était donnée comme décoration militaire aux soldats romains.
71. La *tuba* : instrument de la Rome antique comportant une longue trompe en bronze munie à son extrémité d'un pavillon conique amovible.

peuple de Subure[72], de l'Aventin et du Vélabre. Un concert de vivats salua son arrivée sur le lieu du combat. Alors, il s'élança et, derrière lui, les hommes de Fonteius se ruèrent. En un instant, les sbires de Birria furent acculés contre la base de la colonne ou poursuivis jusqu'à la fontaine, assommés ou jetés à l'eau, poursuivis sur toute la longueur des arcades du Cirque Maxime, et le gladiateur lui-même, reculant sous les moulinets et les assauts terribles de Lucius Laelius, dut céder le terrain et gagner d'obscures ruelles pour chercher refuge dans la demeure de Milon, son maître.

Ce combat achevé à son avantage, Clodius, laissant ses hommes ramasser les armes abandonnées et les débris de toutes sortes, revenait en hâte s'assurer que Fulvia n'avait subi aucune atteinte et la réconforter si nécessaire.

« Vous avez pu mesurer, par vous-même, les périls dans lesquels nous nous engageons : les milices du parti adverse feront tout pour nous déconsidérer, pour nous nuire, nous faire renoncer par la force. »

Mais Publius retrouva Fulvia beaucoup plus ferme et maîtresse d'elle-même qu'il ne l'avait imaginé. Dissimulée aux regards par les volets et les tentures, elle avait suivi les péripéties du combat, elle avait admiré le courage de Publius et remarqué aussi l'adresse de son garde du corps.

« Cela n'est pas pour me surprendre. Mes ancêtres les Gracques ont subi de bien pires assauts. »

Ce fut au tour de Publius de ressentir un début d'admiration pour le caractère de cette femme. Il en eût d'ailleurs éprouvé davantage, s'il avait su que, loin de sentir la moindre frayeur, elle avait pris, de fait, une sorte de plaisir au spectacle de cet affrontement.

---

72. Subure : quartier pauvre et populeux.

« Il est très tard à présent, reprit-elle. Nous devons approcher du moment de la troisième veille[73], et pour ce soir j'en ai assez vu. Je dois rentrer. »

L'on eût dit, à l'entendre, non pas la jeune fille soumise aux convenances craignant de s'attarder, mais plutôt un publicain pressé et désireux de passer à la suite d'un emploi du temps surchargé.

« Quand vous reverrai-je ? » demanda Publius qui, l'ivresse du combat se dissipant, tombait de plus en plus sous l'emprise de la fascination qu'il commençait à éprouver pour elle.

Fulvia réfléchit un instant.

« Demain, jour de la grande procession des Damia[74], j'accompagnerai ma mère, sur la Voie sacrée, jusqu'à la maison du grand pontife[75]...

– J'y serai ! » s'écria celui dont la passion ne demandait qu'à naître.

Ils étaient sortis sur le perron. Adossé à la base de la colonne rostrale, Lucius, entouré d'un cercle admiratif, dévoilait avec parcimonie les secrets de son arme spéciale. Fulvia lui fit, avec une assurance toute nouvelle, signe de la rejoindre.

« Mais voici, remarqua Publius, l'homme qui nous a si bien secondés dans notre combat. Je vois qu'il est votre garde du corps. Quant à toi, Falcatus, l'homme à la faux, j'ai idée que le gladiateur te vouera désormais une haine féroce. Garde-toi bien et, c'est un conseil, viens donc chercher dans nos rangs une indispensable protection ! »

Lucius acquiesça, d'un signe qui avouait qu'accepter cette offre était ce qu'il avait de mieux à faire. Il fut convenu qu'une escorte un

---

73. Troisième veille : aux alentours de minuit.

74. Damia : cybèle, déesse des moissons. L'expression complète est *Damia sacrificia* (les sacrifices en l'honneur de Damia).

75. Le grand pontife, *pontifex maximus*, est le titre donné au grand prêtre à la tête du collège des pontifes. C'est la charge la plus élevée en prestige et en obligations au sein de la religion publique romaine, et celui-ci a pour résidence la Regia, palais des anciens rois de Rome.

peu plus conséquente raccompagnerait Fulvia. Lollius et Fonteius se joignirent à l'homme à la faux. Lorsque Fulvia fut mise en sûreté dans sa maison du Palatin, Lucius, avec ses deux nouveaux amis, regagna leur logis commun, et chacun s'endormit avec la conviction d'achever là une journée utile et bien remplie.

VIII

Le lendemain, lorsque Lucius descendit dans la salle de l'auberge, il trouva là Fonteius attablé en compagnie de Sergius et de Lollius, dans la même position ou à peu près que la veille. À la différence de ce qu'il avait observé le jour précédent, la boutique était ouverte. Seulement, le tavernier paraissait inquiet et agité. Avec une nervosité qu'il ne parvenait pas à dissimuler, il guignait, louchant vers l'extérieur, l'arrivée d'évidence trop rare de ses clients et appelait d'un regard éloquent leurs commandes, malheureusement souvent trop chiches. Mais c'était l'intérieur de la boutique qui révélait, à la lumière du jour, un aspect de désœuvrement et d'abandon. Deux amphores fuselées aux flancs maigres restaient seules couchées sur l'étagère, quelques guirlandes de saucisses roses couraient, clairsemées, d'une poutre à une autre, et les sacs de fèves et de haricots paraissaient juste suffisants à satisfaire les commandes d'une matinée.

« Les nouveaux prix des denrées m'ont ruiné, se plaignait Fonteius. La clientèle n'achète plus, ou le fait à crédit. Le commerce n'est plus rentable, il n'y a plus d'argent. Mon fournisseur, auprès duquel j'ai dû m'endetter, menace de ne me laisser prendre à son dépôt ni vin ni viande. »

Accablé, le malheureux gargotier, dos rond et cheveux gris, se leva de sa chaise avec un grand soupir, congédia d'un geste las les deux amis qui l'avaient écouté, ferma les grands volets et s'en alla quand même, comme il faisait presque tous les matins, quérir auprès du pourvoyeur les moyens qui lui permettraient de continuer à vivre.

Le claquement des sabots de son âne et le roulement de sa charrette cahotante s'éloignèrent dans la direction du port et du marché aux bestiaux.

La gargote fermée, la bourse vide, et le ventre creux pour chacune de ces deux raisons, Lucius, considérant la nécessité d'une nouvelle visite à son généreux « patron », s'apprêtait à prendre le chemin du Palatin. Mais Sergius et Lollius, depuis le combat de la nuit précédente, le tenaient en grande estime et l'avaient adopté dans leur confrérie, sans réserve :

« Falcatus, insistaient-ils, viens donc avec nous jusqu'au Forum. C'est l'occasion d'entendre et d'observer la vie des citoyens de Rome ! »

Leur lourde insistance le décida. Bien que son estomac gargouillât lugubrement, et malgré le flageolement de ses jambes, il les suivit, tout en louchant vers les troquets aux galettes appétissantes, et les trois hommes, ne se séparant plus, se mirent à arpenter la rue des Toscans dans la direction de la place la plus célèbre du monde.

Entre le podium d'un très grand temple et la façade austère d'une basilique, la rue étroite débouchait brusquement à l'air libre, sur ce que l'on appelait le Bas Forum. Accoté à l'énorme soubassement du temple des Dioscures, Lucius essayait de trouver un peu d'ordre dans l'enchevêtrement mouvant d'hommes et de choses dans lequel son regard se perdait. Car le Forum n'était pas, comme on eût pu s'y attendre, une aire plane et dégagée, mais un espace multiple, coupé de balustrades qui délimitaient çà et là des endroits consacrés, ou bien interrompu par des volées de degrés menant à des tribunes ; partout, juchées sur des bases couvertes d'inscriptions votives et de titulatures, tout un peuple de statues, et des colonnes honorifiques, et des socles portant des dédicaces – les unes importantes et les autres futiles –, et des margelles serrant des arbres saints enguirlandés. Aux confins de ce désordre de monuments divers, on distinguait à peine les bâtiments qui délimitaient la grande place : la demeure sacrée du grand pontife et le temple circulaire de Vesta[76], eux-mêmes enserrés dans leurs enclos respectifs ; la rangée des boutiques qui faisait face au sanctuaire de Castor et Pollux, avec ses bannes et son petit portique ; et, au-dessus des échoppes, la façade sévère scandée de pilastres doriques de la basilique Aemilia. Et au milieu de cette forêt de constructions de toutes sortes, une cohue, une foule grouillante, tuniques sombres ou toges claires, se croisait, se reconnaissait, se hélait, se regroupait au pied des tribunes et des estrades, car c'était là, sur le Bas Forum, à cette heure de la matinée, que les tribunaux tenaient leurs assises. D'ailleurs, débouchant du *clivus*[77] qui descendait du Palatin, ou de la Voie sacrée venant des Esquilies et de la Velia[78], des litières[79], de plus en plus nombreuses, déposaient des personnages aux allures importantes. C'étaient les juges. Ils montaient gravement, suivis de leurs secrétaires et de deux ou trois esclaves, jusqu'aux stalles disposées sur la plate-forme, au sommet de laquelle, à l'écart de la rumeur et de la confusion, les uns relisaient d'un air entendu les mémoires que leur tendaient leurs scribes, tandis que d'autres s'entretenaient à voix basse de sujets complexes et confidentiels. « C'est là ce qu'on appelle le tribunal d'Aurelius », dit soudain Lollius au jeune montagnard en le prenant par le bras. Il l'attira un peu plus près de la tribune voisine, l'invitant d'un signe à modeler son attitude sur la sienne et manifester au besoin son approbation.

Quelques hommes étaient là, au pied des marches. Ils étaient silencieux. Leur appréhension, leur désarroi étaient visibles. Deux d'entre eux, pour ainsi dire serrés l'un contre l'autre, dans l'ombre

76. Vesta : déesse protectrice du foyer, des familles et de la vie domestique. Elle protège Rome.
77. *Clivus* : rue en pente.
78. Les Esquilies et la Velia : deux quartiers riches, situés aux alentours de l'actuel Colisée.
79. Litière : sorte de lit, couvert ou non, porté à l'aide de deux brancards par des hommes ou des bêtes de somme.

d'une très vieille statue équestre, semblaient particulièrement inquiets et misérables.

« Que vous arrive-t-il, mes braves, s'enquit Lollius, pour être ainsi au pied du tribunal des dettes ? »

Le premier, après avoir dit s'appeler Firmidius, commença un lugubre récit :

« Nous étions paysans tous les deux, et propriétaires de nos terres. Mais, comme tu le sais, ces dernières années les récoltes ont été moins bonnes. De plus, les gros propriétaires, aidés par leurs armées d'esclaves, vendaient moins cher que nous. Nous avons dû vendre nos biens et quitter nos terres.

– Nous avons constitué, ajouta son compagnon, qui s'appelait Plaguleius, un groupe d'ouvriers agricoles. Nous voulions louer notre équipe à de gros propriétaires pour la saison des labours, et pour la saison des récoltes ; mais il fallait du matériel : des charrues, des houes, des faux... Le fabricant d'outils lui-même m'a proposé de m'avancer l'argent ; nous avons accepté, mais par malheur il s'est trouvé que la dernière récolte a été désastreuse et que les agriculteurs n'ont pas recouru à nos gens. Il n'y avait plus que des dettes ! »

Tant que Plaguleius et Firmidius avaient exposé leurs déboires devant un homme qui les écoutait de façon bienveillante, ils avaient parlé avec une clarté relative et trouvé les mots justes. Mais quand le héraut[80] les eut convoqués en haut de la tribune, ce fut une tout autre chose. Car à se voir observés, dévisagés, mesurés et disséqués de la tête aux pieds, interrompus par les interventions discourtoises de l'avocat, les malheureux, peu habitués aux joutes oratoires, n'ayant aucune idée des arcanes de la procédure, ne savaient quand parler, quand se taire, et ne pouvaient qu'écouter les tirades malveillantes et magnifiques de gens qui connaissaient à fond le plus profond des

80. Héraut : officier chargé de faire des publications solennelles et de remplir certaines fonctions dans les cérémonies publiques.

textes et des pièges de la loi, qui avaient tout prévu et qui avaient le monopole de l'expérience de ces choses.

Les deux infortunés étaient redescendus, abasourdis, terrassés par l'injonction qui leur avait été faite de rembourser sous les deux mois, sous peine d'esclavage pour dettes. Lollius, qui avait son idée, fit de nouveau un signe d'intelligence à l'adresse de Lucius et s'approcha une deuxième fois des infortunées victimes.

« Sous peu, nous serons sans toit et sans ressources, gémit Firmidius, que Lollius attendait au bas des marches. »

À partir de ce moment, chaque plainte, chaque gémissement, chaque soupir de l'un ou de l'autre des deux infortunés était ponctué par la même réponse que répétait inlassablement Lollius :

« Les malheureux comme vous sont légion ! Vous n'êtes pas les seuls ; beaucoup d'autres endurent les mêmes tourments ! »

Et à chaque assertion, Lucius approuvait du geste ou de la parole.

Celui qui devait maintenant gravir à son tour les marches fatidiques s'appelait Gellius. Sa démarche lente mais sûre était empreinte de cette forme de dignité qui reste la marque de l'honnête homme, même après que la malchance et les médisances ont fini par le courber et le jeter en pâture à ses semblables. L'adversité s'était acharnée sur lui : des deux navires qu'il avait affrétés pour ses affaires de commerce maritime, l'un avait sombré dans une tempête en Adriatique, l'autre avait été arraisonné par les pirates. Ruiné, mis en marge de l'ordre des chevaliers, il venait ce jour-là affronter le dernier d'une éprouvante et longue série de procès. Devant ses créanciers avides et inflexibles, devant ses pairs qui le jugeaient sans indulgence, devant cette justice mécanique dans laquelle l'excuse, le cas particulier et l'accident ne prenaient aucune part, devant des jurés dont certains avaient été ses concurrents, Gellius parla sobrement. Il mit en gage son dernier bien et repartit, sans illusion. Pourtant, quand il redescendit, un homme se dressa devant lui, au pied des marches. Et cet homme le regardait avec commisération et avec respect, tout à la fois. C'était Sergius.

Contre toute attente, ce fut Gellius, qui était, lui, le condamné, le réprouvé, le rejeté, l'exclu de la journée des jugements, lui, dans le cœur de qui restait encore un fond d'humanité, qui adressa à Sergius un salut amical.

« Tu portes le nom de Sergius qui était aussi celui de Catilina[81], remarqua aussitôt Gellius, lorsque les deux hommes se furent présentés l'un à l'autre. »

La remarque était presque une question. Sergius n'infirma pas, ni ne confirma pas non plus, qu'il fût apparenté ou non au conjuré qui avait disparu tragiquement l'année précédente sous les coups du consul Cicéron, ni qu'il fût en quelque sorte un survivant de l'effroyable hécatombe. Il préférait, en toutes circonstances, laisser planer un doute sur la réalité de ses origines, et le mystère qu'il entretenait s'alimentait de subtiles allusions et de ténébreux sous-entendus.

Quoiqu'il en fût, dès le premier instant sympathiques l'un à l'autre, Gellius et Sergius, les chevaliers déchus, emboîtèrent le pas aux cinq plébéiens dont le guide, en la personne de Lollius, signalait l'existence d'une excellente auberge au bout de la rue Toscane. Ils trouvèrent la boutique convenablement achalandée : le fournisseur avait accepté un moratoire ; Fonteius, sauvé pour un temps, venait de ranger sur l'étagère plusieurs amphores bien pleines et accrochait à ses poutres de nouvelles bandes de saucisses.

« Oublions tout cela, comme si c'était jour de théâtre ou jour de cirque ! s'exclama Lollius. Ici, on se soutient ! Et ce n'est pas moi, c'est Clodius, votre ami et votre bienfaiteur à tous, que vous allez bientôt connaître, qui régale ! »

Et les sept hommes, unis par une camaraderie nouvelle, s'attablèrent.

---

81. Catilina avait tenté une révolution qui fut réprimée durement par le consul Cicéron.

IX

Au début de l'après-midi, l'activité des tribunaux cessa progressivement sur le Forum. Les jurys se séparèrent après d'ultimes conciliabules, les justiciables se dispersèrent. Sur la place presque déserte les esclaves publics démontèrent les stalles, replièrent les dais et remisèrent les bancs. Cette heure de la courte interruption du prandium, à laquelle on arrivait, marquait le passage à la deuxième partie de la journée. Pourtant, ce jour-là, le calme prandial était moins absolu que de coutume. Les rumeurs tout d'abord, puis les appels même et les exhortations qui fusaient au travers des fenêtres et par-dessus les enclos des jardins laissaient deviner qu'à l'abri des hauts murs des plus riches demeures une agitation nouvelle commençait. En effet, apparaissant les uns après les autres sur les perrons des domus étagées sur les collines, des familles entières, en belles toges et beaux atours, se mettaient à descendre le long des rues du Germal, du Palatin, de l'Esquilin et de la Velia, et à converger gravement vers le Forum. Car c'était le jour de la fête annuelle de la Bonne Déesse[82].

*
* *

La maison de Fulvius Flaccus elle-même était en pleine effervescence. Les coiffeuses et les habilleuses s'affairaient autour de la

82. La fête de la *Bona Dea*, la Bonne Déesse, est une fête en l'honneur de la fille ou de la femme du dieu Faunus, réservée aux femmes, pour invoquer la fertilité et la santé.

matrone et de la fille de la maison. Pour la dixième fois, Sempronia rabâchait avec une obstination digne d'un grammairien :

« Souviens-toi, ma fille : la Bonne Déesse est la divinité qui protège les dames romaines. Elle préserve la pureté des jeunes filles avant le mariage. Elle préside ensuite à la fertilité des épouses. Tu comprendras un jour, ma fille, ce que tout cela veut dire... »

Ici, Sempronia s'interrompit, enleva un miroir d'argent des mains de l'une des coiffeuses, se scandalisa à cris aigus de l'absence d'un cosmétique dont l'usage lui était indispensable et, tandis que les servantes couraient, tremblantes, à la recherche de la pommade miraculeuse, elle reprit avec une solennité particulière :

« Mesure, mon enfant, l'honneur qui t'est fait cette année pour la première fois : tu vas faire partie du chœur des jeunes filles qui marchera en tête du cortège. Et sache que, lorsque la procession, après avoir traversé une partie de la Ville, entrera dans la demeure du grand pontife où aura lieu le sacrifice d'une brebis, le reste de la cérémonie est absolument interdit aux hommes ! »

Interdit aux hommes, soit ! pense Fulvia qui ne tient plus en place. L'attente d'elle ne sait quoi de précis, une sorte d'espérance diffuse, la maintient dans un état d'excitation inhabituel.

Enfin, la fine rangée de frisures apparaît, bien agencée, sur son petit front ; les tresses enroulées autour de sa tête soulignent son appartenance à la plus haute noblesse ; le large bandeau qui court sur ses tempes témoigne assez de l'importance donnée à la fête religieuse de ce jour ; les fibules d'or adroitement posées agrafent sur son épaule la stole et la *palla*[83]. Jamais Fulvia n'a été aussi belle !

« Les prêtresses de la Bonne Déesse partent en ce moment même de leur sanctuaire de l'Aventin, dit encore Sempronia, prenant un ton doctoral. Elles portent la statue de la divinité, faite en bois de cyprès. Elles apportent aussi... »

---

83. *Palla* : grand châle.

Quels sont donc ces onguents, ces lubrifiants, ces épices, auxquels sa mère fait allusion avec des yeux pétillants d'imagination ? Fulvia ressent à la fois un trouble et un agacement à devoir percer les étranges secrets des adultes.

Enfin, Sempronia est prête à son tour. Les étages pesants et compliqués de sa chevelure lui conviennent. La respectable matrone et sa fille vertueuse encadrent Fulvius et, précédés de leur appariteur armé de sa longue baguette, ils sortent dans la rue.

D'autres familles, sur le pas de leur porte, se rassemblent et se mettent elles aussi en mouvement. Toutefois, un rassemblement plus important et plus animé que les autres attire particulièrement l'attention.

« Ici, explique Fulvius Flaccus, habite Cicéron, le consul de l'année dernière. »

Fulvia est étonnée de la grande affluence qui enserre les abords de cette vaste domus. Elle aperçoit un court instant le grand personnage qui reçoit de la part de ceux qui viennent pour l'accompagner les marques d'une profonde considération.

« C'est lui, commente encore le père, qui a eu raison de la conjuration de Catilina. »

Ils arrivent au bas du clivus du Palatin, à l'endroit où, en bordure de la place du Forum, se trouve le temple circulaire de Vesta, protégé par le mur de son enclos. Là, Fulvia est remise entre les mains de l'organisateur qui, sous le contrôle des édiles[84], commence à faire répéter au chœur des jeunes filles le chant religieux. Sempronia rejoint l'assemblée des matrones ayant laissé leurs maris pour la durée de la cérémonie. Elles attendent, assises sur les degrés du tribunal d'Aurelius. Mais voici qu'un orchestre de flûtes se fait entendre. Il avance,

84. Les édiles sont des magistrats chargés de l'entretien et du ravitaillement de la Ville : de la police générale, des marchés et de leur approvisionnement, et de l'organisation des jeux du Cirque.

fendant la foule, avec une austère gravité. Le lit de parade portant la statue de la déesse, vêtue de laine pourpre, vient ensuite, et à son passage on jette sur lui des nuages de fleurs. Les prêtresses de la Bonne Déesse viennent se ranger devant l'entrée de la Regia, demeure du grand pontife. Un profond silence s'établit. Voici le pontife qui sort de la Regia. C'est un homme au teint pâle, aux yeux brillants, qui n'a sans doute pas encore quarante ans. Les jeunes filles entourant Fulvia l'informent, en chuchotant, qu'il se nomme Jules César. À gestes précis et mesurés, il accomplit sur l'autel placé devant sa demeure officielle un premier sacrifice, puis d'un mot il transmet à la matrone qui se tient près de lui la direction de la cérémonie, puisque seules les femmes ont le droit de la célébrer. Cette dame, c'est l'épouse du grand pontife : son nom est Pompéia[85].

Depuis un moment, Fulvia ressent comme une sorte de malaise. Cela ne devrait pas, au milieu de cette foule dans laquelle elle est à peu près anonyme, mais elle a la sensation gênante d'être observée. Elle voudrait regarder autour d'elle, mais le signal vient d'être donné : la procession commence. Au premier rang du groupe des chanteuses, les deux chorégraphes, placées de part et d'autre de la rue, tiennent entre leurs mains un long ruban, et, selon les mouvements qu'elles impriment à la bande d'étoffe, le chœur effectue un pas de danse, ou virevolte avec élégance, ou marque un temps d'arrêt qui s'accorde avec les syllabes longues ou brèves, aiguës ou graves, du poème chanté en l'honneur de la déesse.

Tout à coup, Fulvia, sous l'effet de la surprise, manque de tomber : en faisant un tour sur elle-même, elle a cru voir – oui, elle jurerait l'avoir bien vu – le visage de Publius. Les regards d'étonnement et de réprobation de ses compagnes la fouettent ; elle maudit sa maladresse, elle se ressaisit en un effort violent, elle reprend les

85. Pompéia n'était pas issue de la famille de Pompée ; elle était la fille d'un autre personnage qui portait le même nom : Pompéius Rufus.

figures de danse avec une application nouvelle. À la suite de la chorale des vierges, les prêtresses de la Bonne Déesse, les vestales, la statue de la divinité, la longue colonne des matrones des grandes familles enfin continuent d'avancer au milieu d'une pluie de pétales. Au passage du cortège, hommes et femmes se couvrent la tête et murmurent avec réserve et gravité les paroles qu'imposent la tradition. Mais à Fulvia, la Voie sacrée paraît interminable. Le regard de Publius pèse sur elle. Avec une stupéfiante audace, pour être au plus près de celle qu'il convoite, il s'est couvert la tête du voile jaune des musiciennes et, à demi dissimulé derrière une large harpe, il avance au dernier rang du mouvant orchestre ! À chaque tour sur elle-même que commande un pas de danse, Fulvia se sent comme clouée par ces deux yeux qui la dévisagent, qui ne voient qu'elle et ne sont là que pour elle.

Enfin, la procession arrive en vue des Esquilies ; la maison de la pontife – épouse de César – n'est plus très loin, les chastes demoiselles seront à l'abri de ses hauts murs, Fulvia sera libérée de cette présence obsédante qui bouleverse les convenances et met à mal les interdits les plus sacrés. L'heure du crépuscule approche, un peu partout des torches commencent à s'allumer. Et lorsque la porte étroite de la demeure de la pontife est franchie, les participantes se reforment en une foule compacte dans l'atrium. Fulvia est en sûreté, elle commence à reprendre ses esprits. Tandis que le silence se fait autour d'elle en attendant le sacrifice, l'ampleur de la situation lui apparaît clairement : pour elle, un homme, Publius, a traversé toute la Ville, dissimulé sous un voile de harpiste, au mépris du scandale, pour le seul plaisir et pour le seul bonheur de la voir, elle ! Fulvia est à la fois ravie et apeurée.

La brebis offerte en sacrifice a été immolée sur l'autel. Alors que résonnent les vieilles formules dont le sens lui échappe, les officiantes miment à présent avec application un acte plein de mystère dont la signification et l'importance n'apparaissent pas encore aux yeux de Fulvia.

À cette démonstration initiatique, les yeux de Fulvia se perdent en imagination, en conjectures et soudain ils rencontrent, ô stupeur, à nouveau le visage de Publius à demi dissimulé derrière une colonne teinte de cinabre. Les clins d'yeux et les regards entendus du jeune homme se font plus insistants, plus suggestifs. Il a osé ! Il a bravé l'interdit qui devrait le tenir loin de cette domus qui pour l'heure est un sanctuaire ! Il la dévore de ses yeux noirs étincelants de désir. Stupéfaite de cette audace et saisie de terreur, Fulvia lance à l'adresse de Publius un regard furieux qui décoche toutes les foudres de Jupiter. « *Exi !* Sors », signifie-t-elle à l'intrus, d'un mouvement silencieux des lèvres. Mais, si discrète qu'elle ait été, sa mimique a été saisie par l'une des matrones. Or, cette vieille dame à la mine austère, c'est Aurelia, la propre mère de César, les yeux et les oreilles qui veillent sur la demeure encore mieux que les lares ! Aurelia a l'œil sur tout, Aurelia voit tout, entend tout, remarque tout. L'instant d'après, elle chuchote quelques mots à l'adresse d'une servante.

Cédant aux instances muettes de Fulvia, Publius a quitté l'atrium. Seulement, l'affluence de femmes qui s'entassent à la porte principale l'a obligé à faire un détour par le péristyle, en quête d'une autre issue. Là, il est rattrapé par la servante d'Aurelia qui, faisant siens les soupçons de sa maîtresse, prie instamment cette étrange harpiste de préciser qui elle cherche. Publius s'embrouille, livre un nom au hasard, doit répéter. Bien que déguisée, sa voix trop grave le trahit. Instantanément, des cris perçants révèlent la nature et l'ampleur du scandale. Les mains douces des ancilles[86] deviennent des griffes acérées, impitoyables. Publius est agrippé par les vêtements, traîné jusqu'à la porte de derrière, jeté à la rue. Sempronia, en hâte au milieu des cris et du vacarme, se rapproche de sa fille, lui couvre la tête et entraîne, sans le savoir, la cause de cet émoi loin de la demeure témoin du sacrilège.

86. Ancille : celle qui consacre sa vie au service d'un dieu.

X

Le lendemain, Lucius Laelius, dont l'estomac gargouillant recommençait à crier famine, estima qu'il était temps d'effectuer une visite courtoise dans la maison des Fulvii. C'est donc de bon matin qu'il prit la direction que lui indiquaient ses nouveaux devoirs de clientèle. Comme il cheminait dans le quartier du Vélabre, un groupe attablé à un tripot[87], dans lequel il reconnut plusieurs hommes de Milon, se mit à son passage à lancer à la cantonade une série de quolibets qui paraissaient dirigés contre lui.

« Voici le nouveau serviteur de la harpiste ! déclamait le premier.

– Est-ce lui qui a chaussé les sandales délicates de jeune fille au petit pied de son maître ? questionnait le second.

– Ou qui a drapé autour de son protecteur la robe safran des musiciennes ? » renchérissait un troisième.

Leur attitude se voulait, c'était certain, provocatrice. Mais, dans l'ignorance des événements de la nuit passée, Lucius ne saisissait encore aucune de ces allusions, et il passa, à la déception apparente des buveurs, sans se sentir outragé le moins du monde.

Juché sur la plus haute marche du perron, le *nomenclator* de la domus des Fulvii faisait entrer les visiteurs un par un, en les annonçant par leur nom de sa voix puissante. Lucius, avec humilité, s'insérait dans la file d'attente, lorsque le stentor[88] au regard d'oiseau

87. Tripot : maison de jeu clandestine ayant mauvaise réputation.
88. Stentor : personnage de la mythologie, dont la voix était singulièrement puissante, qui a inspiré l'expression « avoir une voix de sentor ».

de proie lui fit signe, par-dessus les têtes, de s'approcher discrètement. L'invitant à le suivre, il le conduisit, le long d'un couloir sinueux, jusqu'à une porte secrète qu'on devinait avec peine dans l'angle d'une fresque éclatante et gigantesque. Avec stupéfaction, Lucius se rendit compte que, au plus profond d'une pièce étroite et retirée, c'était la jeune fille en stole rose elle-même qui l'attendait. L'esclave, refermant aussitôt la porte derrière lui, les laissa seuls.

Mais quelle Fulvia Laelius avait-il devant lui ! Ce n'était nullement l'adolescente enjouée, mutine, entreprenante, qui l'avait pris d'autorité à son service. Ce n'était pas l'amante passionnée et intrépide qu'il avait raccompagnée la nuit du combat mémorable livré aux côtés de Clodius. Le visage de la jeune fille noble était d'une pâleur extrême. Sa chevelure défaite retombait en désordre sur ses épaules et sa poitrine. Elle avait dû, toute la nuit, porter sur elle la même robe, maintenant froissée. Quelque événement grave avait dû se produire. En effet, Fulvia, terrassée par l'émotion, n'avait pas dormi. À l'aube, elle avait fait dire à Sempronia, par sa servante, que le désordre semé dans la fête nocturne l'avait bouleversée, au point qu'elle garderait la chambre, toute la journée peut-être. Assurée de ne pas être dérangée, elle s'était assise à sa table de toilette et, sur ce pupitre improvisé, avait rédigé en hâte la missive suivante :

Mon Publius,

J'entends, à travers la porte de ma chambre restée close, que tout le monde évoque comme un immense scandale la nuit terrible de la fête de la Bonne Déesse. Je sais que pour saisir une occasion trop rare de m'apercevoir vous avez bravé le plus sacré des interdits, et vous ne saurez imaginer à quel point j'en suis fière. Mais, venant de l'atrium où reçoivent ensemble mon père et ma mère, les voix des visiteurs claironnent que, non seulement c'est bien vous qui avez commis le sacrilège, mais que, mon Publius, vous l'auriez perpétré pour les beaux yeux de... Pompéia, l'épouse du pontife, Jules César ! Aussi, me voilà morte d'inquiétude ! Quels tourments les malveillants préparent-ils contre vous ? Quelle sera la vengeance de César, s'il prête l'oreille aux commérages ? Cet homme mystérieux semble cacher une puissance nouvelle, et j'ai l'intuition, pour l'avoir vu un court instant présider les fêtes devant le palais de la Régia, que l'on ignore encore toute l'étendue de ses ressources.

Quelle que soit l'accusation que l'on portera contre vous, soyez sûr, mon Publius, que mon témoignage en votre faveur ne saurait vous faire défaut. Mais la jeune fille que je suis ne pouvant sortir de la demeure familiale comme elle le voudrait tant, je vous fais la demande pressante, mon aimé, de me faire savoir dans quel lieu et quelle nuit il me sera possible de vous voir, et de déterminer ensemble ce que nous pouvons faire.

Fulvia.

Fulvia venait d'apposer à son épître la marque de son petit cachet lorsque Lucius parut par l'ouverture entrebâillée. Faisant un violent effort sur elle-même, elle parvint à surmonter la fatigue intense qui la submergeait, à ordonner les idées qui se bousculaient dans son esprit, à donner en toute hâte les instructions qui découlaient du plan qu'elle commençait à concevoir.

« Laelius, je fais appel à toi, annonça-t-elle d'une voix qu'elle parvint à affermir, car tu as déjà montré que tu es un homme de confiance. Porte cette lettre, sur-le-champ, à Publius Clodius. Ne la lui remets qu'en mains propres et, ce, de toute urgence. Voici, en récompense, cette bourse qui contient une somme bien supérieure au montant de la sportule habituelle. Toutefois, ma lettre attend une réponse : tu me la feras parvenir par l'intermédiaire de ma servante, que tu trouveras, à tout moment de l'après-midi, sur le forum Holitorium[89]. Si nécessaire, reviens ici, à la nuit tombée, te mettre à ma disposition. Et maintenant, ne te montre pas plus

89. Forum Holitorium : marché aux légumes.

longtemps dans cette maison : pars donc, et acquitte-toi de tout, sans rien omettre. »

Elle le poussa d'un geste fébrile hors de la pièce et, précédé du pas assuré et de la vaste carrure du nomenclator, Lucius, ayant traversé de nouveau l'atrium encombré de clients sans avoir été remarqué, s'en fut vers la demeure des Claudii, qui par bonheur n'était pas loin.

*
* *

Au même instant, cette même maison vers laquelle tendait Lucius bruissait plus encore que toute autre des clameurs que provoquait l'incroyable scandale. Affalé dans un fauteuil d'osier garni de coussins, la tête entre les mains, le grand-père Appius Claudius, au bord de la suffocation, répétait d'une voix éteinte qu'il n'y survivrait pas. Caecilia, la mère, courait de droite et de gauche, sans pouvoir tenir en place, ne trouvant pas comment répondre à cette catastrophe. Le frère aîné, plus satisfait peut-être par l'embarras de son cadet que frappé par la honte qui rejaillissait sur la famille, toisait l'indigne avec une sorte de mépris. Échevelé encore après sa fuite précipitée, Publius, campé sur ses deux jambes rivées à la mosaïque, faisait face, bravement.

« Mon aïeul, ma mère, mon frère, s'exclamait-il, ainsi l'on colporte la rumeur que j'aurais une liaison avec l'épouse de César ? Qui peut croire à une pareille fable ? Moi qui n'ai pas trente ans encore, porter mes vues sur la femme du pontife ! Une dame respectable et d'âge mûr ! »

Énonçant cette ébauche de plaidoyer, l'accusé faisait appel à la simple logique ; il ne sollicitait aucun pardon ; les raisons profondes de son acte ne regardaient personne.

« C'est donc bien toi, eut la force de rugir l'aïeul, qui t'es introduit la nuit venue au sein d'une cérémonie secrète où seules les femmes sont admises. Tu n'as aucune conscience des conséquences de ton crime !

– Une cérémonie secrète, assurément ! se révolta Publius. Celle que les femmes appellent la Bonne Déesse n'est de fait que Ceres, la divinité des moissons et de la fertilité : les robes de safran, les turbans et les ceintures écarlates de ses officiantes en témoignent assez ; pourquoi agréger des interdits à une cérémonie faite en somme pour initier les jeunes filles aux devoirs du mariage ? »

Le vieil Appius gémit une phrase inaudible sur l'impiété et sur la fin annoncée de Rome.

« Regarde-toi, renchérit le frère aîné, qui reprenait pour la dixième fois le même sarcasme, qu'est-ce donc que cette brûlure qui te roussit la moitié du visage ? Le souvenir des torches brandies par des servantes pour t'expulser comme un voleur. Le dernier rejeton des Claudii vainqueurs de Syracuse, chassé par une troupe de femmes !

– Je n'en écouterai pas davantage, coupa Publius, frémissant sous l'insulte. Puisque le soutien d'une famille m'est refusé, je trouverai meilleur asile dans la demeure modeste et chaleureuse d'un plébéien. »

Du dehors parvenait la rumeur, assourdie encore, mais grandissante, d'un commencement de bagarre. Lucius en effet, au moment où il heurtait la porte close dans l'intention de remettre à Publius la missive confiée par Fulvia, se trouva rejoint par les hommes de Milon qui le guettaient toujours du fond de leur tripot et de nouveau pris à partie. Excédé par les railleries dont maintenant il comprenait le sens, cette fois son sang ne fit qu'un tour, et Lucius asséna au visage du premier un formidable coup de poing. Il se trouvait que des travaux étaient en cours le long du mur de la maison voisine. Les gens de Milon se saisirent de planches comme armes improvisées, mais Lucius, plus vif encore, s'était emparé d'un madrier de taille respectable. En un instant, l'échafaudage mis à contribution fut dépouillé. « À mort ! » hurlaient les hommes de Milon, qui l'avaient reconnu et que le besoin de vengeance exaspérait depuis la rixe du Cirque Maxime, en refermant sur leur victime un filet implacable. Maniant de main de maître la pièce de bois qu'il avait choisie, Lucius, en de terribles moulinets, frappait partout autour de lui. Un homme tomba, une jambe brisée. Un autre s'effondra, la poitrine défoncée. La tête d'un troisième éclata, sous un choc d'une incroyable violence.

Le nombre, peut-être, allait avoir raison du montagnard. Mais alors, tout au bout de la rue, trois colosses, Lollius, Sergius et Fonteius, apparurent. Alertés, inquiets, meurtris par les ragots qui couraient dans toute la Ville au sujet de leur idole, ils accouraient pour offrir leur assistance à leur chef. Contre le mur voisin, quelques planches subsistaient encore. Ils s'en armèrent d'un mouvement. Dès lors, le chantier n'exista plus. Les coups, plus drus encore, se remirent à pleuvoir.

À ce moment, Publius apparut sur le pas de la porte. Ce fut pour constater la retraite sans gloire des miloniens qui emportaient leurs blessés. « Mes bons amis ! » s'écria-t-il, en pressant ses partisans les uns après les autres sur sa poitrine. Lucius tendit la lettre. Elle était d'importance : Publius la lut et la relut, et son visage s'éclaira.

« Précise à Fulvia, comme réponse, que je serai chez César ce soir. Rassure-la et dis-lui bien qu'au milieu de gardes du corps tels que ceux qui sont ici, je ne saurais rien craindre ; qu'avec le messager et presque confident que tu es, mon esprit est en repos ; qu'avec les offres répétées de Fonteius de m'offrir une nouvelle, mais vraie, famille, je ne puis désirer rien de plus. »

Se conformant aux instructions de Fulvia, Lucius s'éloigna vers le forum Holitorium, à la recherche de la servante à laquelle il devait transmettre la réponse attendue.

L'instant d'après, sans un regard vers la porte de la maison familiale refermée derrière lui pour toujours, Publius Clodius acceptait avec joie l'invitation chaleureuse de Fonteius à trouver dans sa maison un gîte accueillant et sincère.

XI

D'un geste qui lui était familier, César s'accouda sur son lit de travail et relut une fois encore la missive étrange qu'il venait de recevoir cachetée avec soin à la craie asiatique[90]. Puis il laissa tomber son bras hors des coussins et, tenant toujours la lettre, se mit à méditer profondément, tant il était difficile de croire que ce Publius Clodius, même avec l'intention de se justifier, pût avoir l'audace de revenir après douze heures seulement sur les lieux mêmes de son crime. Ainsi, dans peu d'instants, ce jeune patricien, presque inconnu, viendrait se présenter devant un maître de maison outragé, braver le pontife garant de l'observation des rites, affronter le préteur en charge des tribunaux qu'était aussi César, narguer enfin en quelque sorte l'époux bafoué, si toutefois cette intention qu'on lui imputait à l'égard de Pompéia était réelle. Fallait-il céder à la colère ? Pourtant, il devait en convenir : ce Publius Clodius, en revenant dans ces lieux d'où il avait été ignominieusement chassé par des servantes, ne manquait pas de courage. Il y a, chez les Romains, une croyance en la fatalité qui affirme que, lorsque les dieux ont une première fois montré leur défaveur, il est hautement téméraire de les provoquer pour le même motif une seconde fois. Lutter ainsi contre les superstitions partagées par tous, affronter la volonté divine et mépriser l'avertissement des dieux, cela, dans l'esprit éclairé de César, méritait une forme de respect.

---

90. La craie venue d'Asie Mineure (actuelle Turquie) était utilisée, concurremment avec la cire, pour cacheter les lettres.

Là-bas, dans l'entrée, la personne attendue venait de s'annoncer ; des pas résonnaient sur les mosaïques ; le pontife abandonna son lit de réflexion, s'assit bien droit sur sa chaise curule[91] de magistrat, se composa un visage impénétrable et attendit. Mais lorsque Publius, représentant d'une illustre famille, parut, vêtu d'une toge de laine écrue toute simple, les joues envahies d'une sorte de barbe de deuil qu'il n'avait pu raser à cause des brûlures, le maître de maison eut peine à retenir un mouvement de surprise. Déjà, d'une voix humble, le jeune visiteur entreprenait son difficile plaidoyer :

« J'ai tenu à me présenter sans tarder devant vous, César, car je suis en effet aux yeux de Rome coupable d'un grand crime et car, en apparence, je suis coupable aussi, à votre égard, d'une bien grande faute. Il est vrai que, sous l'empire d'une passion dévorante et funeste, je me suis introduit, en votre absence, de nuit, sous votre toit. Lors du sacrifice interdit à toute présence masculine, j'étais présent, je le confesse, dans cette même pièce, au milieu de laquelle brillait la flamme sacrée prise au foyer des vestales. Mais j'entends que certains m'accusent d'avoir levé les yeux sur Pompéia, votre épouse, et cela, César, je viens vous le dire en face, n'est pas exact. »

César fixait d'un regard noir le jeune patricien qui le regardait droit dans les yeux. Pas un muscle de son visage n'avait bougé. Après un court instant qui parurent une éternité à Publius, il prit à son tour la parole :

« De quelles qualités dans votre vie privée, de quels mérites dans votre vie publique pouvez-vous vous honorer à ce jour, Publius Clodius ? Ce que l'on rapporte à votre sujet est loin d'être à votre avantage. À Rome, vous apparaissez comme un séducteur impénitent, mais là n'est pas l'essentiel. En Asie Mineure, vous avez tenté de soulever les soldats contre leur général, l'illustre Lucullus[92].

91. Chaise curule : siège pliant orné de plaques d'ivoire, sans dossier et sur des pieds disposés en X ; symbole du pouvoir dont bénéficiaient les hauts magistrats.
92. Lucius Licinius Lucullus, grand général romain, a combattu sous le commandement du général romain Sylla.

On dit aussi qu'en Gaule transalpine, quand vous étiez dans l'entourage du gouverneur Murena, vous vous êtes livré à d'indignes détournements. Ainsi, votre vie n'est qu'une suite d'offenses, réitérées sans cesse à l'encontre des principes les plus sacrés. Dans ces conditions, comment ajouter foi aux excuses que vous allez invoquer sans doute, ou à vos protestations d'innocence ? »

Publius eut un mince sourire : le souvenir de la campagne d'Orient venait de traverser son esprit comme un éclair de foudre.

« La mutinerie des troupes contre Lucullus ? Les combats incessants, la marche à travers l'Arménie, la retraite désastreuse dans la neige avaient mis les soldats à bout de force et de patience. Nous voyions les convois de dromadaires chargés d'or et de pierres précieuses, que notre général, enrichi de nos misères, expédiait pour son compte vers les ports de l'Asie. Les hommes refusaient d'aller plus loin : je ne pouvais que les comprendre et intercéder en leur faveur. Quant à mon passage dans la Province[93], sous les ordres de Murena, chacun sait qu'il n'existe pour ainsi dire pas de gouverneur qui n'ait été poursuivi pour divers abus commis à l'égard des provinciaux. Des démarches que l'on me faisait faire pour le compte d'un haut personnage, je n'étais pas, et de beaucoup, le principal bénéficiaire. Quant à ma vie privée, elle n'est ni moins, ni plus dissolue que celle de n'importe lequel de mes détracteurs. »

À la vérité, César, derrière le visage impassible qu'il affichait, devait en convenir : les arguments de Publius ne manquaient pas de force. Murena, comme Lucullus, n'avait-il pas intérêt à trouver un bouc émissaire qui les déchargeât tous de leurs propres responsabilités et de leurs propres fautes ? Ils le trouvaient en la personne de ce jeune exalté. D'ailleurs, à bien y réfléchir, ces deux généraux, anciens lieutenants de Sylla, adversaires résolus du parti populaire, et dont les efforts tendaient à maintenir la toute-puissance

93. La Province : partie de la Gaule devenue romaine dès 124 av. J.-C. (« Provence »).

des sénateurs, étaient également ses propres adversaires à lui, César ; un soupçon commença de se préciser alors dans sa pensée : n'était-il pas dans l'intérêt de certains de le brouiller avec Publius et de tuer dans l'œuf l'ébauche d'une alliance ? Mais, pour l'instant, le pontife entendait déterminer si l'épouse suspectée était coupable ou non d'adultère. L'épouse n'était pas loin, recluse dans la pièce la plus éloignée, à l'extrémité du péristyle. Elle attendait, au terme d'un entretien pathétique, la décision du maître. Puisque Publius, l'accusé, était là, une confrontation était envisageable. Mais si elle avait lieu, Pompéia nierait évidemment avoir jamais vu cet homme, ou bien elle se draperait dans sa dignité et dans un hautain silence. Publius nierait, lui aussi, et leur simulation d'innocence, préparée peut-être de longue date, tromperait peut-être la perspicacité de César lui-même. Le pontife allait ordonner à un esclave de faire venir néanmoins Pompéia, lorsque, du côté de l'entrée, il entendit la porte heurtée violemment à gestes de désespoir. Un remue-ménage inhabituel, une voix inconnue, à laquelle Publius aussitôt tressaillit, réclamait une audience immédiate.

Fulvia ! C'était bien elle ! Sa course précipitée s'arrêta sur la marche du tablinum, car là, saisie davantage par la seule vue de Publius qu'intimidée par la présence du grand pontife en personne, elle demeura un instant immobile. Puis son souffle s'apaisa ; ayant remis un peu d'ordre dans sa chevelure défaite, elle vint se placer résolument au côté de Publius et prit sa main, qu'elle serra dans la sienne. César sentit que cette arrivée inopinée apportait quelque révélation importante. Il fit un signe d'assentiment à l'esclave qui avait laissé entrer Fulvia et engagea d'un geste la jeune fille à parler.

« Pardonne, *domine*[94], l'audace de la jeune fille que je suis, soumise encore à l'autorité parentale. Mais toute la Ville s'émeut d'événements très graves. Des soupçons pèsent sur Publius Clodius qui

94. Fulvia donne à César le titre de *domine*, c'est-à-dire seigneur, maître de la maison.

se présente courageusement devant vous. Je viens, si toutefois une telle tentative de ma part n'est pas excessivement présomptueuse, vous apporter le témoignage de ce que moi j'ai vu lors de la cérémonie de la nuit dernière. »

César s'était incliné légèrement sur son siège curule, redoublant d'attention, dans cette attitude qu'ont les penseurs lorsqu'ils s'accoudent sur leur lit de travail.

« Je vous supplie donc, continua Fulvia, de ne pas poursuivre de votre courroux, de ne pas livrer à la condamnation des juges ce garçon innocent, car moi seule suis la cause de son intrusion dans votre maison ; c'est pour moi qu'il nourrit une tendre passion ; il me guettait déjà tandis que vous officiiez devant la Regia ; il continuait de m'observer dans cette pièce même, à demi dissimulé derrière une statue de Cybèle drapée d'or, qui était placée là où vous vous tenez maintenant. Si vous aviez pu voir les regards qu'il me jetait quand il a pénétré dans cette demeure changée en sanctuaire ! Il ne voyait que moi ! Aucun objet interdit à la vue des profanes, aucun rite de cet office secret ne retenait son attention ! Si vous aviez pu en être témoin, domine, vous en auriez eu la certitude ! »

Pendant que Fulvia implorait ainsi le maître de la maison, Publius la contemplait, le regard empreint d'une gratitude muette. La sincérité des deux amants ne faisait aucun doute : toute leur attitude le prouvait. L'innocence de Pompéia était établie désormais, et c'était ce qui comptait le plus aux yeux de César. Fulvia sentit que la tension diminuait, que les dispositions du pontife étaient plus favorables. Pourtant, connaissant l'attachement de César pour le parti populaire, elle prolongeait avec passion la défense du jeune homme sur un autre terrain.

« Publius Clodius que voici est un ami sincère de la plèbe ; le peuple l'aime et le défend : je l'ai bien vu de mes yeux la nuit des dernières calendes, lorsque les hommes de Milon sont venus l'attaquer. Il est de l'illustre famille des Claudii, mais les gens des quartiers pauvres, avec l'accent des ruelles de Subure, l'appellent communément : “Clodius”. »

L'intérêt de César augmentait d'instant en instant. Il ne cherchait nullement à le dissimuler et Publius, encouragé par une interrogation du pontife, reprit avec son habituelle et bouillonnante passion :

« Le peuple a faim, le peuple aspire à une révolution. Un homme comme vous, César, pourrait-il la modérer ? Je ne sais. Mais, dans la situation présente, la plèbe est prête à seconder qui voudra l'organiser efficacement en vue du combat politique. Celui que le peuple suivra devra être un tribun de la plèbe !

– Mais vous, objecta César, vous ne pouvez être tribun, puisque vous êtes de noble famille.

– Ma famille me rejette, reprit Publius. Que l'on n'en parle plus devant moi ! Mais un ami plébéien consentirait à m'adopter. Je deviendrais donc plébéien moi-même, je vois maintenant que cette nouvelle appartenance me permettrait d'être tribun. »

À cette affirmation, Fulvia jeta un cri :

« Mais moi, noble je resterai, et cette éventualité nous éloignerait à tout jamais !

– C'est juste », admit Publius, qui baissa la tête, soudain troublé et indécis.

« Rien ne s'oppose, intervint César, à ce que le pontife que je suis intercède en votre faveur, Publius, auprès des parents de Fulvia, si vous voulez l'épouser : il est d'usage que les unions soient préparées par l'entremise d'une tierce personne entre les deux familles. Ensuite seulement, vous pourrez songer à votre passage dans les rangs de la plèbe. Mais que comptez-vous faire, une fois tribun ?

– Je proposerai une loi spéciale au sujet de l'annone. Mais aussi, en permanence, je tiendrai le peuple en éveil et en alerte, je le mobiliserai aux moments opportuns, pour le vote des lois, pour l'élection de tous les magistrats. »

César hocha la tête. Quelle place, quel rôle il assignerait à Publius dans les vastes projets que lui, César, commençait à concevoir pour les années qui allaient suivre, il commençait à le pressentir.

« Votre ambition, Publius Clodius, est d'importance. Vous et moi pouvons être en quelque sorte complémentaires. Car si je deviens consul, à moi le soin de parler au Sénat le langage du Sénat, et devant les nobles, le langage des nobles. À vous, tribun, le soin de parler devant le peuple le langage du peuple. À vous les discours enflammés, à vous le soin de proposer la loi sur l'annone à laquelle vous tenez. Dans l'immédiat, la tentative de certains de nous diviser se retourne contre eux : elle scelle notre alliance. Persistez dans vos intentions, et partez apaisé ce soir, Clodius. Nous en reparlerons. »

Lorsque César eut congédié les jeunes gens, il resta seul, songeur, un long moment. Maintenant, il était sûr de l'innocence de sa femme. Elle l'attendait, résignée, dans la pièce la plus reculée du péristyle. Non, son épouse n'était pas coupable, mais durant toute leur vie, ses ennemis politiques agiteraient cette suspicion. Afin de pouvoir poursuivre sa carrière politique, dans l'intérêt de Pompéia aussi, il devait sacrifier leur union. Il veillerait ensuite, bien sûr, à assurer à son ancienne épouse les conditions de vie les plus favorables possible. Dans le secret de cette pièce au fond du péristyle, le premier acte de la montée de César vers le pouvoir, l'acte le plus pénible, le plus douloureux, devait être accompli cette nuit même.

Quant à Publius et à Fulvia, subjugués par l'élégance, la subtilité, la profondeur, la majesté de cet homme qu'on connaissait à peine, mais qui deviendrait un jour le maître du monde, ils sortirent écrasés de bonheur et de fatigue, associés devant tous les dangers pour le restant de leurs jours, et rentrèrent avec l'escorte infaillible de leur fidèle Lucius qui les avait attendus.

PARTIE II

I

Par une belle matinée du printemps qui suivit, une litière s'arrêta devant une maison d'apparence très simple, nichée au creux du Vélabre, que Publius avait arrachée de haute lutte à sa mère et à son frère – modeste part de l'héritage de son père –, afin d'y vivre avec Fulvia, devenue son épouse par l'entremise heureuse de César en personne. Ce fut Publius lui-même qui, en l'absence de serviteurs, était venu ouvrir la porte.

« Quartilla ! » s'exclama-t-il avec une joie sincère en reconnaissant sa sœur. Mais la mine défaite, les traits tirés et les cheveux dénoués de la jeune femme l'emplirent aussitôt d'inquiétude. La petite sœur faisait tellement peine à voir que Publius la serra dans ses bras, un long moment, sur le pas de la porte. Ni Publius, qui regardait sa sœur avec l'intensité de la préoccupation, ni elle, qui s'efforçait par des revers de la main à sécher ses larmes renaissantes, ne se préoccupèrent, sur l'instant, des regards étonnés et suspicieux des passants. Ayant desserré par étapes rassurantes sa douce étreinte, Publius se hâta de conduire sa sœur jusqu'à la calme retraite du petit triclinium, où Fulvia vint les rejoindre.

Chaque fois qu'il avait le bonheur de revoir sa petite sœur, Publius revivait le même enchantement. C'étaient les souvenirs de l'enfance insouciante qui revenaient en délicieuses bouffées, c'étaient les tout premiers émois de leur adolescence, alors qu'ils partageaient leurs premières interrogations et leurs premières peines. Il aimait l'appeler « Quartilla[95] », en raison de sa place de cadette dans la fratrie, que la coutume aurait désignée normalement sous le nom de Claudia. Il la comblait d'attentions, de prévenances, de sollicitudes inquiètes, dont elle avait, en vérité, grand besoin. Car on avait cru devoir accorder la pauvre enfant en mariage – en pâture, estimait Publius – à un homme d'âge mûr, l'étoile montante de ces années-là, le grand, le prestigieux général des armées d'Orient : Lucullus.

Mais il y avait eu la guerre contre le roi du Pont, Mithridate[96]. Lucullus, chargé de la conduite des opérations militaires, avait emmené Publius, son beau-frère, parmi ses officiers. Il y avait eu de magnifiques victoires, d'incroyables conquêtes. Puis il y eut le désastre d'Arménie, la retraite des vaincus au milieu des glaces, l'envoi d'un autre général, Pompée[97], pour remplacer Lucullus à la tête de l'armée. Le caractère de Lucullus s'était aigri. Il ne pardonnait pas à son beau-frère d'avoir soutenu la mutinerie des soldats qui refusaient d'aller plus loin. Reclus dans l'île ronde que couvraient les portiques de sa résidence de Naples, il ressassait, à l'écart de toute vie publique, au milieu des festins, ses échecs et sa rancœur, rejetant sur son innocente épouse les manifestations perpétuelles de sa mauvaise humeur et de sa hargne. Depuis longtemps il n'était de rencontre entre Publius et de sa sœur, qui ne commençât ou ne s'achevât, par les plaintes de Quartilla au sujet de l'ambiance délétère de la vie qu'elle supportait à Naples.

« Ainsi, ton mari t'a répudiée, soupira Publius, comprenant que la décision qui couvait depuis quelque temps venait d'être prise.

---

95. *Quartilla* : la « petite quatrième ».
96. Le royaume du Pont est un royaume antique situé sur la côte méridionale de la mer Noire. Aujourd'hui, le cœur de cette région se trouve en Turquie. Mithridate y règne de 151 à 120 av. J.-C.
97. Pompée (106 à 48 av. J.-C.), issu d'une riche famille aristocratique et surnommé « Pompée le Grand » en raison de ses succès militaires, défend le parti conservateur des optimates (en dépit d'une courte alliance avec le parti populaire).

– Tu m'en vois morte de honte ! sanglotait Quartilla. En quoi ai-je démérité ? En quoi ai-je été mauvaise épouse ? Aux yeux de tous, voilà ma réputation compromise ! Et maintenant, quel peut donc être mon avenir ?

– Rassure-toi, petite sœur, tempéra Publius, tes qualités ne sont nullement en cause. Les mariages entre gens des nobles familles sont le plus souvent des alliances politiques qui se font ou se défont au gré des circonstances. Nul ne saurait te reprocher des événements qui ne sont pas de ton fait. C'est moi-même, plutôt, à cause de mes actes d'indiscipline, qu'il faudrait accabler !

– Au moins, ajouta Fulvia, trouveras-tu consolation et réconfort auprès de ta mère et de ton frère aîné.

– Hélas ! gémit Quartilla, notre mère considère une femme répudiée comme une femme déshonorée ; quant au grand frère, il ne me pardonne pas les liens d'affection qui me lient à Publius, car j'ai souvent, en public, montré au grand jour ma compréhension pour ses idées et pour ses actes. Déjà, tout le monde m'appelle Clodia, en imitant l'accent du peuple, sachant combien je me sens proche de Publius Clodius !

– Alors, reste parmi nous, insista Fulvia. Nous sommes ici très peu nombreux, mais animés d'un idéal commun. Quant à ton avenir… Il se trouvera bien un homme capable de s'émouvoir à la vue de… tes grands et jolis yeux, Claudia ! »

Ici, Quartilla fut prise d'un soudain accès de gaieté qui effaça en un instant les inquiétudes de Fulvia.

« Tu ne crois pas si bien dire ! Dès que Lucullus a dévoilé à ses intimes son intention de me répudier, un homme s'est présenté spontanément, disant s'appeler Tullius. Il s'est mis à me faire toutes sortes de compliments, disant que dans tout Rome j'étais connue pour être la *Booutidos* – c'est un mot grec qui signifie la "Belle aux grands yeux" – et que l'important personnage qui l'envoyait préparer une union avec moi avait conçu pour ces yeux-là – Claudia cligna des paupières d'un air comique – une réelle passion et de très beaux projets.

– Et qui est donc ce personnage de la plus haute importance ? questionna Fulvia.

– Au travers de très fines allusions, il s'est avéré que Tullius agit pour le compte de… Cicéron ! fit Publius.

– Sortir du lit d'un vieux général, pour se retrouver sur la couche d'un vieux consul ! » protesta Quartilla.

Tous les trois éclatèrent de rire.

Dans le couloir d'entrée, les esclaves de Quartilla allaient et venaient, installant les bagages de leur maîtresse dans la pièce qu'on leur avait désignée. Au milieu du désordre et de la bousculade, un étranger s'était faufilé assez loin dans la maison. Bientôt, la servante de Fulvia apparut dans le triclinium, annonçant qu'un homme sollicitait une entrevue auprès de la sœur du maître. C'était Tullius ! « Il n'a pas mis longtemps à te retrouver ! » commenta Publius. Secoué d'une hilarité irrépressible, il quitta la pièce, entraînant avec lui son épouse. Quartilla étouffa le rire qui commençait à la prendre, remit de l'ordre dans ses cheveux, ajusta son châle, se cala bien droite dans son siège et attendit, dans l'attitude la plus sérieuse et la plus digne.

*
* *

Presque à ce même instant, Lucius, qu'accompagnaient Lollius et Sergius, débouchant du vicus Tuscus[98], arrivait sur le Forum. Depuis l'aube, les deux compagnons pressaient le nouveau venu en cette ville de venir voir, mieux qu'il ne l'avait fait les premiers jours, les hauts lieux de la démocratie romaine. Aussi, une fois parvenus sur la place, les trois amis, sans s'attarder devant les

---

98. *Vicus* : quartier ou rue (ici, la rue des Toscans).

tribunaux, obliquèrent sur leur gauche. Ce qui attira tout d'abord l'attention du paysan des Abruzzes qu'était Lucius, ce fut le groupe d'arbres vénérables – l'olivier, le figuier et la vigne – du bois sacré de Marsyas[99], qui étendaient au-dessus des passants leurs branches tordues et pour la plupart dénudées par le temps. Mais Lollius, volubile, l'avait saisi par le bras et l'entraînait, se faisant un honneur de désigner, une à une, avec force commentaires, les constructions qui résumaient toute la vie publique de la grande cité.

La curie[100] du Sénat, avec son large fronton couronné de statues et ses trois larges fenêtres, précédée d'un petit portique, occupait sur la grande place un renfoncement, entre les arcades de la basilique Porcia et celles de la basilique Aemilia, qui délimitaient comme une sorte de vestibule, précédant le lieu consacré où se décidaient les affaires du monde. En avant de la curie, c'était le *comitium*, un espace de forme circulaire entouré de gradins, où – dans les premiers temps de la république – se réunissait le peuple. Le mur qui l'entourait s'élargissait au sud en une petite esplanade soutenue par des piliers, auxquels étaient fixés les becs des navires pris à l'ennemi dans une grande bataille navale. Cet emplacement, c'étaient les Rostres[101].

Lucius écoutait les explications de ses amis avec la plus extrême attention, lorsqu'une voix impressionnante s'éleva soudain au pied de la tribune, rendant vaine toute ébauche de conversation à plusieurs dizaines de pas à la ronde : c'était le crieur public, qui annonçait à ce moment l'affichage sur les Rostres du texte du sénatus-consulte voté la veille par le Sénat. D'ailleurs, un groupe d'esclaves publics était en train de clouer sur la tribune les larges planches prévues à cet effet, blanchies à la craie et couvertes d'une

99. Dans la mythologie, Marsyas est un satyre, soit un demi-dieu, provenant de la Phrygie (actuelle Turquie).
100. La curie : siège du Sénat.
101. Rostres : tribunes aux harangues qui, depuis 338 av. J.-C., servent aux magistrats et aux orateurs pour s'adresser aux assemblées et à la foule.

écriture serrée tracée en capitales rouges. En un instant, ce fut l'affluence. Les passants qui savaient lire livraient aux autres leurs premiers commentaires ; et Lucius, flanqué de ses deux compagnons, jouait des coudes pour s'approcher, lorsqu'il parvint par un heureux hasard à côté d'un homme revêtu élégamment d'une assez belle toge et qui, visiblement plus instruit que les simples badauds, énonçait d'une voix sûre les articles essentiels de la longue et fastidieuse inscription, tout en affichant son mépris pour ceux-ci :

« Par sénatus-consulte pris ce jour... Le dénommé Publius Clodius... s'étant introduit nuitamment au sein d'une assemblée interdite à toute présence masculine... La cérémonie s'étant déroulée avec le concours des vierges prêtresses de la déesse Vesta... L'intrusion du dénommé Publius Clodius peut être qualifiée de crime et plus précisément d'inceste... Les préteurs en charge de l'organisation judiciaire voudront bien constituer le tribunal... »

Ici, l'homme qui déchiffrait le texte avec dédain interrompit sa lecture et conclut en se retournant vers la foule :

« Suivent les noms, sans importance, de deux ou trois accusateurs publics, que nous connaissons pour être pétris de préjugés, de morgue et de prétention... »

L'homme en toge, pâle de rage, cherchait des yeux tout à la fois des soutiens dans la foule, et des contradicteurs sur lesquels il eût pu assouvir sa fureur.

« C'est une honte, l'on saisit cette occasion pour nuire à un homme que le peuple estime et promet, sans doute, à un brillant avenir ! tonna Sergius.

– Et l'on fait une affaire politique d'une question qui ne concerne que des prêtresses, ajouta Lollius.

– D'ailleurs, renchérit Lucius, qui était, de tous, le plus au courant des faits, Publius Clodius n'avait aucune intention de troubler cette cérémonie !

– Le peuple, reprit alors l'homme à la toge, dont l'appui des trois amis enflammait le courage, se laissera-t-il duper par des manœuvres scandaleuses qui n'ont pour but que de le priver de l'un de ses chefs ? »

L'orateur improvisé s'apprêtait à déclamer un discours qui eût sans doute transporté la foule, quand, au-dessus de la rambarde des Rostres, apparut un visage congestionné, déformé par le mépris, convulsé par la haine, et, à l'ordre bref qu'il jeta, une main puissante s'abattit sur l'épaule de l'homme en toge.

« Voici donc Sextus Clodius[102], qui entend, je pense, provoquer des troubles en prenant la défense de son frère Publius ! »

L'homme à la poigne de fer qui parlait ainsi n'était autre que Birria, le gladiateur, et il obéissait ainsi à un commandement que venait de donner le sinistre Milon en personne.

La foule s'était écartée. Aucun doute n'était possible : Lucius comprit que les sbires de Milon s'étaient mêlés à l'assistance dans le seul but d'identifier tout homme coupable à leurs yeux d'un délit d'opinion et de lui faire un mauvais parti. Et le jeune homme qu'ils prenaient sur le fait n'était autre que le plus jeune frère de Publius Clodius ! Sans succès, Sextus Clodius s'efforçait de se dégager. Birria le maintenait comme dans un étau et, dans son autre main, il serrait un énorme bâton clouté. Il jetait vers Lucius, qu'il avait reconnu, un regard de défi. Un outil de chantier traînait encore au pied de la tribune : Lucius s'en saisit aussitôt. Une feinte, comme s'il avait en mains sa falcata et puis, rapide comme l'éclair, un coup de revers qui atteignit le gladiateur en pleine figure. Sextus se dégagea, mais les sbires de Milon accouraient à la rescousse. L'un d'eux voulut saisir Lucius. Le montagnard le repoussa contre la balustrade de l'enclos de Marsyas avec une telle violence que l'homme,

102. Le personnage de Sextus Clodius est mystérieux : son prénom Sextus pourrait indiquer la sixième place dans la fratrie de Publius Clodius, après leur jeune sœur Quarta. Son nom indique, soit qu'il était un ancien esclave, affranchi de Clodius, soit l'un de ses frères ou l'un de ses parents éloignés. Cicéron le décrit ainsi : « Un associé de ton sang. » (*De Domo sua,* 57 av. J.-C.)

par-dessus le muret, roula dans un buisson de ronces qui le retint au sol.

Escomptant que les hommes auxquels était tendue la souricière viendraient par les rues proches du Palatin et opéreraient sans doute leur retraite par les mêmes chemins, Birria avait aposté des hommes à lui à l'angle de la rue des Toscans. Il ignorait encore que, depuis la veille, Clodius résidait dans le Vélabre et que sa nouvelle demeure servait de point de ralliement. Aussi, ce fut par le vicus Jugarius, resté sans surveillance, que les quatre fugitifs coururent jusqu'à la maison de Clodius, devant laquelle le renfort de Firmidius et de Plaguleius qui faisaient bonne garde acheva de dissuader leurs poursuivants.

II

« En quoi », s'emporte Fulvia, que la colère et la révolte rendent plus belle que jamais et dont les yeux ne cessent de jeter des éclairs, « la présence de Publius au sacrifice offert à la déesse qu'on ne doit pas nommer, est-elle assimilable à un inceste ? »

Scandalisée par la haine gratuite et la mauvaise foi de ceux qui s'acharnent à nuire à son mari, elle parcourt la pièce, de long en large, toutes griffes dehors, ne tenant plus en place. Ses exhortations continuelles communiquent peu à peu son énergie farouche au groupe d'amis réunis pour discuter des premières dispositions à prendre pour organiser la défense de celui qu'elle aime. D'ailleurs, tous éprouvent une certaine admiration pour elle et, secrètement, un peu de jalousie à l'égard de celui à qui elle consacre toutes les ressources de son âme.

« Parce que les douze vierges, prêtresses de Vesta, participaient aux rites qui ont été profanés », récite le jeune Marc Antoine, qui répète là, sans y croire, l'explication officielle.

« Le procès aura lieu cet été, prévoit Sextus qui conserve un calme serein, il y aura dans le jury de hauts personnages qui ont contre nous des préjugés défavorables...

– Et parmi les témoins, des hommes illustres qui ne demandent qu'à nous nuire, reprend Marc Antoine.

– En effet, admet Publius Clodius, Lucullus en particulier me hait depuis longtemps, à cause de mon attitude en faveur des soldats pendant la campagne d'Arménie. Il trouvera même, au besoin, des preuves qui n'existent pas. »

Là intervient Clodia :

« À tout le moins, nous pouvons compter sur la neutralité du meilleur avocat de notre époque », assure-t-elle avec au coin des lèvres un sourire malicieux.

Chacun comprend l'allusion au penchant tout nouveau de Cicéron à l'égard de Clodia.

« De plus, ajoute Publius Clodius, notre ancien consul se souviendra que, il n'y a pas si longtemps, je figurais dans l'escorte qui le protégeait des tentatives de Catilina. »

Pragmatique, Sextus cherche encore quels pièges peut imaginer l'adversaire et quelles parades doivent être mises au point.

« Ne crois surtout pas, mon frère, que tu vas bénéficier d'un procès équitable ! Il y a l'argent que tes adversaires distribueront pour influencer les juges, les hommes de Milon qui intimident l'assistance, les faux témoignages…

– Quelle réponse y opposer ? demande Publius, qui déjà entrevoit la solution inévitable.

– Dans l'immeuble et la boutique de ton ami Fonteius, précise Sextus, existent des hommes dévoués qui se dressent à l'occasion contre Milon et sont capables de vaincre ces obstacles, si tu le veux ! »

Fulvia est parvenue, comme le soufflet tourmente et réveille la braise de l'âtre, à attiser la torpeur incrédule qu'avait dans les premiers instants cette réunion improvisée. À présent, ce feu nouveau crépite de projets et de plans. Elle en est satisfaite, elle en est fière et remarque maintenant que Clodia, la frivole, dans son désir de sortir en ville, piétine d'impatience et souhaite clore la discussion :

« Puisque les choses avancent et que ton frère est bien secondé, laissons travailler les hommes », suggère-t-elle.

*
* *

Protégées du soleil par leurs ombrelles colorées, les deux jeunes femmes se dirigent vers la Voie sacrée. Clodia est à la recherche de cosmétiques et de parfums que l'on trouve le long de cette rue. La servante de Fulvia porte un grand panier d'osier destiné à recueillir les futures trouvailles. Garde du corps attitré, Lucius les accompagne en les suivant à distance.

Ayant traversé tout le Vélabre, les flâneuses longent la pente du Palatin lorsque des éclats de voix leur parviennent de l'intérieur d'une riche maison située à flanc de colline.

« Cette quatrième de leur famille ! glapit la voix aigre d'une mégère en fureur, on devrait même dire la quarantième, c'est cela : la fille à quarante sous ! »

La disposition des lieux, tout proches du clivus du Palatin, n'autorise aucun doute. Il s'agit de la maison de Cicéron et cette voix, c'est celle de Terentia, son acariâtre épouse. Les vociférations tonitruantes ne peuvent avoir pour objet que Quartilla elle-même. Ainsi, Terentia sait. Terentia sait déjà tout. Saisies d'un début d'inquiétude, les deux jeunes femmes se regardent. Puis elles s'esclaffent, car il y a dans le monologue de Terentia quelque chose de comique. Elles imaginent la gêne de l'orateur, bouche clouée par la fureur de sa femme, par le tintamarre assourdissant de ce moulin à paroles, tout semblable à la cloche d'alarme, ininterrompue et obsédante, d'un camp militaire, impossible à raisonner, impossible à interrompre et devant lequel le plus illustre avocat de tous les temps est réduit à baisser l'oreille et à se taire.

La dispute a dû se transporter dans une autre pièce, car les cris s'éloignent et disparaissent. Mais une sourde appréhension saisit soudain Fulvia : Terentia va à coup sûr manœuvrer pour influencer son mari, le retourner peut-être. Insouciante de ce risque, fière d'être désirée, moqueuse du désir des hommes, Clodia continue de descendre vers la Voie sacrée, emplissant la rue de son rire de cristal, faisant tourner dans un sens et dans l'autre, de ses petits doigts délicats, sa fine ombrelle bleue, en direction des échoppes de parfums et de cosmétiques. Avant de la suivre, Fulvia, qu'un sombre pressentiment envahit, s'attarde, pensive, sous la fenêtre d'où provenaient les cris. Conjuguée avec les luttes politiques qui préparent dans la cité de sombres drames, cette guerre des femmes qui vient de naître pourrait avoir des répercussions incalculables.

*
* *

La cour était composée de cinquante-six juges[103]. La plupart étaient de haute noblesse : plusieurs anciens consuls étaient de leur nombre. D'autres étaient des chevaliers, dont la richesse était à peine calculable, presque tous porteurs de parts au sein des sociétés de fermiers généraux collectrices des impôts. Tandis qu'ils arrivaient, les uns après les autres, sur les lieux où devait se tenir le procès, les curieux les observaient, colportant les derniers ragots qui couraient sur leur compte, cherchant à deviner, eu égard à leur mine ou aux opinions qu'on leur prêtait, quelle influence ils allaient avoir sur le verdict.

Les ouvriers de l'État avaient, aux premières lueurs de l'aube, assemblé les stalles de bois sur la tribune située en bordure du comitium, devant les boutiques de la basilique Aemilia, et installé les dais qui protégeraient les hautes réflexions de cette élite des ardeurs du soleil estival. Les hérauts et les licteurs[104], assistés d'esclaves publics armés de gourdins garnis de clous, prenaient place devant les accès ; leur poigne experte imprimait d'instant en instant à leur armes dissuasives les ébauches éloquentes d'inquiétants

103. Un tribunal est constitué de plusieurs dizaines de juges que dans le vocabulaire moderne on peut aussi bien qualifier de « jurés ».
104. Les licteurs constituent l'escorte des magistrats.

moulinets. Non loin d'eux, de moins en moins discrets, les hommes de Milon se préparaient, en cas de nécessité, à les soutenir, car la foule au pied de la tribune, de minute en minute plus compacte, plus inquiète et plus houleuse, grossissait.

Après avoir gravi les degrés sous les regards hostiles de ses adversaires, Publius Clodius prit place sur le banc de l'accusé. Fulvia et Clodia, qui pouvaient être citées comme témoins, et Sextus, en tant que conseiller, étaient à ses côtés.

« C'est l'évidence même, soupirait Clodius, que les juges sélectionnés pour ce procès me sont défavorables. Ces mêmes gens, lorsqu'ils président les comices législatifs ou électoraux, n'hésitent pas à prétendre que les auspices sont défavorables afin de pouvoir remettre à plus tard ou aux calendes grecques un vote qui va être contraire à leurs espoirs. Pour eux, la religion n'est qu'un prétexte et l'action qu'ils intentent contre moi n'est qu'un procès politique.

Sextus intervint, méthodique :

– Il existe un argument imparable pour te mettre hors de leur atteinte : tu dois affirmer que tu n'étais pas à Rome ce jour-là.

– Impossible ! Par malchance, j'avais fait une visite de courtoisie à Cicéron le matin même : il s'en souviendra !

Clodia sourit :

– Rassure-toi : Cicéron va oublier. J'ai fait passer un petit mot au vieux consul, lui promettant d'être accommodante avec lui si d'aventure il déposait en ta faveur.

– Voilà, reprit Sextus, qui est parfait pour écarter la sentence qu'ils préparent, mais tout repose sur le silence de Cicéron à ce sujet. »

Les bancs s'étaient remplis. Sur l'appel du héraut, la séance fut ouverte. Les accusateurs, à grand renfort de gestes pathétiques, se déchaînèrent les uns après les autres et, sur leur convocation, les témoins défilèrent. Les assistantes à la cérémonie, d'abord : elles avaient bien vu un homme, mais cela s'était produit dans une demi-obscurité, elles n'arrivaient pas à reconnaître Clodius à coup sûr en la personne de l'accusé ; la mère de César, Aurelia, et sa sœur Julia ne purent en dire davantage. Alors se leva l'accusateur que chacun était anxieux d'entendre. Il était puissant encore, et redouté. Bien que reclus dans son île de la baie de Naples, il s'était déplacé pour décharger sur son ancien lieutenant toute sa haine et toute sa rancœur : c'était Lucullus.

Le vieux général, par une espèce de tic, ne cessait de se mordre les lèvres d'exaspération et de rancunes contenues. À sa demande, deux vieilles esclaves, courbées, tremblantes, menées et encadrées par un appariteur, furent présentées devant les juges. Elles regardaient sans cesse on ne savait bien qui, en quête de ce qu'elles devaient dire. Elles ânonnèrent quelques paroles à peine audibles et, aussitôt, l'un des orateurs de l'accusation clama, péremptoire, que la preuve était là : on avait vu, oui, on avait vu, peu de jours après son installation dans le Vélabre, avec quelles manifestations de tendresse – proches de celles qu'on ne réserve qu'à une épouse – l'accusé avait accueilli sa sœur cadette dans sa maison ! N'était-ce pas là la preuve irréfutable d'un caractère débauché et pervers, un homme que ses dérèglements, que son incapacité à maîtriser ses pulsions conduisent pareillement à s'approcher d'une sœur et à commettre une profanation pour rencontrer une belle ?

Quel témoin d'une rencontre innocente avait rapporté complaisamment les apparences de cet événement anodin d'un jour de joie ? D'où venait cette interprétation tendancieuse de l'accueil chaleureux et tendre de Publius à sa sœur dans la nouvelle maison du Vélabre ? Fulvia sentait la répulsion l'envahir tout entière, quand son attention fut attirée par un frémissement qui se produisait, là-bas, sur les bancs réservés aux témoins à charge. Oui, c'était bien Cicéron, l'honorable consulaire et, à son côté, Terentia, son épouse. Terentia qui lançait des regards de défi et de haine vers Clodia. Terentia qui harcelait son mari. Et le consulaire, en proie à une gêne visible, essayait d'éviter quelque scandale. Comme s'il avait été mis en demeure d'agir sans délai, le consulaire se leva lourdement et demanda à s'exprimer devant les juges.

Publius venait de prendre la parole et de déclarer, comme l'avait conseillé Sextus, que le jour de la fête de la Déesse, il était absent de Rome. Avec confiance, il regagna son banc, laissant la place à Cicéron, et peu s'en fallut qu'il n'adressât au consulaire un signe discret de sincère amitié. Quelle ne fut pas sa stupeur d'entendre l'orateur témoigner du fait que l'alibi de l'accusé ne tenait pas, puisque lui-même avait reçu Clodius, à Rome, le même jour, dans sa maison. Publius se leva d'un bond, et derrière lui, Fulvia. Ils foudroyèrent du regard le consulaire qui détourna les yeux. Sextus quitta discrètement sa place : il savait ce qu'il lui restait à faire.

Des abords de la tribune où une foule anxieuse était massée, l'on entendait des débats fort peu de choses. Fonteius avait battu le rappel des partisans de Clodius. Presque tous étaient là. Comme eux, Lucius Laelius tendait l'oreille, cherchant à saisir le sens des bribes qui parvenaient jusqu'à lui. De temps en temps, des clameurs s'élevaient : un groupe croyait avoir compris quelque chose, les esprits s'échauffaient, et un instant après la rumeur cessait, souvent infondée, dans l'attente d'une nouvelle plus fiable et plus certaine. En quelques enjambées, Sextus Clodius rejoignit Fonteius. Il s'entretint avec lui avec force gestes. Et en un instant, la nouvelle que Cicéron avait fait un témoignage accablant fut comprise de tous et se propagea comme un brasier. Ils étaient venus confiants pour soutenir et applaudir leur chef, et ce retournement les laissait stupéfaits, confondus.

On allait passer au vote des jurés. Les sbires de Milon étaient là, eux aussi : ils provoquaient, par leurs sarcasmes, les partisans de Publius Clodius ; à mesure que la tension augmentait, ils se regroupaient autour du tribunal en une troupe toujours plus compacte. Alors, planches et madriers qui n'avaient pas servi au montage des stalles furent saisis, les étalages des échoppes de la basilique furent dépecés, des pierres arrachées au dallage. Cent objets divers s'abattirent comme la grêle, par-dessus la rambarde, sur les jurés. La milice milonienne allait être débordée, elle ne parvenait qu'à grand-peine à empêcher la foule surexcitée d'envahir la tribune.

Quelques-uns des émeutiers avaient grimpé sur la rambarde et, là, accrochés aux bustes et aux statues, désignaient à la foule ceux des juges qui s'approchaient de l'urne avec une tablette portant la lettre C, du mot fatidique *condemno*[105]. Alors, il y eut un flottement parmi les juges. Plusieurs votants, dans leur effroi, effaçaient le signe téméraire et modifiaient au dernier instant le suffrage qu'ils avaient porté sur la cire. Le décompte des bulletins indiqua vingt-cinq voix pour la condamnation, trente-et-une pour l'acquittement. Clodius était sauvé.

Les accusateurs et leurs témoins quittèrent le tribunal sous les huées. La foule fut tout près d'écharper Cicéron, il fallut que certains jurés aidés des hommes de Milon s'interposent et lui fassent un rempart de leur corps. La bousculade continuait autour du consulaire. C'était en vain qu'on cherchait à le distinguer, à travers les toges derrière lesquelles il voulait disparaître. Clodius, se jurant bien de faire subir aussitôt que possible à son nouvel ennemi la sentence d'exil à laquelle lui-même venait d'échapper avec l'aide du peuple, et Fulvia, d'autant plus furieuse que son angoisse avait été plus vive, prirent ensemble le chemin du Vélabre, escortés et acclamés jusque dans leur maison par une foule en liesse, mais sachant dès lors tous deux que cette sorte de haine s'acharnerait jusqu'à la mort.

---

105. *Condemno* : « Je condamne. » Le vote contraire serait A, pour *absolvo* : « J'absous. »

III

Gellius avait élu un très modeste domicile dans une chambre voisine de celle de Lucius. Lorsque le jour tant attendu de l'élection des tribuns de la plèbe arriva, ils descendirent ensemble de bonne heure, comme on le leur avait demandé, dans la salle commune. Ils y trouvèrent Sergius avec Lollius, déjà attablés. Fonteius, avec un entrain qu'on ne lui voyait pas d'habitude, circulait sourire aux lèvres parmi les tables. Sur la demande de Lucius, il expliqua volontiers quelle était l'origine de cette joie :

« Je vous annonce, mes camarades, dit alors le boutiquier avec emphase, que notre Publius Clodius, qui désirait depuis longtemps être le plus proche possible du peuple, a voulu rompre avec ses anciennes attaches et entrer dans une famille plébéienne. Il m'a demandé de l'adopter, il m'a fait l'insigne honneur de me choisir pour son père et maintenant il est vraiment des nôtres ! »

En un instant, ce fut une explosion de joie, un concert de félicitations et d'éloges. Gellius avait, comme les autres, appliqué sur l'épaule du tavernier une bourrade de sympathie. Mais, comme pris d'une inspiration subite, il leva un doigt en l'air et s'installa, un peu à l'écart, à un angle de la grande table, où il se mit à griffonner quelque chose sur des morceaux de parchemin.

Lorsque Sextus Clodius, exact au rendez-vous qu'il avait indiqué, arriva à son tour, son attention fut attirée par cette scène inhabituelle. Sextus s'était mis à lire, par-dessus l'épaule de Gellius, les signes que traçait l'écrivain, avec une attention qui redoublait ligne après ligne. Depuis que les censeurs[106] l'avaient déchu de l'ordre sénatorial, Gellius avait à cœur de maintenir bien haute une part de sa fierté passée en se piquant de littérature. Il rédigeait des pamphlets et des libelles, pas toujours heureux, mais leur auteur, prolixe, était infatigable. Sextus, qui découvrait ce matin-là cette activité débordante, trouva que le pamphlétaire avait croqué Cicéron, Milon et d'autres, d'assez belle façon.

« Pas mal ! s'exclama-t-il, nous afficherons celui-ci et celui-là aux endroits les plus passants, et je ferai, plus tard, acquisition de tes meilleures œuvres. Mais n'oublions pas l'événement qui nous réunit aujourd'hui : l'élection des tribuns du peuple ! Je vous engage à me suivre tous au Champ de Mars pour soutenir, avec moi, le candidat que nous aimons tous ! Quant à toi, Lucius, emporte ta falcata bien dissimulée, car on ne sait jamais…

– On ferme ! » cria Fonteius à l'adresse des clients qui se présentaient en cette aurore pleine d'autres promesses. « Revenez tout à l'heure ! Je m'en vais de ce pas au Champ de Mars car c'est mon fils qui, en ce jour mémorable, se présente devant le peuple ! »

Le moment était venu pour Gellius de payer son écot, mais il s'aperçut qu'il n'avait plus un sou vaillant. Pourtant, le libelle qu'il venait d'achever lui paraissait être d'une immense valeur. Il estima magnanime de le confier en gage à Fonteius, en attendant de disposer de quelque argent. Le tavernier, avec un soupir de compassion et d'impuissance, serra le petit rouleau sous le comptoir, parmi les choux et les carottes. Personne ne remarqua le témoin discret qui traînait devant l'échoppe et qui dévisagea Gellius avant de s'éloigner. Par la suite, Cicéron, à qui ses espions apprenaient tout, devait s'en prendre au pamphlétaire en mal de reconnaissance, qui laissait en garantie, pour payer son vin, sa production littéraire.

106. Censeur : magistrat qui contrôlait les mœurs de ses concitoyens.

Le jour n'était pas levé encore. Sextus Clodius, une torche à la main, conduisit néanmoins d'un pas rapide et sûr sa petite escouade au long des ruelles sombres qui, passée la porte Trigémine, serpentent au pied du Capitole. Un peu plus loin, un mur sévère, percé d'une grande porte précédée d'un propylée[107] et défendue par des grilles, formait une vaste enceinte. C'était ce que l'on appelait les *saepta*, c'est-à-dire l'espace clos dans lequel avaient lieu les opérations de vote.

À leur arrivée, le jour naissait à peine. Derrière les grilles, les portiers commençaient tout juste à décadenasser à grand fracas les ouvertures. Sextus constata avec satisfaction que ses compagnons et lui-même étaient les premiers à parvenir sur les lieux. D'autres amis, auxquels il avait donné rendez-vous, sortaient de l'ombre. Ensemble, ils étaient une bonne trentaine. Il s'assit sur l'une des marches du propylée et, après avoir invité ses camarades à en faire autant sur les autres degrés, sortit de la besace qu'il portait une appréciable quantité de menus objets dont il déposa une pile devant chacun de ses camarades. C'étaient de petites tablettes, marquées du nom du candidat Publius Clodius.

« Dans une heure au plus tard », expliqua-t-il en fixant plus particulièrement Lucius – qui découvrait, novice, l'acte le plus important peut-être de la vie civique –, « les citoyens seront assemblés ici pour procéder à l'élection des tribuns. Prenez chacun les bulletins qui sont devant vous, et suivez-moi. »

Ils pénétrèrent dans l'enceinte du vote. Une grande aire à l'air libre s'étendait devant eux, bordée sur ses longs côtés par des portiques et terminée, au fond, par une tribune.

« Comme tu le vois, continua Sextus, l'enclos est divisé en trente-cinq couloirs de vote réservés, chacun, à l'une des trente-cinq tribus du peuple romain. Chacun de tes camarades sera posté à l'entrée de l'un des corridors. Toi, Lucius Laelius, tu te placeras devant l'accès

107. Propylée : vestibule à colonnes.

de celui-ci. Ton rôle est d'arrêter les citoyens quand ils s'apprêtent à voter : essaie de les convaincre, de les influencer, fais-leur prendre un bulletin frappé au nom de celui que nous admirons ; que personne ne puisse prétendre qu'il n'en avait pas vu. Contre les récalcitrants, n'hésite pas à froncer les sourcils, comme si tu étais en mesure de retrouver l'égaré qui se serait fourvoyé dans un mauvais vote. En somme, règle ta conduite sur celle de tes amis, qui ont déjà l'habitude.

– Attention ! » interrompit à ce moment Sergius en poussant du coude Sextus, qui se retourna.

Reconnaissables à l'aspect de vieux militaires qu'ils affichaient souvent, les hommes de Milon arrivaient à leur tour. Mécontents d'avoir été devancés et de n'avoir pu occuper les lieux seuls et à leur guise, ils regardaient de travers les partisans de Publius. Sans surprise, Lucius aperçut parmi eux la haute stature de Birria. Sous la conduite du gladiateur, ils se disposèrent, eux aussi, aux différents accès. Par réflexe, Lucius assura le pommeau de sa falcata dissimulée sous sa pénule[108].

« En cas de nécessité seulement », précisa Sextus.

Le jeune montagnard, par un signe, confirma qu'il l'entendait bien ainsi.

Pendant ce temps, sur la tribune, les assesseurs installaient leurs sièges et disposaient les urnes. Derrière eux, sur les bancs qui leur étaient réservés, les candidats au tribunat, peu à peu, prenaient place. Sous les vivats de ceux de ses partisans qui lui faisaient un cortège, Publius Clodius, flanqué de ses intimes Curion et Marc Antoine, arrivait à son tour, tandis que, sur le Champ de Mars, une rumeur d'abord confuse allait en s'amplifiant : de tous les quartiers de Rome, la foule des citoyens convergeait vers la plaine. Le flot

108. Pénule : manteau à capuchon.

des habitants de l'Argilète[109], du Quirinal et de Subure, contournant la citadelle, se déversait entre les deux rangées d'arcades de la via Lata et arrivait par l'est ; celui qui venait de l'Aventin et du Vélabre grondait, roulant le long des berges, tout comme un second Tibre. D'autres marées d'hommes venaient des alentours de Rome et, même, à en juger par leur nombre inhabituel, de cités d'Italie parfois lointaines. Or, comme le peuple, se pressant le long de la muraille, commençait à pénétrer dans l'enceinte du vote, Lucius ressentit tout à coup une sorte de malaise : non loin de lui, des visages qu'il connaissait avaient surgi ; c'étaient des paysans venus de son pays, de la campagne d'Albe.

Un à un, les électeurs regroupés par tribu s'engageaient maintenant dans les corridors de vote. Les hommes de Clodius leurs tendaient leurs bulletins ; ceux de Milon faisaient de même, sous la surveillance de Birria qui allait de l'un à l'autre, les exhortant à insister et à harceler. Frôlant Lucius, il le dévisagea longuement et Lucius, le fixant à son tour, soutint ce regard hostile, sans faiblir. Le gladiateur passa, les mains derrière le dos, serrant un solide bâton clouté, d'un pas lent, lourd de menaces. Soit par une volonté de provocation, soit par l'effet d'un simple hasard, le géant se dirigea vers le couloir par lequel défilait la tribu de Lucius, et le regard du jeune garçon, qui le suivait des yeux, s'arrêta tout à coup : il avait aperçu, montant sur la tribune et s'approchant de l'urne, la carrure haute et solide de son frère. Caius, dignement, devant les assesseurs, indiqua son nom, livra son vote. Mais, avant de quitter l'enceinte, le grand frère se retourna vers la foule qui suivait. Il parut chercher quelqu'un parmi cet océan de têtes, et son regard d'aigle s'arrêta sur Lucius : il l'avait vu ! Le coup frappa Lucius au cœur. Il resta pétrifié, ne pouvant détacher son regard de cette porte par laquelle le frère aîné venait de disparaître, ayant anéanti, par sa seule apparition, le serment qu'avait fait le garçon de ne plus jamais

---

109. Argilète : rue qui allait du quartier de Subure au Forum.

voir aucun des membres de cette famille qui avait prononcé contre lui une décision équivalant à une sentence d'exclusion.

Soudain, à ce moment, une immense clameur éclate, tirant sa source de dix mille poitrines. Clameur de victoire, elle emplit l'air au-dessus de la plaine, vibrante de certitude : car on peut déjà dire que Publius est désigné, à l'unanimité des tribus, comme le premier sur la liste des tribuns de la plèbe. On s'étreint, on se félicite. Seuls les sbires de Milon font grise mine. Devant la liesse générale, ils se font, pour l'heure, plus discrets. Mais un homme seul, se retournant et trébuchant sans cesse, s'enfuit du Champ de Mars : Lucius Laelius.

Non, il ne rencontrera pas son frère. Il le jalouse trop d'avoir été privilégié par la décision injuste de leur père. S'il le voyait là, maintenant, devant lui, il tirerait sa falcata et le tuerait. Oui, sans doute, il tuerait son frère ! Lucius traverse presque en courant les jardins de la Villa Publica[110], se jette dans la via Lata et de là, dans le clivus Argentarius qui aboutit au Forum. Couvert de sueur, il passe devant le Tullianum, cette prison bâtie au flanc de la citadelle, où l'on enferme les meurtriers avant l'exécution. Tandis que, le cœur battant à rompre sa poitrine, il traverse le Forum sans même le voir, une pensée nouvelle, d'abord confuse, s'installe dans son esprit : quelle force mystérieuse, irrésistible, le pousse à fuir ainsi ? Ce frère aîné qui à présent le cherche, lui, Lucius, l'a-t-il vraiment cherché, lui qui rêve de se venger ? Pour être honnête, c'est l'idée même d'une rencontre qui l'épouvante. Non parce que l'aîné, à armes égales, aurait raison de lui facilement. Non parce que la falcata lui tomberait des mains devant un crime odieux. Ce que redoute Lucius, c'est une rencontre dans laquelle on lui demanderait compte de son départ précipité, inexpliqué, de sa révolte contre l'autorité paternelle, d'une rupture que lui seul a voulue, peut-être parce qu'il

110. La Villa Publica est un palais situé à l'extérieur de l'enceinte de la ville ; les ambassadeurs, les généraux en attente du triomphe y séjournent.

est moins capable que son frère, et qu'en toute justice il était préférable de le mettre en marge du partage. Oui, Lucius fuit. Il a peur de se trouver en face d'un être contre lequel tout combat serait un sacrilège, un crime épouvantable que ni les dieux ni les hommes ne pardonneraient. Plus encore, il a peur d'être ramené, par la force ou par la puissance bien plus contraignante de la persuasion, d'être sermonné comme un enfant et restitué, soumis, vaincu, à l'autorité de son père. Lucius, qui ne tremble pas devant Birria, le dogue de Milon, traverse le Forum, le souffle rauque, fuyant son frère qui le cherche, représentant et messager de leur père. Il se retourne, avant de s'engager dans le vicus Tuscus, au bout duquel il se réfugiera dans son asile.

De son côté, Caius, une fois sorti des saepta, a contourné l'enclos le plus rapidement possible et atteint l'endroit où se trouvait précédemment Lucius. Là, par un incroyable hasard, c'est Lollius et Sergius qu'il interroge. Les deux hommes, sans méfiance, confirment que Lucius était bien là et, répondant aux questions pressantes, indiquent qu'il loge par là-bas, à l'extrémité du vicus Tuscus. Bousculant les passants qui commencent à quitter le Champ de Mars, Caius se lance à la poursuite de son frère. Il arrive au comitium et, à l'angle opposé de la place, un homme, qui s'engageait dans une rue, se retourne : c'est bien son jeune frère. « Lucius ! » L'appel, qui pourrait être un ordre, est presque une supplication. Pourtant, la puissance de cette voix éclatant soudain dans ce lieu, aujourd'hui déserté, est telle que les colombes qui s'abreuvaient à la fontaine de Juturne s'enfuient, terrorisées, dans de grands claquements d'ailes. À son tour, Caius s'élance vers le vicus Tuscus. Il découvre une rue large, droite, dépeuplée encore à cette heure, sur laquelle on pourrait apercevoir, de loin, un homme qui fuirait. Hors de souffle, il s'appuie sur la margelle de la fontaine de Juturne. Mais force lui est de constater que le petit frère a disparu.

Lucius a couru jusqu'à l'insula des Fulvii. Il a monté les marches de l'escalier. D'une fenêtre, il aperçoit son frère qui erre un moment encore dans le silence de la rue vide d'animation en ce jour de comices. Puis, seul dans l'immeuble déserté, il s'enferme dans sa chambre, dans l'ombre de laquelle la conviction d'avoir échappé à la funeste poursuite est impuissante à restaurer la tranquillité de son âme.

IV

L'intensité des clameurs qu'on entendait s'élever du côté de la porte Trigémine était telle que plus aucun doute ne pouvait subsister quant à l'heureuse issue des événements. Bientôt, le grand vainqueur de cette mémorable journée, Publius Clodius, littéralement porté par la foule, fut déposé devant sa porte sous les ovations.

Fulvia, qui toujours avait eu foi en la victoire, avait tout prévu dans l'ombre et la chaleur du foyer. Pour fêter dignement le beau succès qu'elle prévoyait, elle avait ordonné à son cuisinier de fourrer et de rôtir depuis l'après-midi les viandes succulentes d'une soirée de fête et elle avait commandé aux *thermopolia*[111] voisins, dès qu'ils rouvriraient sous les assauts des fêtards, des gâteaux et des vins de qualité. Elle avait disposé les servantes et les esclaves devant le seuil, en une haie d'honneur qui attendait chargée de fleurs et de rameaux le retour du maître.

Dans un tonnerre d'applaudissements, Publius fut déposé à terre à l'entrée de sa maison. Alors qu'il s'apprêtait à entrer, les deux hommes qui s'étaient relayés pour le porter sur leurs épaules à la vue de tous, le prenant chacun par un pan de sa toge, sollicitèrent son attention. C'étaient Sergius et Gellius. Ils l'entretinrent un court instant et Publius, après les avoir écoutés avec une déférente attention, les invita à entrer à sa suite. L'atrium aux quatre colonnes couleur de cinabre offrait son obscurité hospitalière. Devant l'autel des

111. *Thermopolium* (*thermopolia*, au pluriel) : à la fois débit de boissons et boutique dans laquelle on trouve de la nourriture et autres boissons chaudes à emporter.

Lares, Publius fit un *votum*[112] à la divinité qui lui accordait la victoire et il offrit un sacrifice aux dieux. Puis il gagna le *lavacrum*[113], au fond de la maison, en compagnie de Sextus et de ses intimes Marc Antoine et Curion.

Le maître des lieux avait pris place sur le lit principal et, près de lui, Fulvia dévorait des yeux le vainqueur de cette journée décisive. Marc Antoine et Curion les entouraient et, sur les lits latéraux, Gellius et Sergius, honorés au-delà de leurs espérances, s'émerveillaient d'être à nouveau l'objet d'attentions dont, aristocrates déchus, ils avaient perdu l'habitude.

Après que l'on eut, à grand renfort de vins parfumés, fêté dignement l'heureuse conclusion de ce jour exceptionnel, la conversation s'anima peu à peu entre ces hommes et cette femme dont l'esprit bouillonnait de projets et d'espérances.

« Enfin ! s'exclama Publius. Je vais pouvoir réaliser le dessein qui me tient à cœur depuis bien des années et que les Gracques eux-mêmes n'ont pu accomplir pleinement : offrir à la plèbe la gratuité de son pain. César, notre consul, a fait adopter une loi de partage des terres au profit des vétérans qui se sentent capables de cultiver et, maintenant, il part vers les Gaules pour leur assurer de nouvelles conquêtes. Pour ma part, je m'efforcerai de résoudre le problème spécifique à la plèbe urbaine qui est, tout simplement, de trouver son pain quotidien. Organiser un approvisionnement permanent et gratuit : tel sera l'objet de ma première loi.

– Mais comment procéder pour obtenir le blé indispensable ? demanda Marc Antoine, que l'imminence d'une réforme aussi radicale rendait soudain perplexe.

---

112. *Votum* : vœu, promesse faite à une divinité pour la récompenser de ses bienfaits (par exemple, le projet de lui élever un temple).
113. *Lavacrum* : espace aménagé pour les bains.

– Nous l'achèterons là où il est, répondit Publius avec un calme serein et sur un ton d'évidence, dans les provinces qui le produisent : la Sicile, l'Asie Mineure, l'Afrique.

– Mais avec quel argent ? reprit Curion. Les seuls magistrats qui peuvent accéder au Trésor public sont les questeurs qui sont les responsables financiers officiels : en aucun cas les tribuns de la plèbe ! Tu n'auras aucunement accès aux fonds qui sont solidement cadenassés dans les soubassements du temple de Saturne[114].

– Bien entendu, répondit posément Publius, mais une nouvelle fonction va être instituée : celle de gestionnaire de l'annone. L'homme qui la détiendra sera investi des pouvoirs d'un questeur et, à ce titre, il aura le droit d'utiliser les fonds du Trésor public. »

Tous sursautèrent et s'exclamèrent comme d'une seule voix :

« Cet homme ne saurait être toi ! Tes ennemis y verraient un cumul des fonctions et une dictature ! Ce serait leur meilleur argument pour t'abattre ! »

Avec un sourire, Publius hocha négativement la tête.

« Mais alors, qui sera cet homme ? questionna Fulvia.

– Celui qui me paraît tout désigné pour s'acquitter de tels devoirs est à nos côtés », répondit Publius en désignant son jeune frère.

Stupéfait, accablé par cet honneur qu'il n'avait pas envisagé, Sextus voulut protester. Publius eut un geste qui signifiait que sa décision, bien réfléchie, était irrévocable. D'ailleurs, Fulvia, au comble de l'excitation, s'exclamait déjà :

« Merveilleux ! Tout a été prévu ! Nous disposerons de toutes les ressources et de tous les leviers dont la maîtrise est indispensable à la réussite de nos projets !

– Toutefois, intervint Sergius, il te faudra plus que jamais prendre garde à ta sécurité. Tes ennemis seront furieux : ils tenteront un coup de force, comme ils l'ont fait contre les Gracques ! »

---

114. Saturne : dieu du temps, père de Jupiter. Le temple de Saturne abritait les locaux du Trésor public.

Le ton était modeste, mais, on le sentait bien, cet avertissement venant d'un homme au passé mystérieux, lié de quelque manière au sort malheureux de Sergius Catilina exécuté par Cicéron, était le fait d'une victime instruite par l'expérience. D'un hochement de la tête, Publius signifia que, sans l'effrayer, le risque devait être pris en compte.

« J'en suis pleinement conscient, et c'est pourquoi il convient d'organiser en équipes disciplinées, solides et efficaces, tous ces amis obscurs qui nous secondaient ce matin au cours du vote. Ce sera l'objet de ma seconde loi. »

À nouveau, tous sursautèrent, souhaitant et redoutant à la fois la mise en place de ces structures nouvelles qui conduiraient, fatalement, à une révolution.

« Ma seconde loi, reprit Publius, consistera à autoriser la création d'associations de quartier. Elles ne serviront pas seulement à coordonner et à hiérarchiser les soutiens spontanés que la foule m'apporte, mais aussi à servir de cadre, plus tard, aux distributions de blé. Car ces distributions gratuites se feront rue par rue. Ces associations, c'est toi, Sextus, qui les dirigeras. »

Fasciné, séduit par le rôle que son frère lui réservait dans toute sa confiance, Sextus s'était fait apporter des tablettes et, les yeux exorbités, l'intelligence en éveil, le cœur battant, il prenait des notes à toute vitesse, ne voulant rien perdre de l'approfondissement de ces projets qui allaient changer Rome.

« Nous devons aussi, continua Publius, prévoir que nos adversaires chercheront à faire obstruction aux décisions que nous voudrons faire adopter par les assemblées du peuple. Certains magistrats n'hésitent pas à faire ajourner les débats et les votes, au motif qu'ils ont pris les auspices et qu'ils ont vu des présages défavorables. Aussi, je proposerai une troisième loi, au terme de laquelle il sera désormais interdit de bloquer un vote sous le prétexte d'auspices défavorables.

– Cette fois, murmura Fulvia, le rêve de mes ancêtres va enfin s'accomplir et le pouvoir sera entre les mains de la plèbe… »

Mais Publius venait de se tourner vers Sergius et Gellius.

« Quant à vous, je ne vous oublie pas, mes amis. C'est vous qui m'avez fait remarquer tout à l'heure, quand j'étais encore sur le pas de ma porte, une injustice criante contre laquelle on n'a pas assez combattu : vous en avez été les victimes, vous qui avez été exclu de l'ordre sénatorial ou bien de l'ordre des chevaliers par la simple décision d'un censeur. En application de ma quatrième loi, il ne sera plus possible de dégrader un citoyen sans qu'il y ait eu préalablement un jugement du peuple. »

*
* *

Pour Publius, Sextus et Fulvia, les journées qui suivirent allaient rester inoubliables. Tous trois rivalisaient d'innovations, d'ardeur et de témérité. Fulvia, plus véhémente et passionnée encore que Publius, dictait aussi bien que Sextus les dispositions les plus savamment étudiées et balayait d'un revers de la main les objections et les impossibilités apparentes. La course folle de son chignon qui s'agitait comme l'aigrette du casque d'un guerrier au combat les entraînait, les stimulait, comme une enseigne militaire qui dirige la cohorte au combat. Elle était belle à voir dans ses emportements, sublime à admirer dans ses justes colères. C'était souvent elle qui faisait insérer dans les articles de leurs lois les dispositions les plus audacieuses, les précautions les plus imparables. Et l'on ne savait qui, de Publius, de Marc Antoine ou de Curion, auxquels elle relisait le soir le résultat de leurs travaux, la regardait avec la plus ardente admiration. Elle se plaisait d'ailleurs, secrètement, à apparaître comme l'inspiratrice de nombre de projets, de nombre de perfectionnements. C'était la juste revanche du sexe faible auquel l'action politique est interdite. Elle respectait ainsi le vœu le plus cher de Sempronia, sa génitrice, et la tradition qu'avait instaurée Cornelia, la mère des Gracques.

Ce furent trois mois entiers d'un travail intense. Quatre jours après son entrée en charge comme tribun, Publius Clodius, le 4 janvier, put présenter devant l'assemblée de la plèbe ses quatre lois, qui furent votées à l'unanimité des tribus.

V

Le Vélabre. Lacis inextricable de rues étroites, d'impasses et de cours à l'allure de coupe-gorges. Comme si une gigantesque hache avait taillé en tous sens dans le bloc d'une montagne de briques un étrange réseau de ravins inquiétants et profonds. Balcons et encorbellements accentuent l'exiguïté de ces ruelles souvent obscures, à l'air fétide jamais renouvelé, jonchées de cloaques encombrés de déchets. Le Vélabre, c'est le bruit permanent, obsédant, des altercations, des tractations, des invectives, des clameurs des boutiquiers, des insultes et parfois même des coups. Lorsqu'en fin de journée un calme relatif s'établit, lorsque les ténèbres engloutissent une à une les vallées et les collines de Rome, commencent alors à poindre d'autres sortes de menaces. Les larrons dissimulés dans l'ombre, les *lenones*[115], les prostituées fardées et perruquées placées aux carrefours sont à l'affût de l'homme seul. Les ivrognes en jurant, prêts à en découdre, rentrent des tavernes en butant sur les pavés inégaux. Les chiens hargneux s'arrachent en grondant les immondices et les charognes.

Mais ici, à Tusculum, bourgade perchée dans les collines à quelques milles de Rome, Lucius Laelius a l'impression de revivre. C'est à Tusculum qu'est le berceau de la famille des Fulvii, c'est là qu'est née Fulvia, celle qu'il protège assidûment en tant que garde du corps. C'est là qu'elle a grandi, c'est là qu'en ce début de

115. *Lenones* : propriétaires d'esclaves destinées à la prostitution.

printemps elle est venue soigner son père, le vieux Bambalio qui, dit-on, est bien malade. Le meilleur médecin qu'elle connaisse l'accompagne également. Tandis que dame Fulvia, désormais à l'abri des hauts murs de la villa, veille avec un soin attentif au rétablissement de son vieux père, Lucius a tout loisir, puisque aucun risque en ce havre de paix ne justifie d'alerte perpétuelle, de flâner à sa guise aux alentours.

Derrière les jardins de la villa, enserrant dans ses ramifications un chapelet de petites îles, coule doucement une rivière. La ligne d'ormes qui la borde, le calme paisible de ses eaux lentes rappellent au garçon l'aspect de ce ruisseau au moment où, cessant d'être torrent au pied du mont Velino, il se dirige plus serein et plus large vers la modeste ville d'Albe, où Lucius a vu le jour. Mais voici que là-bas des rires joyeux fusent, derrière un écran de roseaux. Des clapotis agitent une petite crique, la course de pieds nus alertes et légers témoigne des derniers instants d'une baignade qui prend fin sur le sable de la rive. Trois jeunes filles, surgies de derrière un grand saule, rattrapent à pas menus le sentier de la berge. Furtivement, elles regardent, en croisant le jeune homme, ce torse musculeux, ces bras puissants habitués à la serpe. Comme leurs rires, leurs regards, leur démarche ressemblent à ceux des filles de la campagne d'Albe ! Trop longtemps contenu, trop longtemps refoulé, le souvenir de Stella éclate en lui. Discrète et douce Stella ! Comme elle ressemble peu aux commères de la Ville, qui glapissent au balcon leurs cancans, au Forum le prix des marchandises ! Combien elle est l'opposé même des oisives frivoles telles que l'insupportable Clodia ! Comme lui serait étrangère dame Fulvia, au service de laquelle il est tombé, aristocrate qu'elle est, esclave de l'ambition et de désirs de vengeance ! L'unique robe de Stella n'a pas de couleurs vives, n'a pas de franges ni de rubans. La robe de Stella est faite de grosse laine serrée qui protège du vent ; elle se lie à la taille par une cordelette de chanvre. Quand en fin de journée on ne sent plus ses bras, quand la poitrine se gonfle de la fierté de la besogne faite, l'on rentre tous ensemble, cousins, cousine, vers les deux fermes presque jumelles du père et de l'oncle. Stella sait apprécier les couleurs des couchers de soleil, l'air des montagnes enivrant et léger. Elle aime à marcher le long des saules en s'amusant des canards et des grenouilles. Stella n'a point de jalousie, point de haine. Elle aime et elle admire, donc elle vit.

Lucius avance encore, le plus loin qu'il le peut, le plus longtemps possible, en quête de voix éteintes et de réminiscences, car à chaque pas affluent en lui de nouveaux souvenirs. Comme cette berge ressemble à celle où ils marchaient, au temps de leur bonheur ! Mais le soleil va disparaître à l'horizon. Il faut rentrer. Tristement, Lucius prend le chemin du retour. Stella ne sera jamais à Lucius, puisque telle est la décision du père. Stella, contre son gré, appartient à un autre, et Lucius serre les poings de rage et d'impuissance, car cet autre est son frère.

L'état de santé de Fulvius s'améliorait de jour en jour et n'inspirait plus d'inquiétude. Rassurée sur ce point, Fulvia avait su par des gens de passage que, de toute évidence, des événements de grande importance se préparaient à Rome. Aussi, elle questionnait avidement tous ceux qui venaient de la Ville, et laissait entendre que son retour auprès de Publius était imminent.

Chaque jour, Lucius marchait un peu plus loin, explorant la campagne, s'intéressant aux vignes et aux cultures, le cœur empreint bien souvent d'une nostalgique tristesse. Chaque jour, il rencontrait les trois mêmes jeunes filles au bord de la rivière. Toutes trois étaient jolies, mais en aucune d'elles on n'aurait pu retrouver la grâce, l'austère fierté, la noblesse de port et de démarche qui faisaient le charme si particulier de Stella, perdue mais encore chère à son cœur.

Ce matin-là, l'eau froide et vivifiante de ce début de printemps l'appelait à une nage vigoureuse qui lui procurerait un exercice d'endurance et une saine fatigue. Il prit juste le temps de confectionner un mince radeau d'osier dans lequel il déposa ses vêtements, comme font les militaires pour la traversée des fleuves, et s'élança. Un long moment, les eaux filèrent le long de ses flancs. Ses brasses le conduisirent jusqu'à la plus lointaine des îles, sur laquelle il aborda, épuisé et joyeux. Lucius récupéra ses vêtements et, tandis qu'il se séchait, une curiosité lui vint d'explorer plus avant cette grande île. Mais, alors qu'il allait franchir la limite de la ceinture ondoyante des roseaux, il constata, avec un peu d'appréhension, que l'île faisait, de fait, partie intégrante du grand enclos d'une villa. Au même instant, les rumeurs d'une conversation qui se tenait non loin, au creux d'un bouquet d'arbres, l'arrêta court. Un intérêt nouveau l'emportant néanmoins, il approcha un peu plus, écarta les feuilles et regarda.

Sur un siège pliant, une petite table devant lui, un personnage aux cheveux gris, légèrement corpulent, enveloppé d'une ample toge, était assis. À ses côtés, un homme de haute taille, au visage rude et sévère, se tenait debout, dans l'attitude rigide et attentive d'un officier qui attend les ordres.

« Voilà le Sénat, soupirait l'homme en toge, hors d'état de s'opposer aux visées de ce Publius Clodius, et le parti de la plèbe à la portée de régner en maître. Il nous faut réagir vite et fort. »

À chacune des assertions de son interlocuteur, celui qui était debout serrait les poings, ses yeux lançaient des éclairs, sa figure en lame de couteau se tournait d'un côté et de l'autre, comme si l'adversaire était là devant lui, ou comme si un ennemi était en vue, déployant sa ligne de bataille. Son approbation était sans réserve, son impatience d'agir et sa hâte d'en découdre étaient sans aucun doute à leur paroxysme. Un groupe de serviteurs patientait non loin. L'homme en toge héla l'un d'eux. L'esclave portait une cassette de lourde et imposante apparence. Il s'approcha.

« Je sais, Milon, dit l'homme en toge, que je puis te faire entière confiance. Mais j'ai conscience aussi du fait qu'une somme d'argent conséquente n'est pas inutile pour nous assurer la loyauté des gens que tu recrutes : ils sont moins motivés, il faut l'avouer, que les partisans de notre adversaire. Aussi Tiron, mon affranchi, a réuni sur mes instructions ces fonds qui te seront nécessaires. »

La petite fortune qui tombait dans son escarcelle[116] était de nature sans doute à donner des résultats appréciables, car l'œil de Milon s'alluma, comme plein de projets nouveaux, et l'exécuteur des basses œuvres, nanti de la précieuse cassette, prit congé aussitôt. À peine avait-il disparu que le mystérieux donateur appela à lui un secrétaire et commença à dicter, adressés à un destinataire qualifié de « gouverneur de province », les termes d'une lettre dont le vent, qui se levait, ne laissa parvenir à l'oreille de Lucius que de trop rares bribes.

L'instant d'après, les feuillages qui dissimulaient la cachette de l'espion involontaire reprenaient leur place, et une heure plus tard, Lucius rapportait à Fulvia ce qu'il avait entendu.

« En effet, répéta Fulvia pensive, reprenant les termes mêmes de Lucius, il y a dans cette villa des activités suspectes dont nous ferions bien de prendre garde. Des courriers en partent, d'autres y arrivent, sûrement. Si Tiron est le nom de l'affranchi auquel l'homme s'est adressé, il ne fait aucun doute que le maître de maison n'est autre que notre plus dangereux adversaire : Cicéron en personne, qui possède, comme nous, une maison à Tusculum. Les sbires de Milon vont donc se renforcer, mais là n'est pas le plus grave.

« J'aimerais bien, reprit Fulvia après un court instant de réflexion, connaître, à tout hasard, la teneur de ces messages. Si l'une de ces lettres tombait entre nos mains, de quelque manière que cela puisse arriver… »

Elle regarda Lucius droit dans les yeux :

« Tu m'as comprise, Laelius ? »

116. Escarcelle : grande bourse que l'on portait suspendue à la ceinture.

Coupant par un sentier qu'il connaît bien, le jeune homme atteint la voie pavée que borde sur près d'un mille la propriété de Cicéron et qui mène à Ostie : par-là, logiquement, doivent passer les messagers qui se rendent auprès des gouverneurs de province.

Un porteur de missive, en voici un, justement. Il avance, sûr de lui, au petit trot de son cheval. Lucius, tranquillement, l'attend, les bras croisés, debout à la première borne. Sans façon, il l'empoigne et en un tournemain le désarçonne. Abandonnant le serviteur étourdi dans le fossé, laissant à la pluie fine qui commence à tomber le soin de ranimer le malchanceux, Lucius enfourche la monture et file droit à la villa des Fulvii, où la missive subtilisée est aussitôt décachetée par les mains de Fulvia.

À Vergilius, gouverneur de Sicile.

« Voilà qui est intéressant, commente-t-elle aussitôt, la Sicile est la principale province productrice de blé. »

Ce démagogue de Clodius a confié à Sextus Clodius, son parent et son intime, la direction de tout ce qui a trait à l'approvisionnement de Rome. Il a accès à l'argent public entreposé dans le temple de Saturne. Cela lui permettra d'acheter dans les provinces une part importante de toutes les récoltes. Cette folie va coûter à l'État pas moins du cinquième de son budget. Tout cela afin d'assurer à la plèbe la gratuité de son pain : chose qui ne laissera de l'encourager, à terme, à la plus vile paresse. La République est perdue ! Mais une partie du salut de Rome est entre vos mains…

« Évidemment ! gronda Fulvia que la colère envahissait. L'auteur de cette lettre suscite la désapprobation, peut-être l'appréhension, de son lecteur et suggère, sans l'écrire ouvertement, de faire ce qui est en son pouvoir pour gêner ou retarder dans sa province les opérations qu'il juge bien à tort comme dévastatrices. Ces niaises résistances peuvent réduire à néant tous les efforts de Publius ! »

Impassible en apparence, Lucius écoutait, approuvant pleinement, le flot des paroles de Fulvia. La main crispée sur le manche de sa falcata, il pensait plutôt, lui, à en découdre avec Milon, avec Birria.

Le lendemain, Fulvia était de retour auprès de Publius.

VI

Envahi par une rage à peine contenue, Publius Clodius froissa des deux mains la missive qu'une initiative opportune de Fulvia et le zèle de Lucius lui avaient livrée, et l'expédia sur les cendres du brasero, où elle se tordit et se consuma en d'ultimes et vaines convulsions. Les suggestions, les instructions à peine dissimulées qu'elle contenait, adressées à l'influent gouverneur de la première province productrice de blé, illustraient bien la lutte feutrée qui allait s'engager autour de la grande réforme voulue par Publius. En tant qu'ancien questeur admis aux séances du Sénat, en tant que promoteur des lois nouvelles, Publius devait ce jour-là se rendre à la curie où l'auguste assemblée, mécontente de l'adoption par le peuple d'une législation pour laquelle elle n'avait pas été consultée, ne ménagerait pas à l'audacieux tribun les critiques, les obstructions et les avanies.

Aussi, malgré les encouragements de Fulvia, malgré la stimulation à mener un âpre combat – que constituait déjà en elle-même l'interception de la lettre –, malgré les applaudissements de ses amis et l'importance du cortège qui l'accompagnait, ce ne fut pas sans inquiétude que Publius, après avoir traversé la place circulaire du comitium, pénétra dans la grande salle carrée de la curie. Une fois l'impressionnant aréopage d'anciens consuls, d'anciens préteurs, d'anciens censeurs, d'anciens édiles, entièrement réuni, le plus ancien d'entre eux, du haut de la tribune aménagée au fond de la salle, prit les auspices, offrit un sacrifice, annonça l'ordre du jour et déclara la séance ouverte. En quelques mots, Publius Clodius présenta à grands traits les réformes déjà engagées, que d'ailleurs tout le monde connaissait, puis il se rassit. Quelques orateurs se succédèrent. Leurs arguments, pour ou contre, étaient prévisibles, leur discours assez plat, leur compétence modeste. On les écouta peu, car celui que chacun attendait, Cicéron, rentré lui aussi, la veille, de Tusculum, devait parler ensuite. Le consulaire monta à la tribune, agita à grands effets les larges pans de sa toge bordée de pourpre, parut chercher l'inspiration et commença son discours :

« Il y a de jeunes écervelés, s'exclama-t-il, qui ont résolu de bouleverser l'ordre social et de rompre avec les traditions les plus sacrées de notre République. Celui dont nous parlons est un joli mignon au cheveu bien bouclé qui, entré naguère sous le déguisement d'une harpiste dans l'un des plus sacrés des sanctuaires, en est ressorti, sa barbe naissante toute brûlée par la flamme vengeresse de la déesse. »

Cette allusion à une affaire déjà ancienne, et qu'il avait presque oubliée, fut comme un premier coup de fouet pour Publius, qui parvint néanmoins à se contenir.

« À peine sorti de l'enfance, le jeune garçon dont il s'agit s'offre en complaisances coupables aux plaisirs de gandins opulents... »

Publius chercha un court instant ce que son contradicteur cherchait à dire. En effet, Publius avait souvent témoigné au tuteur qui l'assistait en l'absence de son père son admiration la plus exclusive et la plus candide. C'étaient ces démonstrations d'amour presque filial qui revenaient là, déformées, sorties de leur contexte. Cette attaque personnelle, sans rapport avec le sujet du jour, continua d'indisposer Publius. Mais le grand orateur continuait :

« Repassons maintenant les aspects successifs de son existence, certes brève, mais néanmoins déjà agitée. Les pirates qui le capturent à son retour d'Orient abusent et abusent de lui sans retenue... »

Que savait Cicéron des conditions de détention de Publius ? Cette supposition gratuite de sévices infamants avait pour but de le discréditer, lui, descendant d'une fière famille patricienne, aux yeux de tous ses pairs ; et elle y parvenait, si l'on en jugeait par les mines méchamment réjouies ou faussement apitoyées qui accueillaient cette révélation avec une austère condescendance. Fulvia, si elle avait été présente, aurait fustigé ces racontars qui, s'ils avaient été vrais, auraient eu la cruauté de ranimer le souvenir d'un traumatisme insupportable.

« Mais voilà notre héros rentré dans son pays. Notons au passage que son unique exploit avait été de désobéir à Lucullus, son général, et d'appeler les troupes à se mutiner. »

Publius se leva de son banc et, dans le tumulte indigné qui grandissait, s'époumona à préciser les circonstances qui justifiaient pareille révolte, mais ce fut en vain. Cicéron poursuivit :

« Voilà donc, disais-je, notre héros rentré dans sa patrie. C'est à ce moment, semble-t-il, que débute ce commerce hideux et illicite avec sa propre sœur. »

Quel espion avait vu Publius serrer sa petite sœur désespérée dans ses bras ? Quel infâme avait interprété la scène à la lumière de sa propre turpitude ? Sèchement, Publius rétorqua :

« En d'autres occasions, vous aviez soutenu, je crois bien, que j'étais irrémédiablement brouillé avec ma sœur à cause d'un différend sur une limite de propriété : bien étrange contradiction, qui prétend tantôt que ma sœur m'est trop chère, tantôt qu'elle ne l'est pas assez.

– Mais cela est peu de chose, reprit l'orateur du Sénat avec un air faussement entendu, eu égard aux légèretés de notre nouveau tribun quant au respect que chacun doit à ses ancêtres. En prenant le nom de Fonteius, Clodius a renoncé au nom de ses pères, renoncé au souvenir et à l'histoire de ses ancêtres, à l'autel et au culte de ses anciens… »

En passant à la plèbe, Publius avait confié la tradition des Claudii et le culte des ancêtres aux soins de son frère aîné. Mais il n'avait, devant le Sénat, à opposer que l'authenticité de ses convictions les plus intimes. Bouillant d'une colère qui littéralement l'étranglait, il protesta, en formules maladroites, que les injures proférées en rapport avec la vie privée ne servaient qu'à détourner l'attention des véritables problèmes.

« Les véritables problèmes ? » répartit l'avocat, que rien ne pouvait démonter, surtout devant un parterre qui lui était tout acquis. « Parlons-en, alors ! Maintenant, sénateurs, que j'ai suffisamment tracé le portrait de l'homme qui vient d'obtenir d'une foule ignorante ce qu'il n'a pas osé présenter devant vous, reprenons une à une les quatre lois scélérates dont il est le détestable auteur. La première veut empêcher, avant toute élection, avant tout vote sur une loi, le président de l'assemblée de prendre les auspices qui font connaître la volonté des dieux sur l'opportunité de l'action entreprise.

– La prise des auspices, chacun le sait, n'est plus le signe d'une vraie piété, d'une piété authentique. Elle est devenue une manœuvre utilisée à la seule fin d'ajourner un débat ! » eut le temps de crier Publius, qui ne chercha pas à prolonger son intervention, sachant que le tumulte des pudeurs outragées lui interdirait de poursuivre.

« La deuxième de ces lois », reprit Cicéron, que la complicité de presque toute l'assemblée encourageait, « abolit l'institution la plus sacrée que nous ont transmise nos pères : je veux parler de nos censeurs qui veillent à l'ordre moral dans notre cité. Ne vit-on jamais proposition plus funeste ? Ne vit-on jamais pareil outrage aux fondements mêmes de notre République ?

– Ma loi, coupa Publius, n'édicte nullement l'abolition de la censure, et vous le savez. Elle prévoit seulement que le censeur ne pourra dégrader un citoyen sans qu'il y ait eu au préalable un jugement du peuple tout entier. Trop de malheureux ruinés par suite de désaccords familiaux, de mauvaises affaires, de partage inégal d'une succession… »

Mais il se tut. Que pouvait savoir, que pouvait comprendre l'élite d'un Sénat au fait de toutes les affaires du monde, de la situation irrémédiable d'un Sergius ou d'un Gellius ? On en venait maintenant à la loi qui déchaînait les plus violentes passions : celle qui mettait en place les distributions gratuites de pain.

« Ce ne sont pas, gémissait le consulaire, les faibles redevances que le Trésor prélève sur les terres publiques qui suffiront à pareille dépense. C'est le cinquième du budget que cette folie va coûter à l'État ! Et ce sera aussi la faillite de nos publicains[117] chargés de la perception de l'impôt dans les provinces. »

Publius se leva d'un bond de son siège.

« En premier lieu, l'application de cette loi ne ruinera en aucune manière nos fermes générales : Sextus Clodius ne peut certainement pas acheter à lui seul la totalité d'une récolte, et rien n'interdira aux chevaliers amis de Cicéron d'enchérir, s'ils le veulent, pour l'obtention de ces contrats. »

Le silence contrarié du consulaire et la neutralité des sénateurs, qui se méfiaient des chevaliers, permirent à Publius de continuer, pour une fois, sans entrave. Et, comme s'il s'adressait au collège indulgent des tribuns, il prit le visage réfléchi et serein du législateur avisé qui trouve l'occasion de développer la précision imparable d'une loi utile et bien pensée.

« En second lieu, admit-il, car je sais parfaitement tout ce que cela coûte, le budget sera rétabli par l'annexion que je proposerai de l'île de Chypre. Son roi, Ptolémée, en a fait don, par testament, au peuple romain.

– Il y a pourtant à Chypre, tenta de manœuvrer l'orateur, un roi bien vivant, et qui n'a pas la moindre intention de transmettre ses États au peuple de Rome.

– Celui dont vous parlez, rétorqua Publius aussitôt, n'est pas le roi légitime de l'île, mais un usurpateur qui a profité des désordres pour y prendre le pouvoir. Par conséquent, nous réaliserons effectivement la réunion de Chypre à l'empire. Nous en percevrons

117. Les publicains formaient des sociétés civiles à but lucratif qui intervenaient dans les domaines de l'économie et de la fiscalité de la Rome antique.

les revenus. Le budget de l'État sera en équilibre et le peuple sera nourri. »

Les becs hostiles étaient cloués. Des murmures désapprobateurs soulevaient pourtant le côté insuffisant de la mesure proposée. Publius estima utile d'ajouter :

« Dès l'an prochain, la Syrie à son tour viendra augmenter les ressources de l'empire, et César, qui part cette année pour les Gaules, s'emploiera à les compléter. »

C'en était trop. Le tollé, calmé un instant, reprit, plus violent encore : on se méfiait comme de la peste des généraux indépendants et des conquêtes lointaines. L'état d'exaspération qui avait submergée l'assemblée rendait illusoire toute tentative d'aborder la question de la quatrième loi. Dans ces conditions, la rue elle-même s'en chargerait : Publius s'esquiva, laissant les sénateurs à leurs préjugés et à leurs certitudes. Sur l'aire circulaire du comitium, ses admirateurs reprirent possession de leur idole qui, contre vents et marées, luttait pour assurer leur pain, et le raccompagnèrent en grand cortège jusqu'à sa maison.

« Je sais ce qu'il me reste à faire, décida le tribun, réunir l'assemblée du peuple et lui faire adopter une loi décidant le bannissement de Cicéron.

– Mais qu'on ne se borne donc pas à exiler ce consulaire ! » hurla Fulvia que le récit de Publius avait mise au paroxysme de la fureur et qui s'abandonna ce jour-là à la première d'une longue suite de crises de rage incontrôlables. « Se contenter d'exiler cet homme qui nous hait et ne rêve en somme que de refaire contre nous ce qui a été commis contre les Gracques ! Cela ne suffit pas ! Ce que je veux, c'est qu'il cesse à tout jamais de nous nuire ! Oh ! Comme je voudrais pouvoir, un jour, tenir entre mes mains la tête de Cicéron une fois mort, et puis saisir et arracher à tout jamais la langue de cette vipère ! »

VII

Tandis que Lucius Laelius se hâtait de livrer à Fulvia les informations qu'il avait surprises, Cicéron, à pas lents, ayant passé un petit pont de bois, remontait la pente herbeuse qui ramenait vers le portique de sa villa. Le long de l'allée étroite bordée de massifs de lauriers que couvrait de dentelles un début de floraison, susurrait, intermittent, un filet d'eau. Cette nature réconfortante et paisible l'invitait à déserter, ne fût-ce que pour quelques heures, l'agitation et les tracas de l'action politique, l'engageait à la contemplation, l'appelait à jouir des présents simples que lui offrait ce paysage magnifique que seul limitait, très loin, le cercle des collines tusculanes. Une pile respectable de tablettes sous le bras, Tiron, le fidèle Tiron, compagnon d'enfance et fidèle serviteur, suivait, attentif à tous les actes de son maître, prêt à devancer ses moindres désirs, devinant ses moindres pensées. *Maître,* avait-il envie de supplier, *ne pouvez-vous maintenant vous accorder un repos amplement mérité ? Quelles ambitions secrètes vous tourmentent ? Quels projets nouveaux agitent votre esprit ? Quelles luttes gigantesques êtes-vous sur le point d'entreprendre ?* Cicéron devina la prière muette du serviteur fidèle. Il embrassa d'un long regard le cirque des monts Albains revêtus de forêts, hésita un instant et répondit :

« Si je me rendais à tes soupirs, mon cher Tiron, si je pouvais oublier mon engagement politique, que ferais-je, oui, que ferais-je donc au fond de ma retraite paisible ? »

Il chercha un court instant, et un éclair brilla dans ses yeux.

« J'entreprendrais de composer une fresque inégalable ayant trait à l'histoire de Rome !

– Une histoire générale, objecta Tiron, coûterait bien des efforts et occuperait de longues années…

– Non pas ! rectifia Cicéron. Je raconterais et commenterais les événements contemporains de ma propre existence, et le point d'orgue serait la belle et inoubliable année de mon consulat ! »

Le silence et la douceur de la campagne tusculane, la brise d'air pur venant des monts stimulaient le génie du grand penseur toujours en quête de nouveauté.

« D'ailleurs, je ne me contenterais pas d'imiter les récits ternes et sans saveur de nos premiers historiens : c'est avec un style bien plus vivant et élégant que je m'en acquitterais, de sorte que, une fois mon œuvre achevée, je mettrais sous les yeux de mes compatriotes une œuvre impérissable ! »

Comme s'il traçait dans son esprit le plan possible du monument littéraire qu'il se proposait d'entreprendre, Cicéron resta pensif un court instant ; mais l'ampleur du projet, sans doute, le fit hésiter, car il secoua la tête et poursuivit :

« Mais, à y réfléchir, tu as raison, Tiron : pour mener à son terme un aussi vaste projet, il faut disposer de beaucoup de loisirs et de beaucoup de temps. Les notions de droit que j'ai acquises dans ma jeunesse m'autorisent à enseigner en tant que jurisconsulte. Mais je saisirais cette opportunité pour livrer mes conceptions sur une théorie générale du droit, en partant des sources mêmes du droit, et en défendant l'idée selon laquelle il existe un véritable droit naturel, dont les règles de base, issues de la simple morale, sont admises dans toutes les sociétés. Ceux qui enseignent le droit ne donnent que des méthodes de procès. Moi, je livrerais de véritables méthodes de justice !

– Maître, intervint Tiron, votre perfection et votre hauteur de vue dans tous les domaines ne font aucun doute, mais prenez garde de trop les montrer : souvent vous en accablez les autres ; la modestie sied aux hommes supérieurs. »

Ces derniers mots, que le serviteur loyal hasardait dans un dessein d'apaisement, raviva au contraire le sentiment d'orgueil qui était la marque de l'ancien consul. Comme on arrivait à l'entrée de la bibliothèque, Cicéron caressa du regard les rayons où reposaient les ouvrages les plus savants et les plus rares :

« Exprimer en bon latin et faire comprendre à nos compatriotes les thèses des différentes écoles de la philosophie des Grecs, voilà ce que me commande le savoir que j'ai acquis au cours de mes études athéniennes ! »

Une inquiétude lancinante rongeait Tiron : montrer à tous, comme faisait son maître, que l'on est apte à comprendre et exprimer les idées les plus subtiles suscitait plus de jalousies dévastatrices que d'admirations sincères. Mais il n'eut pas le temps d'objecter le regrettable constat que, déjà, il avait eu l'occasion de faire, Cicéron abordait à présent le sujet qui lui tenait le plus à cœur : celui des plaidoiries. Il ouvrit les bras comme pour prendre à témoin le cirque aux crêtes boisées des monts de Tusculum et, comme si, du haut d'une tribune, il s'adressait à un aréopage :

« Vois-tu, Tiron, de toutes les formes d'activités auxquelles je me suis adonné, il en est une dont je ne saurais me passer : c'est le métier d'avocat, c'est le métier d'orateur. Ah ! Le plaisir d'agencer, de sculpter pour ainsi dire chaque phrase en une mélodie capable par elle-même de remuer les âmes ! La fierté d'avoir su mettre en lumière les contradictions de l'adversaire, les équivoques, les conséquences, et dégager les arguments propres à convaincre l'auditoire ! L'ivresse que l'on ressent d'avoir enthousiasmé les foules ! L'allégresse de sentir l'assemblée vibrer, plier, se soumettre sous l'effet d'une incomparable éloquence ! »

Oui, pensait Tiron, *c'était sur la tribune que le maître se savait inégalable, c'est là qu'il se sentait presque un dieu ! Pourtant, ses succès mêmes, ses apparents triomphes, remportés en partie au prix des allusions les plus blessantes à la vie intime de ses adversaires, suscitaient bien des rancœurs, dressaient contre lui bien des haines.*

L'on apportait à ce moment une missive cachetée du sceau d'un très important personnage. Cicéron dévora le message avec une attention intense, il le lut et le relut, et son visage s'illumina.

« Les plus grands esprits, s'exclama-t-il, m'appellent et m'encouragent à sauver la République contre les entreprises de ce Clodius ! L'on se souvient du fait que j'ai été, il n'y a pas si longtemps, le sauveur de Rome, et l'on m'affirme que je puis l'être encore ! Et cela ne saurait être mis en doute. Je me fais fort de réunir autour de moi les chevaliers de toute l'Italie, de lui adjoindre toute la fine fleur de la noblesse : tous me suivront ! Comme jadis nos ancêtres ont eu raison des Gracques, nous prendrons, s'il le faut, à notre tour les armes et nous mettrons fin aux entreprises de cet aventurier ! »

Plus affligé qu'enthousiaste, le serviteur rangeait en silence les tablettes de travail. *Prenez bien garde, maître*, avait-il envie de dire. *Les flatteurs vous envoient seul au-devant du danger, c'est vous qui courrez tous les risques ! Oseront-ils vous soutenir au moment décisif ? Rien n'est moins sûr ! Ne vous bercez donc pas d'illusions trompeuses sur les capacités de résistance de leur noblesse décadente. Je sais bien : votre naissance obscure dans une petite ville d'Italie, la nécessité de surmonter tous les obstacles, la passion de perfection qui vous a animé pour gravir les échelons jusqu'aux responsabilités suprêmes, votre admiration profonde pour Rome et ses institutions, vous poussent à hasarder votre fortune : elles font de vous une victime désignée.*

Mais Cicéron n'aurait pas écouté. Il venait de s'enfermer dans sa bibliothèque, pour travailler encore, laissant Tiron à demi-mort d'inquiétude sur le sort de celui qui était son ami beaucoup plus que son maître.

VIII

Ce fut Sergius qui, ce matin-là, vint donner le branle : ses coups vigoureux résonnèrent bruyamment à la porte de la taverne. Fonteius apparut le premier, mal réveillé encore. Lucius s'habilla en hâte et descendit dans la salle commune où Lollius, alerté à son tour, le rejoignit aussitôt. À cet instant, le triste et morose Sergius était dans un état d'exaltation indescriptible.

C'était le jour où le peuple tout entier, convoqué par le tribun Publius Clodius au Champ de Mars, allait arracher une juste vengeance sur ceux qui, cinq années auparavant, avaient noyé dans le sang la révolte de Catilina et de ses partisans et détruit les espérances des miséreux qui avaient cru possible une remise générale sur l'énormité des dettes. C'était le jour où la plèbe allait être saisie d'une proposition de loi présentée par Publius en vue de faire condamner à l'exil le personnage consulaire qui, en abattant les têtes de la « conjuration », avait courbé le peuple sous la toute-puissance du Sénat : l'ancien consul honni de la plèbe et des tribuns. Celui que les « gens de bien » admiraient comme un grand orateur ; qu'on redoutait comme avocat ou comme accusateur ; qui vulgarisait dans ses traités la philosophie sage et tolérante des Grecs, se targuant d'être lui-même un grand penseur, mais qui, en politique, avait été l'instrument d'une répression impitoyable au bénéfice de la curie. Celui qui avait vaincu et tué Catilina, son parent à lui, Sergius. Catilina, coupable d'avoir voulu porter remède aux excès de l'usure par une abolition générale des dettes. C'était le jour de la revanche.

« Le peuple réuni va de nouveau parler, s'enthousiasmait Sergius, et en vue de cette longue journée, qui promet d'être chaude, notre tribun offre à chacun une ration de porc et une rasade de vin. Fonteius, porte-nous ça tout de suite ! »

Heureux de pouvoir servir la cause dans les limites de ses modestes capacités et de réaliser, pour une fois, un gain appréciable et payé comptant, Fonteius s'exécuta prestement.

« Voici, reprit Sergius, les instructions que je suis chargé de vous communiquer. Vous savez que notre Clodius, contre l'avis du Sénat, a obtenu la reconstitution des associations de quartier qui avaient été dissoutes il y a cinq ans. Il ne s'agit pas seulement des corporations de boulangers ou de foulons[118]. Il ne s'agit plus seulement de se rassembler aux fêtes de carrefours pour participer aux concours de cocagne et ainsi tenter de décrocher en haut du mât une tranche de porc ou une amphore. Non, les associations nouvelles, organisées rue par rue, auront pour but une distribution plus aisée du blé et de l'huile. Toutefois, pour l'instant, elles encadrent les nombreuses troupes de nos partisans, prêtes à secouer le joug qui les opprime. »

L'assistance écoutait, émerveillée, les yeux et l'espérance ranimés par une nouvelle flamme, les muscles tendus par l'impatience d'agir et de combattre.

« Chaque rue, donc, fournit une décurie, chaque quartier une centurie[119], organisées comme une armée en campagne. Celui qui les supervise n'est autre que Sextus Clodius, et nous tous dépendons de son autorité.

– À Sextus Clodius ! » clama l'assemblée d'une seule voix, et les gobelets se levèrent.

« Combien de centuries avons-nous ? » s'enquit Lucius, dont l'intérêt se transformait en excitation de minute en minute.

---

118. Foulon : artisan qui foule, apprête les étoffes de drap ou de laine.
119. Décurie : groupe de dix soldats ; centurie : groupe de cent soldats.

« Il y a celle du vicus Tuscus, dont nous sommes ; celle de Subure ; celle de l'Aventin ; celles de Firmidius et de Plaguleius, qui sont les plus violentes et les plus actives. »

Les noms que portaient ces « centurions », patronymes que le hasard seul avait choisis, et qui n'étaient des surnoms en aucune manière, évoquaient dans les esprits, pour le premier, « le Costaud », la représentation d'un hercule redoutable, pour le second l'idée d'un « Plaies et Bosses » qui n'existait que pour se battre. Lucius s'en amusait, mais les visages se durcirent avec un mince sourire. Assurément, cette légion singulière, à l'affût dans les murs mêmes de la Ville, était de taille et de dispositions capables de faire réfléchir n'importe quel adversaire.

« Et maintenant, "soldats", le peuple, ce matin, va être constitué en tribunal, et vous serez, vous, les assesseurs de ces juges ! »

Sergius fit résonner sur la table le lot des tessères portant la lettre C de la condamnation, et dont chacun des assistants empocha une abondante poignée.

« Distribuez-les dans les tribus, toutes disposées à les accueillir : elles permettront d'obtenir le désaveu et le bannissement de l'ennemi du peuple.

– À mort, Cicéron ! »

Les poings martelèrent les planches.

« Vive Clodius ! » rugit la tablée, en élevant bien haut les coupes que Fonteius remplit de nouveau sur-le-champ.

Même le rêveur et timide Gellius avait cessé d'écrire et ne songeait plus qu'à en découdre.

« Pour finir, ajouta Sergius, deux d'entre nous ont un rôle particulier : toi, Lollius, es attaché à la sécurité personnelle de Publius Clodius ; et toi, Laelius, à la protection exclusive de dame Fulvia. »

Lucius, déçu, baissa la tête : cette fonction l'obligerait à rester commis à la garde de la maison du chef.

« Ne me fais pas cette figure de funérailles, Laelius ! » protesta Sergius, qui avait bien prévu la réaction du montagnard. « Tu n'en seras pas pour autant mis à l'écart des événements car, vois-tu, dame Fulvia, depuis son échappée à Tusculum, s'est mis en tête d'accompagner partout son digne mari et d'assister aux événements de la politique, tout comme un homme ! Par conséquent, tu n'aideras nullement à filer la laine, et tu seras posté non loin de nous, en mesure de distribuer des coups, si nécessaire. »

Les coupes étaient vidées. Les arêtes de poisson, les côtes de porc débarrassées de leur viande jonchaient, en signe d'appétit rassasié, la mosaïque. La joyeuse et terrible décurie du vicus Tuscus, toute au vertige de sa puissance, s'en fut, d'une démarche sûre et conquérante, en direction du Champ de Mars, passant par le domicile proche de Publius, où le tribun venait de mettre au point, en compagnie de ses intimes et de son influente épouse, le déroulement de cette journée décisive qui allait s'achever par une révolution.

Ce n'était pas sans raison que Publius Clodius avait convoqué l'assemblée sur le site assez peu fréquenté du cirque Flaminius. En premier lieu, le vaste espace des saepta, normalement prévu pour la tenue des comices, était indisponible, car il était utilisé pour les opérations d'un recensement général qui était sur le point d'être achevé[120]. En second lieu, le terrain choisi, qui s'allongeait sur la rive du Tibre, était chargé d'un symbole : la construction d'un champ de course, entreprise il y avait cent soixante ans par le consul Flaminius, avait été interrompue par la mort tragique de ce réformateur, ami du peuple, à la bataille de Trasimène[121] gagnée par Hannibal. Il régnait là, jamais ensevelie et à peine altérée, la nostalgie d'une œuvre architecturale et d'un projet social inachevés. En dernier lieu, cet emplacement, situé hors des remparts de la

120. Les saepta étaient utilisées pour y faire patienter la foule, en attendant de la faire défiler vers la tribune des censeurs dressée à l'entrée de la Villa Publica.
121. Bataille de Trasimène : 217 av. J.-C.

Ville, allait donner la possibilité à César, proconsul[122] d'une armée partant pour la Gaule, d'assister en toute légalité aux débats, sans violer l'enceinte sacrée interdite aux troupes en armes.

La foule se dirigeant vers le cirque grondait en défilant, regardant de travers, en passant, le temple d'Apollon serré dans son portique, où le Sénat, en proie à la plus vive inquiétude, s'était réuni pour suivre de près le déroulement du procès de Cicéron, son champion, devant le peuple. Rien ne pouvait être tenté par ses sbires et Milon, dépité, rongeait son frein. Car la foule massée le long des voies n'acclamait pas seulement à tout rompre Publius Clodius, elle applaudissait aussi l'influente, efficace et belle Fulvia. Quant à Lollius et à Lucius, qui, quelques pas en avant, les précédaient en gardes du corps attentifs, ils valaient bien à eux deux une escouade de licteurs.

Au moment où le cortège du tribun parvenait en vue de l'entrée du cirque, une escorte bien plus imposante encore arrivait, sortant du portique de Metellus. C'était celle de César, le proconsul qui partait pour les Gaules. Les deux troupes s'étant arrêtées, il y eut un échange de paroles. Entre le proconsul et le tribun s'était établis une véritable entente et un partage des rôles. César, par sa loi agraire et ses ambitions de conquêtes, Clodius plus modestement par sa réorganisation de l'annone, affichaient une complémentarité qui plaisait au peuple. Devant la foule séduite, les deux hommes conversèrent, longuement.

Soudain, à cet instant-là, au milieu de la multitude de ceux qui entouraient César, et qui, reconnaissables à leurs tuniques grises, étaient pour beaucoup des soldats venus mêler leurs propres votes à ceux du peuple, Lucius, avec stupéfaction, et avec une sorte d'épouvante, aperçut son frère ! Son frère qui l'avait reconnu, son

122. Proconsul : ancien consul qui, sortant de charge, était maintenu en fonction pour continuer une campagne militaire ou pour administrer une province en détenant les pouvoirs militaires civils et judiciaires.

frère qui, avec insistance, avec obstination, lui indiquait quelque chose du côté de la Villa Publica, voisine des saepta, lui montrait un événement dont l'importance devait être primordiale. Son frère qui lui tendait les bras et faisait un pas vers lui, mais que le regard sévère d'un officier cloua sur place.

Les deux groupes mêlés pénétraient dans le cirque. La foule entrait à grands flots. Fulvia, en tant que femme, savait ne pas y être admise. En conséquence, elle se dirigea, entraînant Lucius, vers la Villa Publica, pour attendre le résultat du vote dans ses jardins ombragés et son cadre serein. Et comme la belle et affriolante Clodia, prévenue de ses intentions, la rejoignait avec ses servantes, elles s'installèrent ensemble sur un banc environné de buis et incurvé autour d'une fontaine. On accédait à l'entrée principale de la Villa par un propylée dont les marches, s'interrompant à mi-hauteur, formaient une sorte de tribune. C'était là que les censeurs avaient pris place. Leurs hérauts appelaient à se présenter pour le recensement les membres d'une tribu que le sort venait de désigner ; cette foule houleuse commençait à défiler, dans un espace que limitaient, en guise de péristyle, deux rangées parallèles de platanes.

Lucius, qui n'était pas très loin, constata que les citoyens ainsi convoqués venaient presque tous d'Albe. Lucius, exclu de sa famille et de sa communauté par sa fuite et par les décisions de son père, Lucius aigri d'être un vagabond pas même émancipé, Lucius, saisi par une curiosité hostile, s'approcha. Un homme assez âgé montait à la tribune des censeurs. Lentement, il fit les déclarations d'usage. Longuement, il s'entretint avec les magistrats. Longuement, il insista. Puis, ayant sans doute obtenu quelque chose, tenant entre les mains une sorte de diplôme, il redescendit les marches à pas lents, brisé, voûté, chenu, et disparut dans la foule. Le cœur de Lucius se serra : ce vieil homme, c'était son père ! L'attitude et la démarche insolites du vieillard qu'il désirait haïr venaient, il ne savait pourquoi, le fouiller jusqu'aux tréfonds de l'âme. Un doute le saisit. Les tentatives de son frère, toutes manquées ou repoussées, lui revenaient en mémoire et lui donnaient le goût amer d'une incertitude coupable. Oui, une intuition inattendue se faisait jour. Pour la première fois, il ressentit à l'égard de son père bien davantage qu'une considération imposée par le devoir. Un respect nouveau, une compassion inconnue le saisirent, premières ébauches d'une forme neuve de déférence et de vénération.

Dans les intervalles du babillage de sa belle-sœur, Fulvia percevait, sans surprise et avec une satisfaction croissante, les clameurs de victoire qui explosaient et s'envolaient au-dessus du cirque, aux verdicts successifs de toutes les tribus. Elles contrastaient avec le silence morne et pesant du temple d'Apollon aux portes closes. Bientôt d'ailleurs les sénateurs, n'ayant plus d'espoir sur l'issue du vote, quittèrent le sanctuaire et se dirigèrent, en une piteuse retraite et sous les regards narquois des passants, vers la curie, que peut-être la milice de Milon protégerait.

Quant au plébéien Lucius Laelius, lorsqu'il rentra le soir à son auberge, troublé, perplexe, ses amis l'assurèrent qu'un vieil homme accablé était venu et leur avait remis, à son intention, un objet mystérieux enveloppé dans un linge. Lucius bondit. Les mains tremblantes, il déplia l'étoffe, et découvrit le *diploma*, le certificat obtenu par son père, le matin même, qui le reconnaissait comme majeur et le comptait parmi les citoyens. Et lorsque Fonteius lui eut précisé qu'à Albe il avait sa place et que sa famille l'attendait, tout devint clair dans son esprit et son sang se glaça : quatre années déjà d'une illusion venue d'un coup de tête, entretenue par les mensonges qu'il se faisait à lui-même, alors que ses proches le recherchaient avec une assiduité et une constance touchantes, et jamais remarquées ! Oui, il partirait pour Albe dès que les événements le permettraient. Mais dans l'immédiat, cette révolution même qu'il avait désirée le retenait prisonnier aux côtés de Publius, aux côtés de la plèbe, aux côtés de Fulvia. Et puis là-bas, il y avait Stella. Stella au bras d'un autre. Stella épouse, mère peut-être. Stella au bras d'un autre, c'était un coin, une tenaille, un instrument manié par un bourreau, supplice intolérable qui fouillerait et déchirerait ses entrailles. Alors il s'attabla avec la décurie des braves, tant il restait à faire encore pour achever cette révolution qui commençait.

PARTIE III

I

Lové au creux de son cirque de montagnes, le lac de Nemi[123] scintille sous le soleil d'avril. Sur son pourtour s'alignent, et parfois se côtoient, de riches villas qui pour la plupart appartiennent à la haute noblesse de Rome. Souvent, un escalier relie leurs colonnades à de charmantes réductions de petits ports, d'où les bateaux de plaisance partent et accostent, en de paresseux mouvements de rames. Sur l'un des sommets s'élève le temple de Diane, entouré du bois sacré au sein duquel, autrefois, le roi Numa recevait les conseils de la nymphe Égérie[124].

Non loin du sanctuaire, juchée sur une arête rocheuse, une construction à l'apparence sévère ressemble moins à une villa qu'à un poste fortifié. Elle domine, d'un côté, l'amphithéâtre naturel qu'est le site du lac et de l'autre elle surplombe le gros bourg d'Aricie que traverse la via Appia, à quelques milles de Rome. Dans cette propriété de la famille Claudia, Fulvia et Publius sont venus se reposer et se refaire de la période de tension et d'activité intense des premières semaines du tribunat. Fulvia a donné un fils à son mari. Il s'appelle, lui aussi, Publius. Il vient de faire ses premiers pas. Son père met en cet enfant tous ses espoirs, fonde en lui tous ses projets d'avenir. Quant à Fulvia, elle est de nouveau enceinte. Si c'est une fille, elle portera le nom de Clodia, comme sa tante : le moment venu, elle fera un beau mariage et, comme sa grand-mère

123. Le lac de Nemi est à vingt-cinq kilomètres de Rome.
124. Selon la légende, Égérie, nymphe des sources et des bois, était la maîtresse ou la femme du roi Numa Pompilius, deuxième roi mythique de Rome, successeur de Romulus.

Sempronia, et comme sa mère, elle deviendra à son tour une femme influente, peut-être incontournable.

Cela fait un mois maintenant que Cicéron est parti pour l'exil[125]. Avec une joie sauvage, Fulvia repasse dans sa mémoire les étapes de cette victoire : les vaines tentatives du condamné pour organiser un mouvement des chevaliers en sa faveur ; les espoirs déçus d'une action armée de la noblesse vite avortée ; le deuil officiel de son départ inévitable, interdit par les consuls[126] ; sa fuite finale, très loin de Rome. Fulvia savoure la plénitude de sa vengeance accomplie.

*
* *

Le garde du corps, Lucius Laelius, a inclus dans ses rondes la nouvelle terrasse que le couple des maîtres a fait édifier pour agrandir la villa. Il laisse derrière lui l'équipe affairée des ouvriers, parvient à l'extrémité du chantier, il se penche pour admirer la puissance du soubassement, puis il s'assied sur le rebord, les jambes pendant au-dessus de l'à-pic qui domine le lac. Lui aussi revoit les dernières semaines écoulées défiler dans son souvenir. Elles lui arrachent un soupir de lassitude. Il revoit les événements dont lui-même a été quelquefois l'acteur, mais toujours le témoin : la foule surexcitée poursuivant le fugitif, jetant de la boue et des pierres ; la réunion des chevaliers italiens venus le soutenir, dispersées au terme d'un combat sanglant. Il revoit la confiscation des biens du proscrit, le pillage et la démolition de sa maison du Palatin, et le consul Pison, venu en chercher pour lui-même les plus belles colonnes ; les sénateurs en fuite et les faisceaux[127] d'un consul brisés dans une émeute et

125. Le 19 mars 58 av. J.-C.

126. Les partisans de Cicéron ont voulu faire à son départ une cérémonie de deuil national, mais les nouveaux consuls, qui faisaient partie du parti populaire, ont interdit cette manifestation.

127. Faisceau : assemblage de verges liées ensemble autour du manche d'une hache, symbolisant l'autorité des hauts magistrats.

le départ de Cicéron, au milieu du cortège nombreux de ceux qui croyaient en lui, qui ne manquait pas d'une certaine grandeur. Non, les événements auxquels il a pris part ne lui donnent aucun titre de gloire, ni ne suscitent en lui les transports de joie de dame Fulvia, venue cueillir les fruits et les lauriers de la vengeance du peuple. Ces péripéties tragiques lui laissent plutôt le goût amer d'injustices qui succèdent à d'autres injustices. Et puis, maintenant, Lucius n'est plus l'exclu sans attache et sans espoir qu'il est longtemps resté. Sa rancœur a disparu ; un sentiment qu'il ne connaissait pas vient de naître en lui : une sorte de compassion pour ceux qui, à leur tour, errent sur les routes, victimes de la roue du destin. Lucius regarde avec envie les jardiniers qui sarclent et taillent, autour des villas. Il voudrait être dans les campagnes d'Albe. Si seulement il était sûr que Stella n'est pas dans les bras d'un autre !

Soudain, deux voix parviennent à son oreille à travers les massifs en cours de plantation et le tirent de sa rêverie ; il les reconnaît aussitôt.

« Qu'y a-t-il de si urgent ? Qu'y a-t-il de si secret ? » demande Publius Clodius à Sextus Clodius, qui l'a entraîné sur la terrasse, en insistant pour avoir un entretien seul à seul.

« Le blé que j'ai commandé tarde à arriver. Les gouverneurs de province sont contre nous et ne s'activent guère pour nous le faire parvenir. Or, il nous en faut impérativement une livraison dans les plus brefs délais, si nous voulons répondre aux besoins urgents et respecter nos promesses faites au peuple. »

Un silence traduit l'embarras des deux hommes.

« Cependant, reprend Sextus, quelqu'un m'a fait savoir qu'il dispose d'une fortune considérable dont il peut consacrer une partie à nous aider.

– Qui donc ? questionne Publius.

– Les princes que le sort des armes a livrés prisonniers entre les mains de Rome sont confiés le plus souvent, comme tu le sais, à la garde de hauts magistrats. Ainsi Tigrane le Jeune, fils du roi Tigrane II d'Arménie qui a été vaincu par Pompée, se trouve dans la maison du préteur Flavius, notre voisin. Mais chacun sait bien que c'est là une prison dorée. »

Sextus se tait un moment, pour laisser mûrir le projet dans l'esprit de son frère.

« Il est, dit-on, fort riche, et j'ai cru comprendre qu'il aurait une suggestion intéressante à te faire. Aussi, j'ai obtenu de son gardien Flavius l'autorisation pour Tigrane de venir souper ce soir avec nous. »

Prévenue que la soirée sera consacrée à une réception importante, Fulvia s'active à faire préparer une cena digne d'un prince et, le soir venu, Tigrane, sa femme et sa fille arrivent dans une somptueuse litière. Lui, porte une tiare incrustée de diamants. Leurs vêtements à tous les trois sont faits de soies colorées que l'or, les saphirs, les pierres précieuses venues du pays de Koush[128] rehaussent de leur éclat. Leurs bras, leurs chevilles, leur gorge sont ornés de colliers, de bracelets, de magnifiques pendants d'oreille. Et pour eux, Fulvia a prévu les mets les plus fins, les boissons les plus rares. Le faste, le luxe sont pour le prince chose normale. Son peuple les lui doit comme à un dieu, et d'ailleurs il montre à ses hôtes éblouis le coffre plein de pièces d'or qu'il a fait transporter de sa litière.

« Le peuple romain est exigeant, affirme Tigrane, avec une moue de dédain, ses prétentions en matière de ravitaillement ne permettent pas à l'aristocratie de Rome d'avoir une véritable aisance.

« Pour un roi d'Asie Mineure, l'argent n'est pas un problème », ajoute-t-il tandis que Fulvia fait défiler les mets succulents et couler les vins les plus aromatisés et les plus capiteux.

« À n'importe quel magistrat de Rome, je peux prêter cent mille talents, même à vous, si vous en avez besoin », dit-il en regardant plus intensément Publius.

---

128. Pays de Koush : le Soudan actuel.

Fulvia, Sextus et Publius s'extasient à l'idée de tant de possibilités, de tant de faste.

« Hélas ! Qu'est donc tout cela, quand on est loin de son pays ! »

À présent, le prince éclate en sanglots, les larmes mouillent sa fine barbe artistement bouclée et parfumée. Son épouse, aux yeux superbes, pleure dans ses bras, et ses œillades savamment décochées émeuvent Publius. La petite princesse, charmante enfant secouée d'impressionnants hoquets, pleure sur les genoux de sa maman. Leurs sanglots émeuvent les muses et les nymphes qui dansaient sur les grands panneaux rouges des fresques du triclinium et semblent s'arrêter, compatissantes, et la lumière des lampes paraît mouiller sur leur marbre les traits sévères du buste d'Appius Claudius l'Aveugle, le grand ancêtre[129]. Le visage du prince s'empreint d'une générosité soudaine.

« Après réflexion, je peux même faire cadeau d'une pareille fortune à un homme comme vous, car je sais que vous en ferez bon usage. Cela serait aisé, si vous me rendiez un important service… »

Publius, Sextus et Fulvia arborent le même air à la fois compréhensif et intéressé qui encourage le prince à continuer.

« J'ai été retenu prisonnier indûment par Pompée », poursuit-il tandis que les larmes semblent prêtes à envahir de nouveau ses joues à la barbe parfumée. « Mon peuple me réclame. Il est nécessaire que je rentre dans mon pays, où je pourrai succéder à mon père, vieux et malade, avant que des conspirateurs ou des usurpateurs ne prennent les devants, mais il n'y a pas de temps à perdre ! »

Sextus, en regardant l'amoncellement des pièces d'or, avance la solution qu'il a imaginée :

« Je possède à Antium un bateau qui se rend en Asie, pour affaires ; mais en effet, il faut agir très vite. »

Le coffre tout plein d'or peut rester dans la villa du lac, si le roi prend la mer. La chose, tacite, est convenue.

---

129. Appius Claudius l'Aveugle : IVe siècle av. J.-C.

Sextus Clodius est l'homme des décisions rapides qui n'excluent pas cependant un plan soigneusement prémédité. Prévoyant que son frère serait tenté par l'utilisation de cette manne inattendue, il a envoyé au préteur un esclave porteur d'un message rassurant : que Flavius ne s'inquiète nullement si Tigrane s'attarde auprès de Publius Clodius, deux ou trois jours tout au plus, afin de prolonger les moments de liberté qu'il a si rares. Ensuite, Sextus a pris l'initiative de faire venir de Subure une cinquantaine de gros bras. C'est pourquoi Lucius voit survenir le lendemain les mines patibulaires, triées sur le volet, tirées de ce quartier remuant et toutes dévouées aux tribuns audacieux. Sextus Clodius s'adjoint Lucius comme bras droit, réunit les Suburiens et prévient que l'on aura à escorter dans la journée un personnage important jusqu'au port le plus proche.

« Pour quelle raison, demande Lucius, s'équipe-t-on en guerre, si c'est pour convoyer un ennemi déjà prisonnier ? »

Et, sur la réponse de son chef, il ajoute pour lui-même :

« Singulière idée, que de chercher noise à ce Flavius, dont tout le monde connaît les liens étroits avec Pompée. Il y a grand danger à entreprendre une lutte sournoise avec un homme aussi puissant. C'est bien, à mon avis, jouer avec le feu, à supposer même que le gain en vaille la chandelle. Et puis, délivrer un prisonnier de guerre ne me plaît pas : c'est un acte contraire aux devoirs d'un citoyen ! »

Cependant, Flavius, que l'autorisation exceptionnelle accordée au captif n'exonère pas de sa responsabilité, a fait surveiller discrètement, par précaution, les allées et venues autour de la résidence provisoire de son prisonnier. L'arrivée d'une troupe de taille conséquente à la maison du tribun lui a été aussitôt rapportée, faisant naître en lui un début de soupçon. Puis, on l'informe que la même bande prend la route d'Antium, groupée autour d'une litière de voyage. Avec un groupe de cavaliers, choisis parmi les jeunes gens de son entourage, il se lance à la suite de cette colonne suspecte qu'il est indispensable de contrôler. C'est aux portes d'Antium qu'il arrive en vue de l'escorte du fugitif.

Tandis que Sextus Clodius, secondé par Lucius, fait monter à bord du vaisseau le prince et sa famille, les gens de Subure se retournent et tiennent tête. Le choc est terrible et tourne à l'avantage des Suburiens. Un jeune chevalier, très apprécié de Pompée, reçoit un coup mortel. Le préteur lui-même ne parvient qu'avec peine à s'enfuir du lieu de ce combat.

Pourtant, c'est en pure perte que Sextus Clodius aura organisé cette tentative. Très vite, le mauvais temps contraint le navire à revenir au port. Désespérant de pouvoir jamais quitter l'Italie, Tigrane finit par se constituer à nouveau prisonnier. Quelques jours plus tard, il sera exécuté, sur l'ordre de Pompée.

II

Quelque part, au milieu de la nuit. Une chaumière isolée, au creux d'un vallon, que la lune éclaire faiblement à travers les nuages. Deux silhouettes humaines, l'une massive et lourde, l'autre frêle et légère, serrées l'une contre l'autre, s'approchent de l'entrée, du même pas hésitant, un peu craintif. Un grondement de menace : le chien qui sommeillait sous l'auvent s'agite, mais reconnaît, émet un bâillement plaintif et se recouche en boule, contre le mur. De l'intérieur, quelqu'un interroge, d'un ton rogue, et vient ouvrir en maugréant. Un échange de propos, assez vif, commencé sur le seuil, se poursuit dans le logis, entre deux hommes d'âge mûr pareillement sûrs d'eux-mêmes, animés de volontés antagonistes et d'une égale détermination. Les éclats de voix traversent par instants la brique et le torchis, et voici que, de surcroît, les plaintes, les insistances, les supplications d'une voix féminine ajoutent à ce mystérieux entretien des intonations pathétiques. S'est-on rendu enfin à ces accents du désespoir ? La conversation a repris, plus sereine. On cause, posément, comme cela se fait à la campagne. Les vois étouffées développent les aspects d'un sujet important et grave. Les reprises alternent avec les silences, leur alternance ressemble au flux et au reflux des vagues qui fluent et refluent sur le pourtour sableux du lac Fucin tout proche. Enfin, la voix apaisée de celui qui a obtenu ce qu'il sollicitait semble conclure. Une décision est prise.

Une heure après, le mulet est attelé à la charrette, sur laquelle prennent place trois silhouettes emmitouflées que l'on devine frissonnantes, et l'équipage, en cahotant, prend résolument la voie pavée qui conduit à la grande Rome.

*
* *

C'était pourtant un client habituel. Un bon client. Fonteius venait de le héler sur le vicus Tuscus, cherchant à l'attirer dans sa boutique par une grosse plaisanterie. Mais l'autre, faisant semblant de ne pas le voir, avait tourné la tête de l'autre côté. Il n'était pas le seul. Que se passait-il donc ? Le garçon de courses, envoyé chercher du vin et de l'huile, avait ramené la carriole à moitié vide, expliquant qu'en moins d'un mois les prix avaient presque doublé. Depuis quelques jours, Fonteius avait dû augmenter ses tarifs, lui aussi, et sa clientèle, mécontente, se pressait moins à sa porte. Les membres de la décurie de quartier oubliaient le comportement bon enfant et la franche camaraderie des premiers temps. Ils hésitaient, tergiversaient, regardaient à la dépense, ne prenaient qu'un gobelet, ne commandaient qu'une saucisse. Certains, à part, chuchotaient de mystérieux conciliabules.

Un brouhaha provenant de la rue attira l'attention du gargotier. C'était Sextus Clodius, qui survenait, porté dans sa litière ; un cortège impressionnant d'une cinquantaine de solides gaillards, particulièrement bien bâtis et à la mine sévère, qu'on n'avait jamais vus jusqu'alors, lui faisait escorte. C'étaient des gladiateurs qu'il avait réunis pour le spectacle qu'il devait organiser le lendemain, à l'occasion des funérailles de l'un de ses parents. Il les conduisit vers le Champ de Mars. Fonteius, qu'une angoisse obsédante avait repris depuis quelques jours, courut au-devant de Sextus :

« Le désordre général est à son comble. Les produits les plus nécessaires sont hors de prix et, dans le même temps, on attend, sans jamais les voir venir, les distributions gratuites que Clodius a promises au peuple ! »

Que répondre à cela ? Que les premières récoltes avaient été stockées sur place, que les producteurs, les vendeurs, les gouverneurs de province, les fermiers généraux les retenaient intentionnellement dans les greniers publics, attendant que la rareté eût fait flamber les cours, pour les vendre plus tard avec d'importants bénéfices ? Que c'était cette spéculation sur les denrées qui provoquait un renchérissement inhabituel ? Que ce phénomène nouveau le laissait lui-même, et Publius avec lui, totalement désemparé ? Fallait-il incriminer sa propre méconnaissance à lui, Sextus, des lois insurmontables des marchés, ou bien plutôt les actes de malveillance des dépités, des envieux, des saboteurs ? La mise à contribution, et même en coupes réglées, de l'île de Chypre, n'avait pas suffi à inverser la tendance, et le sentiment de cet échec au goût de probable trahison l'irritait au plus haut point. Dans tous les cas, les nostalgiques de l'ancien système en profitaient pour redresser leur crête, au point que ce jour-là un magistrat avait convoqué les comices pour leur proposer de mettre fin à l'exil de Cicéron !

Néanmoins, Sextus, qui passait là pour battre le rappel de la décurie du Vélabre, reçut un accueil plutôt frais. Préoccupé au plus haut point par l'état inquiétant de ses propres affaires, Fonteius ne voulut pas quitter son échoppe. Bien que sollicités directement, ni Lollius, ni Sergius ne se levèrent de leur banc.

Ce fut alors que Lucius Laelius parut sur le vicus Tuscus. Il s'était éveillé, quant à lui, en pleine forme, avec l'impression et le sentiment inhabituels que les dieux allaient être bienveillants et que la journée serait faste. Il n'aurait su dire pourquoi, mais il se sentait confiant dans la fortune, s'en étonnant lui-même, comme si le génie qui présidait à sa destinée l'avait assuré, par un caprice inexpliqué, après une longue absence, de se ressouvenir de lui et de le seconder de nouveau dans ses entreprises. Aussi, le visage ouvert et apaisé de Lucius contrastait-il, fort du message des dieux, avec les grises mines de la plupart de ses compagnons. Voulant accomplir dans les comices, pour la première fois, les devoirs de citoyen que lui permettait désormais la déclaration faite par son père devant les censeurs, Lucius se joignit à la bande de Sextus. Ils laissèrent, abasourdi dans sa boutique, le pauvre Fonteius, qui cherchait déjà, la tête entre les mains, quelle âme charitable pourrait bien lui prêter suffisamment d'argent pour survivre, préférant oublier que l'usure l'emporterait inexorablement vers de nouveaux abîmes. Tout en marchant aux côtés des gladiateurs, Lucius remarqua vite que les échoppes, à l'instar de l'auberge de Fonteius, étaient toutes ouvertes. Quand les commerces fermaient, cela signifiait une mobilisation intense des boutiquiers autour des tribuns, et l'interruption même de toute activité grossissait de nouveaux désœuvrés les bandes prêtes à l'émeute. Ce jour-là, rien de tel. Au passage de Sextus et des rangs pour une fois clairsemés des décuries de Subure qu'il rallia en chemin, la foule se montrait réservée, parfois même franchement hostile.

« À part l'augmentation de tous les prix, cria quelqu'un, à part la pénurie de ces denrées qui n'arrivent jamais, que nous apporte-t-il donc, ton Clodius ? »

D'abord, Sextus ne voulut y voir qu'une forme d'animosité partielle, diffuse, et sans grande conséquence, mais très vite il devint clair que le mécontentement était profond et que dans quelques heures la frustration générale pourrait bien se traduire dans les urnes. Pourtant, l'idée même d'un possible échec lui paraissait insupportable. Tandis que les orateurs prononçaient une ultime harangue, il disposait déjà sa troupe à proximité immédiate, prête à agir pour un éventuel coup de force.

Lucius, tout à son rôle, tout à ses devoirs de citoyen de fraîche date, s'était séparé d'eux et avait gagné l'entrée de l'enclos du vote. Il cherchait à prendre sa place dans la file qui se pressait pour le scrutin, lorsqu'une poigne solide et franche pressa son épaule, tandis qu'une voix joviale l'appelait familièrement par son prénom.

Une vaste carrure, se dressant soudain près de lui, lui masqua à elle seule la plus grande partie de la foule. Il reconnut son oncle. L'éventualité de cette rencontre, bien que prévisible dans la mesure où les opérations de vote réunissaient toujours les membres d'une même collectivité d'origine, Lucius n'y avait pas songé. Elle le laissa sans voix, sans mouvement. Mais à cette vue, nul souvenir des souffrances passées ne frappa sa mémoire, nulle rancœur : rien que cette chaleur, en un instant retrouvée, de la protection inégalable, sécurisante, compréhensive, bienveillante du grand frère de son père, de l'aîné de sa famille. Au contact des manières rudes et franches de ce cœur généreux, la réminiscence seule des jours heureux lui revint. Il se laissa étreindre et presque soulever de terre par les deux bras puissants et amicaux.

« Comme nous t'avons cherché, Lucius ! En as-tu seulement conscience, toi qui fuyais ton frère ? Mais, viens donc ! Ton père aussi est là et il ne souhaite qu'une chose : te revoir, et faire la paix ! »

À travers la cohue, l'oncle entraîna le garçon loin de l'enclos du vote, jusqu'à l'endroit où les maisons clairsemées du faubourg laissent place aux vergers et aux prairies, et où la via Flaminia bordée de tombeaux s'élance vers le nord.

Dans l'ombre d'un grand pin était arrêtée une carriole qu'un homme un peu âgé, au dos voûté, paraissait garder. Guidé par l'oncle, Lucius approcha : c'était son père ! Avec émotion, ils se tendirent les bras et s'étreignirent. À son fils, qui balbutiait sa gratitude nouvelle et sa vénération filiale retrouvée, le père fit comprendre d'un signe que tout était compris, et il s'effaça. Car il y avait bien plus encore. Une forme humaine, délicate et frissonnante, blottie dans les couvertures qui garnissaient le chariot de voyage, avait bougé. Lucius étouffa un cri. C'était Stella elle-même qui se trouvait devant lui ! Lucius restait là, stupéfié, n'osant croire ce que voyaient ses yeux. Mais la voix amicale et rude de son oncle affirmait :

« Sûr, je te donne ma fille : et si je suis venu jusqu'à Rome, c'est pour te l'annoncer !

– Les pleurs de cette belle enfant, ajouta le père, nous on conquis l'un et l'autre, et j'ai cédé aux instances de ton oncle. »

Lucius et Stella, immobiles, se contemplaient intensément.

« Et mon frère Caius ? » demanda tout à coup le garçon, dont un pli d'inquiétude avait barré le front, et qu'un tressaillement agita.

« Il connaît bien tes sentiments et a résolu de s'effacer, puisqu'à ce prix était votre bonheur. Il se bat pour nous tous en ce moment, quelque part dans les Gaules. »

Tous quatre restèrent un moment silencieux, pensant à cet absent qui flottait parmi eux.

Puis les deux Laelii, le père et le fils, ensemble, entrèrent dans les saepta, réconciliés, le fils désormais agréé par le père, le père aimé de nouveau par son fils. Quand, ensemble, ils eurent accompli le devoir et le droit des citoyens de Rome :

« Reviens, dit le père, prendre la place qui est la tienne sur notre petit lopin. Ta vigne minuscule t'espère, ta main experte manque à notre champ. »

Mais, à cet instant-là, un tumulte s'éleva du côté du *diribitorium*[130]. La fuite éperdue de gens en proie à la panique déferla autour d'eux, hurlant que les gladiateurs de Sextus avaient jeté à bas les urnes, traquaient les opposants et affrontaient ceux de Milon dans un épouvantable massacre.

En effet, les sinistres bandes en se mêlant et en se poursuivant atteignaient déjà les premiers tombeaux de la via Flaminia. En personnages violents et louches qu'attirent tous les aspects du pillage et du crime, quelques-uns couraient vers le chariot, près duquel trem-

---

130. *Diribitorium* : édifice utilisé pour le décompte des voix après les élections tenues dans les saepta.

blait Stella, terrorisée. Lucius n'eut que le temps de pousser dans la voiture les trois êtres dont l'existence lui était chère et de fouetter la mule. Il évita le sabre du premier gladiateur, abattit l'homme d'un coup de poing, s'empara de son arme et, tel un centurion sur la ligne de bataille, il s'enfonça dans la mêlée.

III

Même en le connaissant comme elle le connaît, Fulvia a du mal à croire que c'est bien son Publius qui se trouve là devant elle. Elle découvre, avec un plaisir évident, une autre facette de l'homme qu'elle a épousé. Non, ce n'est pas cet orateur aux accents enflammés et vibrants qui soulève l'espoir des indigents, des déclassés, des sans-abris et des esclaves pour dettes. Ce n'est pas le tribun arrogant et terrible capable de déchaîner la colère du peuple et d'exiler les orgueilleux et les nantis ; ce n'est pas celui que les sarcasmes de Cicéron en plein Sénat mettent hors de lui et emportent en d'irrépressibles fureurs. Non, le Publius que Fulvia voit là devant elle, accoudé sur un lit de travail, détendu et presque nonchalant, tantôt se laisse aller à une douce rêverie ; tantôt cherche, le menton dans la paume de la main, on ne sait quelle inspiration ; tantôt prend des notes qui s'accumulent, brouillonnes, sur un calepin aux pages enduites de cire. Oui, Publius sait aussi être posé, pondéré, méticuleux. Car Publius entend aussi s'accorder quelques loisirs en s'adonnant à l'occasion à une activité littéraire. Il a résolu d'écrire un ouvrage historique au sujet des tribuns de la plèbe, dans lequel seront réhabilités, glorifiés même, les Gracques, ancêtres de sa femme, et mentionnée l'action épisodique mais réelle des Fulvii. Oh, ce ne sera sans doute pas une œuvre impérissable, il n'en a pas la prétention, il en convient volontiers ! Mais il la rédige en pensant à son épouse qui soutient et partage ses combats ; il la compose en l'honneur de sa belle-mère, âme d'une résistance et continuatrice d'une tradition ; il la dédicace à son beau-père, le bon et modeste Bambalio[131].

Arrêtée sur le pas de la porte, Fulvia, attendrie, regarde son mari au travail. Publius, qu'un froissement suivi d'un curieux silence a distrait de ses méditations, se sent observé, et il est sur le point de lever la tête et de chercher des yeux ce qui provoque dans son esprit une étrange impression lorsqu'une petite voix, non loin de lui, se met à babiller : dans les jambes de sa mère, sur le dauphin noir souligné de blanc qui marque l'entrée, deux petits pieds trépignent d'impatience et deux petites mains, insistantes, s'agrippent aux pans d'une grande stole. Le père laisse tablettes et stylets, vient aussitôt, soulève l'enfant dans ses bras et, après une longue étreinte, le repose près des hochets et des jouets qui encombrent jusqu'aux recoins du salon de travail. Publius raffole de son petit garçon. Il lui passe même trop de choses. Mais ses démonstrations restent l'un des secrets les mieux gardés de l'intimité familiale. Qui, dans l'avenir, se souviendra de Publius Clodius, non comme d'un pourfendeur aux tirades acerbes et aux fureurs redoutées, mais comme d'un père attentif, d'un époux attentionné, d'un gendre respectueux ? Puis, avec délicatesse, il effleure des deux mains le ventre arrondi de sa femme : un deuxième enfant va bientôt naître.

« Si c'est une fille, prévoit Fulvia, on lui donnera la meilleure éducation et on la mariera, le jour venu, à l'homme politique le plus influent de ce moment-là : le fils de César, peut-être ? »

Serein, confiant dans l'avenir, Publius a prévu de gérer l'édilité l'année suivante : il sera très certainement élu, et l'année qui va s'ouvrir sera employée à consolider sa popularité et à pérenniser ses réformes. Ainsi, à la différence des Gracques, il aura achevé et affirmé son œuvre politique, que rien ne saurait remettre en cause, parce que la justice qu'elle établit est incontestable et nécessaire,

---

131. Cicéron mentionne (*De legibus*, 52 av. J.-C.) un Clodius historien dont le style, selon lui, était fade et la documentation peu sûre (« *languorem et inscitiam* »). Sans doute était-ce son célèbre adversaire.

parce que désormais il ne veut pas imaginer ce qui pourrait compromettre ce bel avenir. Fulvia, plus réaliste, plus avertie peut-être par l'expérience que sa propre mère lui a transmise, estime que ce n'est pas là tout ce qu'il convient de prévoir.

« Il importe, insiste-t-elle, de se garder des retours possibles et de se prémunir contre les éventuelles vengeances. Tout d'abord, Rome est dangereuse. Puisque les bandes de Sextus, dans leur zèle, ont inquiété et pourchassé les enfants et la femme de Cicéron, ne serait-il pas prudent d'élever nos propres enfants à l'écart de la Ville, dans notre villa d'Aricie ? Ensuite, il faut tâcher de prévenir tout risque d'attentat contre toi : or, en présence de ton épouse, à laquelle il serait impensable de s'en prendre, on peut espérer conjurer l'essentiel du péril. C'est pourquoi je veux absolument que toi, Publius, ne paraisse plus dans les rues de Rome qu'avec moi à tes côtés. »

*
* *

Présentée par les nouveaux consuls, la motion visant à autoriser le retour d'exil de Cicéron a été approuvée par le Sénat et confirmée par l'assemblée centuriate. Ce qui est à la fois stupéfiant et inquiétant, c'est que Pompée, qui a été jusqu'ici l'allié des démocrates, a soutenu publiquement cette proposition. Moins motivés, plus clairsemés, les sympathisants de Clodius, dominés par des professionnels que Milon paie bien, n'ont pu cette fois-ci influencer le vote des comices. Cicéron a donc pu débarquer au port de Brindes[132] au début de septembre, puis ses partisans l'ont escorté jusqu'à la porte Capène de Rome, où il a été accueilli par des transports que l'on réserve d'ordinaire aux triomphateurs. Postés sur les remparts et les terrasses des temples, les hommes de Milon l'ont acclamé,

132. Brindes : dans la région des Pouilles, au Sud de l'Italie.

surveillant et excitant la foule. Peu de jours après, le banni amnistié par magie est allé se faire applaudir par le Sénat et il a même osé, bien protégé par les milices, parler devant l'assemblée du peuple !

Sous le coup de ce nouvel échec, Sextus Clodius éructe sa fureur contre les manœuvriers qui ont saboté son organisation de l'annone, contre les spéculateurs, contre ceux qui ont poussé la malignité jusqu'à affranchir des esclaves pour en faire de nouveaux bénéficiaires de l'annone et peser davantage sur les contraintes du ravitaillement, contre les crédules qui s'y sont laissé prendre. Il échafaude, les unes après les autres, des actions sans plan d'ensemble, décousues et stériles, mais toutes d'une extrême violence. Publius quant à lui, d'habitude si combatif, reste abattu, découragé.

Heureusement, Fulvia assiste et participe aux réunions des *populares*. Elle est même partout. Ses exhortations raniment la résolution des chefs de quartier, secouent les défaitistes. Elle répète qu'il est indispensable de garder son sang-froid, vital de demeurer rationnel. Il faut reprendre en mains l'opinion publique, expliquer encore et encore les vraies raisons de la disette. Ses conseils en aparté, ses diatribes en public ne sont pas étrangers aux incidents survenus lors des jeux apollinaires[133] lorsque les partisans de Publius Clodius prennent à partie, sur les gradins du théâtre, les chevaliers romains en charge des fermes générales ; ni aux manifestations qui, devant la curie, continuent de désigner Cicéron comme l'un des responsables dissimulés de la cherté des vivres.

Très vite, c'est l'escalade de la violence. Cheminant par les rues du Palatin, Publius et Fulvia constatent que Cicéron, rétabli dans ses biens, a recouvré le terrain sur lequel s'était élevée sa maison ; un chantier de reconstruction a été entrepris, là même où Publius, en souvenir de son succès, avait fait édifier un temple dédié à la

133. Ces jeux, institués à Rome en l'honneur d'Apollon, dieu de la beauté et des arts, en 212 av. J.-C., ont été fixés de façon permanente à partir de 208 av. J.-C.

Liberté. Aussitôt, c'est un déchaînement de fureur. Spontanément, leur escorte se rue sur les ouvriers, les disperse et, se saisissant des pierres du chantier, crible la maison voisine – celle de Quintus Cicéron, le frère de l'orateur – à laquelle ils mettent le feu. Quelques jours après, Cicéron lui-même est pris à partie sur la Voie sacrée par des émeutiers armés et doit, pour ne pas être écharpé, trouver refuge dans une maison dont son escorte parvient à défendre les accès, le sauvant de justesse. Un autre jour, c'est la demeure de Milon qui est attaquée par une troupe équipée en guerre, mais les assauts sont repoussés, et c'est Clodius qui, dans la débandade, doit trouver refuge dans la maison de son ami Publius Sulla.

Sextus et Publius ne sont pas au bout de leurs peines. Quelque temps plus tard, un décret du Sénat, dont le texte a été rédigé par Cicéron en personne, dessaisit Sextus de sa curatèle de l'annone et la confie au Grand, « Magnus[134] », pour une durée de cinq ans cette fois, et avec des pouvoirs de réquisition pratiquement illimités. Ce que les deux Clodius n'ont évidemment pu réaliser dans le court espace de temps d'une seule année, l'homme d'État prestigieux, doté de moyens bien plus conséquents, est parfaitement à même de le mener à son terme. Certes, ce que l'on sait des débats de la curie démontre que la motion adoptée à l'initiative de Cicéron, le ténor du barreau, a atténué, en fin de compte, les effets d'un projet initial qui aurait attribué à Pompée des pouvoirs encore plus vastes sur un plus grand nombre encore de provinces ; mais Fulvia garde la certitude qu'il y a une alliance objective des deux consulaires. Pompée, en effet, a intercédé pour mettre fin à la peine d'exil et, en retour, Cicéron a soutenu le grand homme pour l'attribution de cette magistrature exceptionnelle. En tout cas, ce projet concurrent de solution au délicat problème du ravitaillement mine la popularité chancelante de Publius Clodius. Celui-ci ne cesse de dénoncer

134. « Magnus » : « le Grand », surnom de Pompée.

le caractère déloyal de cette joute inégale. La colère de ses plus chauds partisans, après s'être exercée contre Cicéron, se retourne à présent contre Pompée. Une tentative d'assassinat déjouée de justesse pousse le nouveau « curateur de l'annone » à se cloîtrer quelque temps dans sa demeure, par précaution. Lorsque enfin il reparaît en public – lors d'un procès que Publius, essayant cette fois la voie légale, a intenté à Milon pour violences –, il est hué copieusement par la foule. Pompée décidément, en confisquant à son profit l'œuvre ébauchée sur le problème difficile des subsistances, est perçu désormais par les fidèles de Clodius moins comme un allié que comme un concurrent.

Par ailleurs, on apprend que Milon, l'âme damnée des conservateurs, envisage de devenir tribun de la plèbe pour l'année qui vient. Le peuple étant en proie au doute et à l'incertitude, le nervi a de sérieuses chances d'y parvenir. Milon succédant à Publius Clodius, qui l'eût cru ? Les causes d'une rupture prochaine entre les triumvirs se mettent en place.

Oui, songe Fulvia, *Clodius, en difficulté dans la Ville, doit plus que jamais chercher l'appui de César qui est aux armées.* L'un et l'autre sont complémentaires. La révolution qui avait chassé Cicéron n'avait pu avoir lieu que parce que l'armée du proconsul était aux portes de Rome. C'est d'ailleurs l'argument décisif qu'avait asséné Clodius à Cicéron, lorsqu'il le prévenait qu'en cas de guerre civile, le consulaire aurait à « vaincre deux fois », c'est-à-dire contre la plèbe urbaine d'abord, contre l'armée ensuite. Il convient donc d'attendre que César revienne des Gaules en vainqueur. D'ici là, Fulvia a le temps de tisser sa toile, patiemment. Publius, édile cette année, bientôt préteur, aura gravi un à un, dans quelques années, les échelons de la « carrière des honneurs ».

Oui, quand César rentrera, il sera sans aucun doute, de nouveau, consul de la République, et comme collègue au consulat, il aura Clodius ! Et si d'aventure survient une guerre civile, si César se fait dictateur, Publius, à cause de son influence dans la plèbe, pourrait être son bras droit, son « maître de cavalerie ». Oui, d'une manière ou d'une autre, son Publius, son mari qui, inspiré par elle, conseillé par elle, prépare pour elle la vengeance des Gracques, partagera un jour la puissance des Grands !

IV

La mise à la disposition gratuite pour les indigents d'une partie des produits de première nécessité, instituée par Publius Clodius, s'était faite jusqu'alors de la façon la plus simple et la plus directe que l'on eût pu imaginer : c'étaient les boulangeries de quartier qui s'en chargeaient ; chacune connaissant ses bénéficiaires qui étaient bien souvent des clients habituels. Aucune erreur n'était possible. Mais depuis que Magnus avait centralisé les opérations de distribution dans les locaux, d'ailleurs impersonnels et froids, du portique Minucia, au Champ de Mars, c'étaient maintenant, aux jours prescrits, des files interminables qui s'allongeaient, attendant que les esclaves publics voulussent bien ouvrir – à eux, des citoyens – les guichets austères et rébarbatifs vers lesquels on les canalisait comme un troupeau de moutons. Alors, ils avaient déjà assez de cet anonymat dévalorisant, assez de remarquer de nouveaux et étranges passe-droits, assez de l'arrogance revancharde et du mépris affichés envers les citoyens de la plèbe par les simples affranchis, par les vulgaires esclaves publics qui composaient les effectifs des fonctionnaires du ravitaillement et qui les dévisageaient d'un air dubitatif, soupçonneux et triomphant.

Ce matin-là, la répartition d'un arrivage d'huile et de grains en provenance de Sardaigne et d'Afrique était annoncé. Publius, en sa nouvelle qualité d'édile, et Fulvia, qui partout l'accompagnait, s'étaient rendus au portique Minucia afin de voir et d'entendre par eux-mêmes comment les opérations se déroulaient dans les faits.

Le portique développait sa modeste colonnade en arrière et sur les flancs de quatre petits temples disposés sur une seule ligne[135], dont il englobait les aires sacrées et les autels. L'un de ses retours abritait les bureaux de l'annone, tandis que l'autre servait de vestibule au local de dépouillement des scrutins, puisque l'ensemble jouxtait l'enclos utilisé pour le vote des comices. Et cette place, de dimensions assez réduites, s'ouvrait, sur le quatrième côté, sur la volée de marches donnant accès au sanctuaire des Nymphes[136], qui émergeait de la verdure du parc de la Villa Publica, au pied même du Capitole.

Lucius Laelius, garde du corps, avait suivi Fulvia sur le podium de l'un des petits temples où elle avait pris place aux côtés de Publius pour observer les événements que la journée ferait surgir, et éventuellement aider à y parer par ses conseils. Plus intensément même que Publius, elle promenait ses regards sur la foule qui, arrivant par grappes, envahissait peu à peu l'étroit espace encombré d'autels et de statues. À deux pas de Fulvia, donc, Lucius regardait aussi, posément. Sa posture un peu plus nonchalante que d'habitude, ses bras détendus loin du pommeau de sa falcata, sa pèlerine négligemment entrouverte, témoignaient à la fois d'une assurance tranquille et d'un contentement évident qu'on ne lui avait vus que rarement et dont on ne savait trop deviner la cause.

La raison en était que, la veille, dame Fulvia avait accepté que son garde Lucius s'absentât, à compter du surlendemain et durant le temps qu'il le faudrait, pour affaires de famille. C'était chose conclue : il allait repartir dans sa montagne. Certes, il serait ce jour encore, si la nécessité l'exigeait, acteur d'une dernière échauffourée, mais, si branle-bas il y avait, ce serait là l'ultime bataille qu'il livrerait dans Rome. Après quoi, le lendemain, ce lendemain tant

135. Ce sont les quatre temples situés sur l'actuelle place Largo di Torre Argentina, dans le quartier du Champ de Mars.
136. Nymphe : divinité féminine personnifiant divers aspects de la nature.

espéré, le cœur confiant et gonflé de projets, il prendrait la route d'Alba Fucens, sa pèlerine aux épaules et sa fidèle falcata au côté, qui ne lui servirait plus jamais d'arme. Oui, il épouserait Stella, rattraperait avec cette âme sœur les années bien trop longues qu'ils avaient perdues, ils auraient des enfants, il cultiverait avec passion le lopin que son père lui confiait à nouveau, et ensuite on verrait bien s'il aurait envie de revoir Rome, on verrait bien si dame Fulvia se souviendrait de lui.

Pour l'heure, au portique Minucia, les choses se mettaient lentement en place. Devant chacun des sanctuaires, des groupes se formaient. Gellius, l'érudit et le poète, commentait les frises du temple de Feronia[137]. À quelques pas de lui, autour de l'autel, des affranchis offraient un sacrifice à la déesse, rendant grâce à leur divinité protectrice pour leur liberté toute nouvelle. Un peu plus loin, les bénéficiaires des largesses publiques disposaient des ex-voto devant la rotonde de la Fortune du Jour présent[138] qui, au travers des bienfaits de l'annone, allait les sauver de la faim. Puis là-bas, en face, sur le podium du temple des Nymphes, l'agitation que l'attroupement espérait se manifestait enfin. C'étaient des chaises que l'on disposait, des scribes[139] qui s'installaient, des documents que l'on apportait, tout cela prenant place à des endroits déterminés à l'avance dans les entrecolonnements du pronaos[140]. Et lorsque le héraut sonna de sa trompette, chacun avança, frémissant, plein d'espoir, sa cruche à la main et le panier sous le bras.

Mais, très vite, il y eut un flottement. Les bousculades, les protestations s'intensifiaient. Les gens de l'Esquilin, appelés les premiers, refluaient, colportant d'étranges nouvelles. Des esprits échauffés

---

137. Feronia : divinité associée à l'agriculture et à l'abondance.
138. L'un des quatre temples de l'actuelle place Largo di Torre Argentina ; dédié à Fortuna, la déesse de la chance.
139. Scribe : personne écrivant, à la main, des textes administratifs, religieux et juridiques ou des documents privés, et qui en fait des copies.
140. Pronaos : vestibule d'un temple.

vinrent avertir Publius Clodius que bon nombre de bénéficiaires ne figuraient plus sur les listes. Les irrégularités, les oublis, les radiations fourmillaient. La foule houlait et protestait avec, d'instant en instant, davantage de véhémence. Alors, quelqu'un courut avertir le recours habituel des âmes en révolte : Sextus Clodius.

Parvenu au portique Minucia, ce dernier gravit les marches du temple des lares permarins[141]. Ce n'était pas par hasard qu'il avait choisi ce lieu pour prononcer sa harangue, puisque les lares permarins sont ces divinités domestiques dont on emporte les images sur les bateaux pour la durée d'une dangereuse traversée. Sextus rappela aux indigents que, bien avant Pompée, il avait lui-même risqué sa vie, non sur les solides galères de l'État, mais sur de frêles esquifs, pour assurer au peuple sa subsistance ; et les gens, séduits par la vérité qu'il énonçait et par sa fougue, approuvaient bruyamment. Tandis qu'il parlait et que la foule s'échauffait à son discours, arrivant par la via Flaminia, la petite armée qu'il précédait prenait position, et son déploiement fut scandé par un tonnerre d'acclamations.

Seulement, à mesure que les assesseurs vidaient prudemment les lieux, l'hexastyle[142] se peuplait de figures autrement inquiétantes. C'était un manipule des gardes de Milon qui, débouchant du parc de la Villa, prenait possession du bâtiment. À leur tête, Birria, le gladiateur, épée au côté, imprimant des moulinets effrayants à une énorme matraque, debout sur l'autel, rangeait et alignait son monde. Il y avait longtemps que les irréductibles adversaires avaient oublié les actions spontanées et empiriques. Les combats de rue qui les opposaient étaient devenues les batailles réglées avec méthode d'une guerre civile qui se déroulait à l'intérieur même de Rome. Sextus, Publius et Fulvia se concertèrent un instant.

141. Lares permarins : divinités qui protégeaient les vaisseaux.
142. Hexastyle : temple dont la façade possède un portique de six colonnes.

La troupe de l'Esquilin fut disposée à gauche, les gens de l'Aventin au centre, ceux de Subure à droite. Sextus et Publius parcoururent, comme l'eussent fait des généraux en rase campagne, leur ligne de bataille, désignant les listes falsifiées de Pompée que les assesseurs et les esclaves publics s'efforçaient de mettre à l'abri dans les soubassements du temple. Au signal, toutes les décuries s'élancèrent ensemble.

Dès le début, l'attaque de ceux de l'Esquilin et de l'Aventin marqua le pas. Ce fut la troupe de Subure qui progressa ; son assaut menaçait directement l'entrée de la salle des archives qui s'ouvrait sur le côté du podium. C'est ce que souhaitait Publius. Alors, il donna l'ordre prévu : la décurie du Tuscus, restée en réserve, alluma ses torches aux braseros des quatre temples et elle chargea à son tour derrière les hommes de Subure. Ah ! Firmidius le Colosse et Plaguleius « Plaies et Bosses » méritèrent bien leurs noms ! Les coups pleuvaient, les barbes rôtissaient ; les miliciens durent céder ; la porte des Archives fut brisée et bientôt une fumée âcre commença de s'échapper par toutes les issues du temple des Nymphes. Dans les entrecolonnements, à travers les volutes, on distinguait une espèce d'Hercule qui, à grands gestes et à grands cris, coordonnait la lutte contre le feu. C'était Birria. Mais, abandonnant la lutte contre l'incendie, il s'élança soudain hors du sanctuaire en flammes. Ce fut dans la direction de Publius Clodius qu'il chargea, le glaive à la main. La troupe de l'Aventin était devant lui : il la traversa en une trouée sanglante. Déjà, il arrivait au pied du temple de Juturne d'où Clodius dirigeait les assauts. Gellius, qui était en bas des marches, tenta de le retenir en s'accrochant à sa tunique : une simple bourrade du gladiateur renversa le poète. Lollius, le garde du corps, tira son épée. Birria escalada les degrés quatre à quatre. Son glaive entailla l'épaule de Lollius, qui lâcha son arme. Fulvia jeta un cri. Publius, pour la protéger, l'écarta brusquement. C'est alors qu'un éclair brilla devant les yeux du gladiateur : la machère de Lucius venait de jaillir de son fourreau. Par un revers d'une stupéfiante rapidité, Birria tenta de faire voler cette arme des mains du montagnard ; mais la machère, plus vive encore, évita la course du glaive. Avec une régularité méthodique, le gladiateur gravissait un à un les degrés qui le séparaient encore de Publius. À chaque passe d'armes, il se déportait un peu plus, infléchissait sa direction vers l'homme qu'il avait résolu de tuer. Impassible, Publius attendait que Birria arrivât jusqu'à lui. Sous les assauts, Lucius reculait et reculait encore. Les yeux injectés de sang, Birria parvenait à son but : quelques secondes encore et il exécuterait la mission suprême que Milon en personne lui avait confiée, depuis des années déjà. Lucius le comprit bien. Les deux adversaires avaient pris pied sur le pronaos. La seule vue de Publius à deux pas de lui électrisa le gladiateur. En un mouvement fulgurant, il se fendit. Mais Lucius avait prévu son geste. Se jetant de côté, il se laissa chuter sur les dalles et, à toute volée, il frappa. Le coup, mal porté depuis le sol, ne put qu'entailler la cuisse du colosse, qui néanmoins s'affaissa. L'instant d'après, Lucius était sur lui, le menaçant à la gorge du tranchant de sa machère.

Adossé à l'autel de Juturne, éclaboussé et maculé de sang, Birria s'efforçait, avec le calme et la science de l'habitude, de comprimer la large plaie béante. Il ne craignait pas la mort, il regardait Lucius droit dans les yeux.

« Qui est celui-là, questionna Publius, qui avait admiré, sans le montrer, cet assaut spectaculaire.

– Un gladiateur de Milon », renseigna Lucius.

De l'autre côté de la place, les flammes crépitaient et les volutes en venaient à masquer la toile de fond gigantesque du Capitole, couronné de ses sanctuaires. Les cris de joie, à mesure que se consumaient les livres, éclataient avec les gerbes de braises. Publius montra d'un geste ample l'ensemble de la scène :

« Vois donc, esclave, combien ton sacrifice a été vain, et comme, d'ailleurs, ton choix de servir la cause de Pompée est étrange, lui qui accapare la charge de l'annone non pas par amour du peuple, mais pour soigner sa popularité et son prestige.

– Et si les choses se révèlent mieux faites par Magnus que par les tribuns et les édiles, que diras-tu ? répliqua le prisonnier.

– Moi, intervint Lucius, je dirai que, malgré les maladresses, elles auront été faites avec sincérité et avec cœur.

– Maladresses dévastatrices que celles qui négligent les lois élémentaires des achats et des ventes ! »

Le sursaut qu'avait eu le blessé en s'animant raviva sa douleur. Il resta un instant silencieux, luttant, les dents serrées, contre lui-même.

« La force de conviction de cet esclave-là, estima Publius, montre une stature que bien des hommes libres n'ont pas ! Qu'on le relâche, en considération de sa bravoure. »

Inquiète de voir son mari comme subjugué et animé d'une imprudente clémence, Fulvia s'était rapprochée.

« Prends garde, Publius, cet homme est recruté pour te tuer. Il échoue aujourd'hui : gracie-le, et demain tu le retrouveras sur ta route, plus acharné et plus ardent que jamais !

– Alors, Laelius le tuera ! »

Et sur cette réponse, qui était un avertissement pour Birria, une ultime mission pour Lucius, et plus que tout cela une fatale erreur, Publius s'en fut regarder de plus près les restes fumants du temple des Nymphes et l'autodafé par lequel ses partisans achevaient de disperser au gré du vent les listes scélérates.

V

« Ce ne sera pas long, avait assuré Publius en embrassant sa femme, la journée tout au plus ; je m'absente pour prononcer un discours devant les décurions[143] d'Aricie, au sujet d'une affaire obscure qui n'intéresse qu'eux ; j'y parviendrai en fin de matinée et je serai bref – j'écourterai autant que possible cette réunion de routine –, et au retour je passerai à notre villa d'Albe la Longue[144] pour m'assurer que notre petit garçon se porte bien. Je serai de retour un peu tard, mais sans doute avant la nuit, pour te serrer dans mes bras. »

Et Publius, d'une voltige insouciante, avait enfourché son cheval noir. Pourtant, le voyageur avait, en sortant, heurté le seuil de la porte de la sandale gauche. Pourtant, un gros chat noir, hérissé, méfiant, griffu, s'était ramassé en une défensive inutile, puis avait traversé la rue du Palatin de la droite vers la gauche… Les vieux Romains attachaient beaucoup d'importance à ces présages, mais, selon les apparences, Publius n'avait cure de ces avertissements d'un autre âge. *Faut-il encore y croire ?* se demanda Fulvia qui, malgré son scepticisme et en dépit d'un sourire destiné à se rassurer elle-même, resta un long moment sous l'effet d'un inexplicable malaise.

Cette année-là, la date prévue pour la désignation des magistrats de la République a été plusieurs fois retardée, par suite de

143. Les décurions forment ce qu'on pourrait appeler le conseil municipal.
144. Albe la Longue : ville antique d'Italie, différente de la ville d'Alba Fucens, située dans les Abruzzes.

violents incidents qui ont émaillé la campagne électorale. Aussi, plutôt que s'obstiner à obtenir la préture d'abord envisagée, mais qu'il ne pourrait exercer que quelques mois, Publius s'est abstenu de poursuivre une campagne inutile et il s'est, provisoirement, mis à l'écart des joutes politiques. Ainsi, à présent, Milon, ses provocations et ses sbires lui paraissent bien loin. Les vingt-six esclaves seulement qu'il a désignés pour l'accompagner n'ont que l'épée au côté : cette escorte n'est dangereuse pour personne ; on dirait que le maître s'absente pour une partie de chasse. L'aube qui colore les toits de Rome est si paisible... Le claquement régulier des sabots du cheval noir décline et se perd au tournant de la rue.

Fulvia regagne l'atrium, passe dans le tablinum. En attendant l'heure du repas de midi, elle compte écrire quelques lettres. Elle s'accoude sur le lit de travail. Les coussins, mal disposés, rendent la position inconfortable. Irritée, elle donne l'ordre qu'on modifie leur inclinaison et leur place, mais le nouvel agencement ne la satisfait pas davantage. Elle rabroue ses servantes, les congédie. Restée seule, elle s'efforce de rassembler ses idées, mais une nervosité, une inquiétude imprécise et persistante l'empêchent de se concentrer. Deux heures à peu près s'écoulent ainsi, deux heures d'une lenteur infinie.

C'est une indisposition, apparue la nuit précédente, qui l'a empêchée d'accompagner son mari comme elle le fait toujours. Si Lucius Laelius, son fidèle garde, avait été là, elle aurait exigé qu'il escortât Publius à sa place. Mais Lucius est loin, retenu au profond des Abruzzes par la famille qu'il vient de fonder. Cette accumulation de circonstances fâcheuses la contrarie, et Fulvia n'y tient plus. Elle s'enveloppe dans un grand châle et, malgré le froid qui règne en ces derniers jours de janvier, elle passe dans le jardin. Autour d'une petite pièce d'eau, elle a fait reproduire, en miniature, une imitation du site de la villa d'Albe la Longue. Rien n'y manque : de petits rochers couverts de buissonnets évoquent les pentes de l'ancien volcan qu'habille le bois sacré célèbre, et une chapelle minuscule, réduction du temple de la Diane du lac de Nemi, abrite l'image de la déesse des forêts et de la chasse. Une longue heure s'écoule encore.

*
* *

Là-bas, à Aricie, Publius a dû achever son discours. Il a gravi, sur son cheval noir, la pente qui conduit à la villa. En ce moment, il élève dans ses bras leur petit Publiolus[145] ; il le repose avec douceur, puis il l'emmène sur la terrasse. Là, il lui fait admirer le bois sacré qui recouvre presque toute l'autre rive du lac, il lui désigne la toiture en forme de coupole du temple de Diane qui émerge des futaies et, la petite main confiante dans la grosse main qui guide et qui conseille, ils arpentent le côté de l'esplanade qui surplombe Aricie, comme si, du haut de cette tribune qui touche presque les nuages, ils s'essayaient ensemble, deux vrais Romains bravant le froid, aux discours qui fascinent le peuple. Et, de fait, Publiolus a fort bien déclamé. Des passants l'ont remarqué, il s'en est fallu de peu qu'un attroupement ne se fasse et que, enfant, il parle à son premier public. Amusé, charmé, conquis, Publius s'apprête à quitter, à regret, mais le cœur gonflé d'espoir et de projets, sa chère villa et son cher fils. L'étalon noir piaffe d'impatience et les vingt-six serviteurs, reposés, restaurés, sont prêts à retourner à Rome en une seule traite.

À l'endroit où la route d'Aricie rejoint la via Appia qui mène à Lanuvium, se trouve une chapelle dédiée à la Bonne Déesse, celle dont Publius avait bravé les interdits au temps où il courtisait la belle qui allait devenir sa femme. Publius prend plaisir à

145. Publiolus : surnom du petit Publius.

s'attarder devant l'autel champêtre de la divinité et à formuler quelques vœux. Ce qu'il ignore, c'est que Milon, son vieil ennemi, vient de sortir de Rome pour aller à Lanuvium où ses fonctions locales le requièrent pour l'élection d'un prêtre flamine[146] pour le culte de Junon Sospita[147]. À peine Publius, sorti de l'enclos de la déesse, a-t-il repris sa marche, qu'il voit arriver face à lui un cortège d'une centaine d'hommes en armes encadrant une litière de voyage. On remarque parmi eux des hommes de main qui sont certainement des gladiateurs : chose inhabituelle sur une route de campagne. La prudence est de mise, et la troupe de Publius, peu nombreuse, mal armée, croise l'autre colonne en évitant toute provocation. Encore un instant, et chacun poursuivra sa route : il ne se sera rien passé. C'est alors que les éclats de voix d'une altercation se font entendre en queue de colonne. Le ton monte. Que se passe-t-il ? Publius retourne sur ses pas. Mais ce colosse qui s'agite, qui fait le matamore, qui provoque les serviteurs de Publius, n'est-ce pas ce Birria, le gladiateur qui a voulu le tuer, le jour de l'incendie du temple des Nymphes ? Cette rencontre est-elle un événement fortuit ? Est-ce une embuscade ? Publius se précipite vers le lieu de l'incident…

Si tout se déroule, pense Fulvia, *comme il est logique de le prévoir, Publius, dans deux ans, posera sa candidature au consulat. À ce moment, César sera rentré des Gaules et, sans aucun doute, briguera la même fonction. César et Clodius exerçant côte à côte la magistrature suprême !* Tel est le grand projet de Fulvia. Les aristocrates, le Sénat, Cicéron, Pompée même seront subjugués, réduits au silence. Jamais plus on ne verra des familles décimer d'autres familles. L'honneur des Gracques, l'honneur des Fulvii seront lavés à tout jamais ! Ce soir, elle en parlera à Publius, excitera sa déter-

146. Les flamines : prêtres romains voués au culte d'un seul dieu.
147. Junon Sospita : déesse de l'enfantement, invoquée par les femmes stériles.

mination, exposera la stratégie qu'elle entrevoit, les risques qu'elle pressent. Il entrera dans ses vues. Grâce à elle s'ouvre devant lui un brillant avenir. Ce n'est qu'une question d'heures, ce n'est qu'une question d'instants pour que son mari franchisse le seuil, présente ses respects aux lares et s'installe tout près d'elle. Une cena de bienvenue est sur le point d'être servie, les cuisiniers et les servantes s'activent, sous la surveillance pointilleuse de la maîtresse.

Un coup vient d'être frappé à la lourde porte de bronze. Un coup mal assuré, hésitant, donné comme à regret. Ce ne peut être Publius, dont les tambourinages impatients alertent impérieusement toute la maisonnée. Maintenant, le silence. Est-ce une erreur ? Non, le bronze retentit de nouveau avec une plus grande assurance. Le portier a ouvert, questionne. Cri de surprise. Clameurs d'effroi des servantes. Fulvia accourt, doit s'effacer dans le couloir d'accès pour laisser place à quatre hommes qui portent un brancard. Sur ce brancard, gît le corps d'un homme dénudé. Ce corps sans vie, lacéré de plaies, c'est Publius, c'est son mari ! Celui qui a fait porter le corps se présente, indique qu'il l'a trouvé abandonné ainsi sur la route. Fulvia ne retient pas son nom. Elle est sans réaction, sans voix. Le portier, l'intendant, les servantes étendent Publius sur un banc de l'atrium. Le cadavre est couvert d'hideuses blessures. C'est un acharnement, c'est une exécution, c'est un massacre. Quelques-uns des serviteurs qui avaient accompagné le maître arrivent à leur tour, choqués, tremblants. Ils racontent, par à-coups et par bribes : Publius, remontant la colonne des hommes en marche pour mettre fin à une rixe stupide et inutile. Là, le gladiateur qu'il connaissait déjà, l'insulte aux lèvres, le geste menaçant, Birria, armé non comme un simple garde du corps, mais équipé en guerre, avec la *parma*[148], les jambières et une longue lance. Publius s'interpose, mais, sous les injures, la fureur le gagne à son tour. Il se saisit d'une épée. Un coup de pique donné par Birria le frappe à l'épaule. En un ins-

---

148. *Parma* : petit bouclier.

tant la mêlée devient générale. Néanmoins, que peuvent vingt-six serviteurs armés de simples épées, sans bouclier, contre les lances et contre les protections d'une centaine de ces hommes de métier ? Une auberge toute proche offre le refuge de son enclos et de ses bâtiments. On s'y barricade, on y donne à Publius les premiers soins. L'affaire, quoique grave, pourrait en rester là. C'est compter sans la haine, sans la fureur de Milon ! Des béliers sont confectionnés avec des poutres par les gens du *ludus*[149], le feu est mis par toutes les ouvertures. L'auberge est prise d'assaut. Publius, percé de coups, en est tiré à-demi inconscient. On lui arrache son anneau d'or, il est laissé, expirant, sur la via Appia, jonchée des corps de ses serviteurs qui ont sacrifié leur vie pour le sauver, en vain.

---

149. *Ludus* : l'école de formation de gladiateurs.

PARTIE IV

I

« Ô mon mari, que j'aime et que j'admire, lorsque la tête haute, le regard fier, tu partais dès l'aurore, bravant les accusations, méprisant les menaces, aux assemblées tumultueuses, aux réunions d'un Sénat toujours hostile, je ne cessais de trembler pour toi ! Et aujourd'hui le désastre que je redoutais le plus au monde est accompli. Je savais bien que Milon avait fait le serment de te tuer. Je savais bien que ce Birria avait mission d'exécuter ce crime. Je savais bien que Cicéron les y encourageait, dans l'ombre. Ils me l'ont tué !

« Ce fut, jadis, Cornelia, mère des Gracques, qui porta seule le deuil de ses deux fils assassinés, et c'est plus tard Sempronia, ma mère, qui conserva pieusement leur souvenir. Le sort, qui s'acharne sur nous, nous impose, longtemps après le meurtre des deux frères, ce jour encore avec l'assassinat de mon époux, de relever une fois encore l'œuvre brisée de nos maris, de nos fils ou de nos pères. Mais la nécessité de ma vengeance ne jaillit pas seulement du profond de mon âme. Le châtiment de cet assassinat est pour moi un devoir filial, un ultime devoir d'épouse, d'autant que rien n'est cher à notre cœur comme le souvenir inoubliable de son premier amour.

« Voyez comme, à chaque génération qui passe, ceux-là s'épuisent à effacer les travaux de ceux qui nous aiment et à briser nos destins ! Les blessures qui là, devant vos yeux, meurtrissent et déforment le corps qui abrita cette âme généreuse, ce sont les mêmes qu'autrefois ils infligèrent à Tiberius et à Caius Gracchus ! Voilà comme ils respectent les fondements même de la République et l'inviolabilité des tribuns !

« Alors, je fais, devant vous, nos obligés et nos clients, et devant toute la plèbe, un triple serment. Celui qui le premier paiera pour ce crime sera Milon. L'exil que les frères et les neveux de mon époux arracheront aux juges ne suffit pas, et moi, Fulvia, je le condamne à mort. Ensuite ce sera Birria : que Milon l'affranchisse et l'éloigne ne le sauvera pas ; la falcata qui l'a déjà vaincu ne l'aura épargné qu'une fois. Un jour, viendra le tour de Cicéron. Un jour viendra où j'insulterai sa tête exposée devant tous, un jour viendra où j'en arracherai moi-même cette langue mielleuse et fielleuse qui nous fit tant de mal !

« Ô vous autres qui avez les mains rouges du sang d'un tribun sacro-saint, ne prévoyez-vous pas que d'autres hommes, aujourd'hui retenus aux frontières, reviendront un jour pour le venger ? Ne voyez-vous donc pas que vous êtes perdus ? Un jour viendra où, s'il le faut, je me ferai moi-même chef de guerre, où je me ferai chef d'armées !

« Il est vrai, Sextus Clodius, et vous, plébéiens qui réclamez vengeance : l'hommage que vous faites en l'atrium en défilant par centaines devant ce noble corps criblé de coups n'est pas encore assez ! Portez cet être cher jusque dans la curie où il a tant lutté ! Faites-lui là un bûcher mortuaire avec ces estrades et ces bancs d'où nos sénateurs le toisaient, la haine au cœur et le mépris aux lèvres, allumez un feu vengeur avec leurs comptes rendus fallacieux et leurs archives mensongères, et que tout brûle, que tout disparaisse de cette curie qui n'est plus que le symbole insultant de leur tyrannie que je condamne à mort ! »

II

Comme dans les villages les plus reculés de la péninsule, la nouvelle était parvenue jusqu'à la ferme des Laelii. Point ne fut besoin d'un appel de la part de Fulvia : quelques jours seulement après le meurtre, Lucius venait exprimer sa compassion et sa douleur devant la domina devenue veuve et reprenait tout naturellement sa place parmi ses anciens compagnons. Sans attendre, Lucius se mit à la recherche de Birria ; il le chercha partout, dans les écoles de gladiateurs, et aux abords même de la maison de son maître ; mais ce fut sans succès : l'homme s'était évanoui sans laisser le plus petit indice que l'on pût suivre.

La disparition tragique de Publius Clodius et l'absence de Sextus qui, se sentant menacé, se faisait plus discret, avaient décapité le mouvement. Il régnait dans la Ville une atmosphère de sourde colère et de rage impuissante, mêlée d'une inquiétude que justifiaient les mesures récemment prises par le Sénat. Car les pleins pouvoirs avaient été donnés à Pompée et des levées de troupes, ordonnées par le consul unique, avaient lieu dans toute l'Italie. Deux sénatus-consultes avaient été pris, visant la répression de tous les actes de violence. Il y aurait des jugements et des condamnations, aussi bien pour le meurtre de la via Appia que pour l'incendie volontaire de la curie. Les procédures judiciaires étaient abrégées : pour le jugement de Milon, les auditions et les débats seraient limités à quatre jours, les plaidoiries et la sentence finale interviendraient dans une seule et même journée. Ce furent les deux neveux de Publius, les deux Appius Claudius, qui, en l'absence de leur père retenu dans les provinces, s'étaient constitués accusateurs devant le tribunal. Le procès devait se tenir aux Rostres. Milon était accusé non seulement de meurtre, mais par ailleurs de fraude électorale, de violences et de participation à des associations illicites. Autour du lieu qui allait être le tribunal, les compagnons de Lucius se regroupaient, sans ordres précis, en bandes inorganisées, mais menaçantes, anxieux de savoir s'il y aurait vraiment justice, inquiets du rôle qu'auraient les troupes qui se massaient, sur l'ordre de Pompée, aux portes de la Ville.

*
* *

Le jour du procès arriva. La Ville, silencieuse, semblait retenir son souffle. La première chose que remarqua Lucius lorsqu'il entra sur le Forum, ce fut l'impressionnant déploiement de troupes qui avait envahi la place et ses abords. Une cohorte entière gardait l'accès de l'Argilète, une autre celui du vicus Jugarius, une autre encore le débouché du vicus Tuscus. Les terrasses de tous les temples étaient occupées par l'état-major de Pompée et par des troupes de réserve que l'on pouvait, de ces lieux élevés, diriger sur les points où leur présence pourrait être nécessaire. Les accès du Forum étaient contrôlés avec le plus grand soin : l'on faisait desserrer les toges et relever les tuniques, à la recherche d'armes cachées.

La litière, escortée par Lucius Laelius, qui abritait Fulvia et Sempronia, attendit longtemps, au pied du temple des Dioscures. L'aîné des deux Appius les rejoignit devant les Rostres, anxieux, incertain et fébrile, ne sachant encore s'il s'acquitterait avec honneur de sa responsabilité nouvelle de défenseur de la famille. Avec Lollius, Gellius et tous les autres, Lucius forma pour lui une haie protectrice qui lui permit de garder contenance tandis qu'il montait prendre place auprès de l'assemblée hautaine et peut-être partiale des juges. Les avocats, les jurés, les témoins arrivaient les uns après les autres. Voyant passer Milon, Fulvia eut une crise de nerfs. Peu s'en fallut qu'elle ne se jetât sur l'assassin, toutes griffes dehors ; elle voulut le déchirer, le lacérer, le mettre en pièces ; Sempronia et les porteurs de la litière eurent toutes les peines du monde à la retenir.

Les débats furent un calvaire pour Fulvia ; pour Lucius, une épreuve de patience. Appius voulait faire appeler comme témoins les esclaves de Milon ; il lui fut répondu que leur maître les avait affranchis, en récompense de leurs services, et qu'ils seraient désormais introuvables. La mauvaise foi de la défense était évidente. Lucius serra les poings. Appius sollicita le témoignage de ceux qui avaient été présents aux côtés de son oncle le jour du meurtre ; leur déposition fut unanime et accablante pour l'accusé. Bien mieux : quatre passants, témoins oculaires, confirmèrent leurs dires, précisant même que, pour en avoir trop vu, ils avaient été retenus deux longs mois dans une maison appartenant à Milon. Un frisson de gêne parcourut le groupe des avocats de la défense. En bas, on approuvait, on protestait, bruyamment. Il y eut ensuite le témoignage des gens du village de Bovillae, spectateurs involontaires : ils affirmèrent que l'auberge avait bien été forcée et que Publius Clodius, déjà blessé, avait été tiré au-dehors. Des jeunes filles d'Albe la Longue dirent qu'une femme inconnue était venue chez elles, chargée par Milon de s'acquitter d'un vœu qu'avait exaucé le meurtre de Publius.

« Cette femme, suggéra Lucius, n'était-elle pas Fausta, l'épouse de Milon ? »

L'on apprit aussi qu'un esclave, capturé dans cette auberge en flagrant délit de meurtre, avait été arrêté sur les lieux mêmes, mais que des inconnus l'avaient enlevé de sa prison pour le rendre à Milon, lequel prétendit avec une belle assurance que c'était un esclave fugitif. Au pied des Rostres, les invectives devenaient de plus en plus violentes. Milon, soudain inquiet, sollicita la protection du tribunal. Les troupes, massées partout, se rapprochèrent.

Enfin, Fulvia monta à la tribune, très digne ; elle indiqua les circonstances du départ de son mari, le matin du meurtre ; sa mère, Sempronia, l'accompagnait. Pour ne pas être bouleversé par leurs larmes, il fallait être Annius Milon ou Cicéron. *Ô dame Fulvia, digne, belle, malheureuse et seule !* Lucius la revit dans sa pensée telle qu'elle était autrefois, mutine, élégante, indocile, provocante, un peu frivole, et il la contemplait maintenant, dans sa robe noire, se changeant d'heure en heure en l'image ravagée d'une némésis[150] défigurée par la vengeance, et son cœur se glaça.

Les auditions s'étaient réparties sur trois journées entières. Le quatrième jour était réservé aux plaidoiries. Proche de l'exaspération, les nerfs à vif, la foule grondait sur le Forum. L'armée était partout, les boutiques avaient été fermées.

« Qui d'entre vous, déclamait le jeune Appius à l'adresse des jurés, aura perdu le souvenir des menaces de mort proférées par Milon à l'encontre de mon oncle ? Elles étaient permanentes ! Elles étaient quotidiennes ! Qui ne se souvient du départ subit et précipité de Milon, après une séance du Sénat, le jour du meurtre ? Trois cents hommes de main, parfaitement équipés, des gladiateurs ayant fait du combat leur profession, leur raison d'être, fondant quelques heures plus tard sur une trentaine de serviteurs, n'est-ce pas ce qu'à bon droit l'on peut qualifier d'embuscade ? De préméditation ? Vous le savez bien, onze esclaves de l'escorte de mon oncle ont été retrouvés morts sur la route ; les hommes de Milon n'avaient eu que deux blessés ! Et, pour finir, c'est bien sur l'ordre positif de Milon en personne, les témoignages l'ont établi sans aucun doute possible, que mon parent fut traîné à demi inconscient hors de cette

150. Némésis : avant d'être un concept, elle était la déesse de la justice, de l'équilibre et de la vengeance.

auberge où des serviteurs fidèles tentaient de lui prodiguer les premiers soins, c'est bien sur l'ordre de Milon qu'il a été achevé ! »

Ah ! Bien sûr, l'éloquence du jeune Appius était loin d'égaler celle d'un Hortensius[151], d'un Marcellus[152], d'un Cicéron ! Mais la sincérité, la fougue, la force de l'évidence lui donnaient tous les pouvoirs. En bas de la tribune, sur les gradins en cercle du comitium, on applaudissait, on gémissait, on montrait les poings, on réclamait vengeance. S'avançant jusqu'à la dernière marche de l'escalier des Rostres, l'adolescent était venu prendre avec lui un tout petit enfant que Fulvia lui tendait.

« Ce n'est pas tout, continua-t-il d'une voix vibrante, en conduisant par la main le garçonnet au milieu même des juges, des avocats et des licteurs, une heure après que mon parent eut été abandonné agonisant sur la via Appia, les gens armés de Milon se présentèrent à la villa d'Aricie ; ils la fouillèrent de fond en comble, et l'enfant que voici, fils de mon oncle, n'aurait pas échappé aux mêmes projets criminels, si par bonheur il n'avait été caché par un esclave du nom d'Halicor, lequel préféra emporter jusque dans le trépas, bien que soumis à la torture, sa magnifique fidélité. »

Et, tandis que l'orateur, sur ce point d'orgue, remettait l'enfant à sa mère, devant la toile de fond que composaient les murs noircis et pantelants de la curie montrant encore la garde d'une autre époque, la stole sombre de la veuve, ombre de la mort, passa, comme un spectre.

La parole était à la défense. Cicéron se leva, rajusta d'un mouvement d'épaules sa belle toge, prit un air d'inspiration sublime, et commença. C'était assurément du beau latin, c'étaient des tournures percutantes, magnifiques, et les lettrés du prétoire, avec

151. Quintus Hortensius Hortalus : célèbre orateur romain, un avocat réputé et un homme politique.
152. Marcus Claudius Marcellus : appartenant au parti des optimates, il choisit le camp de Pompée durant la guerre de pouvoir entre ce dernier et César, et suit Pompée en Orient.

attention, avec sérieux, les savouraient, en connaisseurs. Mais en bas, sur le pavé tout simple du Forum, c'était tout autre chose : on se questionnait, on s'efforçait de s'expliquer les uns aux autres ce que cet orateur cherchait à dire. Et le sens des bribes que l'on parvenait à saisir paraissait stupéfiant, incroyable. « Milon, disait le consulaire, avait rendu à la cité un signalé service. » *Lequel ?* se demandait Lucius. On en venait maintenant au récit des circonstances du malheureux combat, et la rencontre, peut-être calculée par Milon, peut-être fortuite, devenait, dans la bouche de l'orateur, une embuscade dans laquelle Publius, modèle de stratégie et de ruse, avait croisé le cortège de son ennemi pour le prendre à revers, tandis que le reste de sa bande restait embusqué sur le bord de la route. C'était en contradiction avec les dépositions incontestables et sans équivoque des témoins, mais d'entorses en inexactitudes qui s'enchaînaient avec une apparente et imparable logique, l'avocat semblait bien près de faire accréditer cette thèse aux jurés. Sur les dallages et les degrés du comitium, on piétinait, perdant patience. Lollius avait retroussé sa tunique ; Gellius imaginait, furieux, des vers vengeurs. Plaguleius et Firmidius guignaient du coin de l'œil les restes de la curie, cherchant les tuiles et les poutres qui eussent pu servir d'armes.

Mais ce n'était pas tout. À présent, le défenseur de Milon repassait les étapes de la vie du défunt, en un contre-éloge funèbre aux accents diffamatoires et lapidaires. À présent, il alléguait des dépossessions de terrains qu'il imputait à Publius Clodius aux dépens de ses frères et de ses sœurs. Fulvia eut du mal à comprendre de quoi on parlait là, de quoi il pouvait bien s'agir. Les allusions déformées et perfides se rapportaient à la louable initiative qu'avait eue Publius de redistribuer certaines terres, en prenant des terrains jusque dans sa propre famille, et d'exploiter, en dépit d'occupations illégales, les forêts du domaine public. Lucius se demandait, incrédule, s'il ne rêvait pas, s'il était possible que quelqu'un eût cette audace ; devant une assemblée si noble, si sérieuse, si imposante, d'exprimer avec tant d'assurance, avec tant de suffisance, des contre-vérités aussi évidentes. Et puis il y avait Milon, enroulé dans sa toge, hautain et fier, et sans remords.

De minute en minute, la foule, hors d'elle, frémissait et mugissait plus fort. De toutes parts des gens cherchaient à monter sur la tribune, à la prendre d'assaut. Le cordon des licteurs avait du mal à contenir la multitude exaspérée. Depuis le podium du temple de Saturne où Pompée avait pris place, les officiers circulaient, portant des ordres aux alentours bondés de légionnaires, luisants de casques et rutilants de boucliers. Une houle menaçante agita les rangs des soldats, des ordres fusèrent, les poings se crispèrent sur les javelots et sur les glaives. Malgré ce déploiement, les cris et les menaces couvraient la voix de l'orateur. Cicéron se troubla, bafouilla quelques phrases inaudibles et enfin il se tut. Il n'y eut plus, sur la place, que les bouches écumantes, les yeux de braise, la colère sourde du peuple silencieux sommant les juges de juger, et juger bien.

Ainsi fut fait. Talonné par Lucius et par la bande du vicus Tuscus, Milon, condamné à l'exil, que protégeaient des soldats en armes, s'enfuit jusqu'à la ville libre de Marseille[153], d'où il ne devait revenir, pour son malheur, que quatre années plus tard.

---

153. Marseille jouissait encore à cette époque d'une large autonomie au sein du monde romain.

III

La fumée du bûcher monte au-dessus de la plaine du Champ de Mars. Le vent l'emporte vers le Pincio[154] et les pinèdes des jardins de Lucullus. Devant le regard vide du vieil époux consterné et de Fulvia drapée de noir, les cendres de Sempronia sont recueillies dans l'urne, pour être déposées dans le tombeau familial.

Avant que la maladie ne l'emporte, Sempronia, sur son lit de mort, a fait jurer à Fulvia, sa fille unique, de poursuivre et d'achever la grande œuvre. Bientôt, un buste en marbre de la vieille dame inflexible prendra place dans la maison du Palatin, aux côtés de ceux de ses ancêtres.

Dix longs mois ont passé depuis la mort tragique de Publius. Une année noire, sans espoir et sans issue apparente, s'écoule, interminable et triste. Les associations de quartier ont été dissoutes, tout rassemblement est impossible. Sextus Clodius a été condamné, comme Milon, et il s'est temporairement exilé, lui aussi. La vie politique est en sommeil. Les décuries de quartier, dont les formations quasi militaires formaient un outil de pression et de combat impressionnant, sont réduites à l'impuissance. L'émeute est irréalisable. Les troupes de Pompée assurent l'ordre et veillent à la sécurité des puissants. L'armée des Gaules est loin, aux prises avec un soulèvement général dont on n'avait pas prévu l'ampleur[155].

---

154. Le Pincio : colline de Rome située au Nord du Quirinal et dominant le Champ de Mars.
155. Il s'agit de la révolte générale autour de Vercingétorix.

Fulvia se consacre à l'éducation du jeune Publiolus qu'elle a fait revenir d'Aricie, et de sa petite sœur, Clodia, dans le souvenir permanent de leur père. Mais, si la famille continue d'habiter la maison du Palatin, Fulvia, veuve, est revenue officiellement sous la tutelle de son père. Heureusement, le bon Fulvius, brisé par le deuil et entiché de sa fille, n'est point sévère.

*
* *

Fulvius a appris le décès d'une personnalité importante de Rome. Il s'agit de Curion le père. Ancien consul, proconsul, triomphateur, Curion avait pris parti, en son temps, contre Catilina. Fulvia se souvient que ce brillant orateur a été l'avocat de Publius son mari, lors du procès qu'on lui avait intenté lors du scandale de la Bonne Déesse, au temps de leur jeunesse. Aujourd'hui, Curion le fils offre au peuple, comme c'est son devoir, des jeux funèbres en l'honneur de son père. Fulvius n'a pas voulu manquer le premier jour de spectacles : c'était un devoir de participer à ce qui est en fait une journée d'hommage ; il est rentré apaisé, enchanté d'avoir pu écouter dans l'un des deux théâtres provisoires construits en bois, une reprise de l'*Andrienne* de Térence. Fulvia, elle, se débat contre l'ennui. Voici un an ou presque qu'elle est recluse, voici un an qu'elle est exclue de la vie publique. Elle n'a même pas trente ans ! Elle formule le souhait d'accompagner son père. Pourquoi le bienveillant Bambalio refuserait-il ? Romain sans ambition, il aime, à tout le moins, à apparaître comme un Romain en marche vers la sérénité. Pour la deuxième journée, c'est bien volontiers qu'il emmène avec lui sa fille, qu'accompagne la frivole Quartilla, au Champ de Mars où les théâtres ont été dressés.

Adossés l'un à l'autre, les deux hémicycles présentent au public, l'un une comédie de Plaute, l'autre une pièce de Térence. Plaute est un auteur populaire, aux plaisanteries un peu lourdes ; Térence propose des intrigues plus achevées, il met en scène des caractères plus nobles, les dialogues sont plus relevés, pleins de jeux de mots inattendus et savoureux. On en discute un moment en famille et, pour finir, on se conforme au choix de l'expert en matière de littérature qu'est le fin Bambalio. La matinée se passe donc à se délecter des péripéties et du langage des grands auteurs comiques. Mais, tandis qu'aux alentours de midi l'on sert la collation de gâteaux, de saucisses et de vins fins, le chef de la troupe réclame l'attention de tous les spectateurs : qu'on ne s'inquiète pas, tous vont être transportés sans effort vers un autre lieu de divertissement. À peine dit, tout s'anime comme par enchantement, les gradins se déplacent, les spectateurs se déplacent assis sur les banquettes, l'édifice entier semble glisser, changer d'orientation. Une machinerie invisible d'un genre nouveau et extraordinaire commande le tout. Bambalio, inquiet soudain d'être le jouet de cette mécanique branlante et cahotante, cherche des yeux l'emplacement des issues de secours. Fulvia, émerveillée, séduite même par l'idée du danger, ouvre tout grand les yeux, et voit qu'en face de l'hémicycle dont la scène a disparu, un autre théâtre apparaît, se rapproche, et bientôt les deux constructions, s'emboîtant l'une dans l'autre, sont réunies en un édifice de forme elliptique et d'un genre nouveau : un amphithéâtre. Et tandis que l'éblouissement gagne les spectateurs, les commentaires vont bon train : c'est du jamais-vu, c'est du grandiose, et la configuration circulaire de l'ensemble va permettre d'admirer, de quelque côté qu'on se trouve, les paires de gladiateurs que l'on préfère de beaucoup aux comédies de Plaute et de Térence. Depuis l'inauguration des jardins de Pompée, trois ans plus tôt, on n'avait pas revu pareil déploiement de gladiateurs, de chasses et de fauves. Aussi, l'excitation est à son comble.

Presque en face de Fulvia, une tribune bien visible rompt les gradins : le personnage qui fend la foule pour venir l'occuper est le dispensateur de ces jeux, Curion. Son visage est inconnu, ou presque.

Une claque fournie a accompagné ses pas, et les spectateurs, pas complètement convaincus encore, ont commencé à l'applaudir. Certes, on est loin des acclamations qui retentissent à l'entrée d'un triomphateur, mais pour l'arrivée d'un jeune homme qui n'a à son actif qu'une obscure questure, ce n'est déjà pas si mal. À bien regarder, son visage rappelle quelque chose à Fulvia. Oui, c'est l'un des jeunes gens qui venaient autrefois, dans la maison proche du Cirque Maxime, aux réunions politiques de son Publius. Ce Curion apparaissait souvent en compagnie d'un inséparable – un certain Marc Antoine, il lui semble. Ces deux-là avaient l'air unis comme les doigts de la main, et l'un comme l'autre ne se gênaient guère pour lui décocher – à elle, Fulvia, fiancée de Publius – des œillades appuyées et suggestives.

Tandis qu'elle le dévisage ainsi de loin, lui, qui laisse errer son regard sur cette foule qui admire et qui acclame, et qu'il est en train de conquérir, se fixe sur elle, et il la reconnaît. Certes, elle a un peu pâli, ses traits se sont durcis, quelques rides ont apparu, mal cachées par un peu de fard. Mais ses yeux n'ont presque pas changé : un peu de bonheur leur rendrait peut-être leur éclat mutin et espiègle d'autrefois.

Fulvia a bien distingué : Curion l'a remarquée, il l'a regardée, même, un long moment. Fulvius a toisé l'indiscret, mais avec l'imperceptible signe d'une sorte d'encouragement, tandis que la malicieuse et intrigante Quartilla dissimulait, en laissant voir, derrière les évolutions de son éventail, le charme de ses adorables sourires. Là-bas, Curion se penche vers l'un de ses serviteurs et lui glisse quelques mots à l'oreille. L'homme se fraie un chemin parmi les spectateurs. Fulvia est à peine étonnée qu'il parvienne ainsi jusqu'à son père, auquel il transmet une invitation à dîner pour le soir même.

Mais le spectacle commence. Les pugilistes[156], les gladiateurs, les chasses de fauves se succèdent pour la plus grande joie du public.

C'est une réussite. Voilà le spectacle terminé. Curion se lève. Fulvia se lève. Une foule enthousiaste envoie par brassées sur Curion, qui passe, des pétales de fleurs. En face, des groupes entiers, sur le passage de Fulvia, se lèvent pour la saluer, la complimenter ou l'applaudir. La femme de Publius Clodius a encore avec elle les partisans de son mari, forcés pour l'heure à l'inaction mais prêts à en découdre, et l'heureux organisateur de ces jeux le voit bien. Inversement, l'engouement naissant de la plèbe pour le jeune Curion ne passe pas inaperçu de Bambalio, ni de Fulvia, d'ailleurs.

Fulvia qui, de retour à la maison, non seulement se fait coiffer et farder avec le plus grand soin en prévision de la soirée projetée, mais s'agite en tous sens, cherchant conseil sur la robe et les bijoux dont elle doit se parer. *Le temps presse, il convient de donner à notre hôte une image digne de nous !* Et elle a son idée. Une étrange excitation s'empare de Fulvia. Depuis son veuvage, c'est le premier dîner auquel elle va paraître. La vie, les émotions, les espoirs reprennent lentement le dessus.

Au repas, c'est Fulvius qui occupe la place d'honneur, à la droite de Curion. Mais c'est Clodia qui dirige la conversation, Clodia qui complimente le jeune homme de sa belle et première réussite, qui questionne Curion sur ses idées, sur ses projets. Curion envisage le tribunat ? Merveilleux ! Comme leur famille injustement décimée se réjouit qu'il existe encore des hommes capables de reprendre l'œuvre interrompue, de se saisir du flambeau et de servir les intérêts du peuple ! Un jeune Curion mal assuré encore, qui boit les paroles flatteuses, et dont le regard a peine à se détacher de Fulvia.

---

156. Pugiliste : athlète qui se livrait au pugilat, un combat entre boxeurs gantés de cestes (courroies garnie de plomb).

Quelques jours plus tard, Fulvius informe sa fille de la demande en mariage faite par Curion à son endroit. Fulvia n'en est aucunement surprise. Elle en est flattée, elle en est soulagée : transmettre les souvenirs de grandeur, les traditions et les devoirs ne reposera plus sur ses seules épaules. Un nouveau modèle l'y aidera. Un avenir dont elle commence à entrevoir et à diriger les contours s'ouvre à nouveau devant cette femme qu'obsède toujours le serment prêté devant les bustes de ses ancêtres d'influencer, au besoin de conduire, les luttes sanglantes qui se livreront encore au service de la tradition qu'elle détient, et de sa propre vengeance.

IV

Certes, Fulvia est flattée, elle est heureuse même, d'être devenue l'épouse de celui qui la convoitait déjà, sans trop se cacher du mari, au temps de leur jeunesse. Le projet de Curion de devenir à son tour tribun de la plèbe stimule aussi son intérêt. Mais il demeure des points obscurs qu'elle tient à éclaircir. Elle commence par aborder, sur l'oreiller, un aspect de la vie intime de son nouvel époux qui ne laisse pas de l'intriguer.

« Puis-je poser une question indiscrète à l'élu de mon cœur ? » demande-t-elle, sur un ton enjoué.

L'assentiment confiant de son jeune mari l'autorise à continuer :

« Qu'en est-il réellement des relations que l'on te prête avec ton ami Marc Antoine ? On colporte à votre sujet les rumeurs d'une relation très particulière…

– Marcus ? Il est un ami d'enfance, un inséparable ami.

– Rien de plus ?

– Je comprends ce que tu veux dire. Mais tu sais bien ce que sont les commérages dont l'opinion raffole en ce moment : dès que deux personnes voyagent ensemble dans une litière, on répand par malveillance la rumeur qu'il se passe des choses répréhensibles derrière le rideau. »

Curion laisse passer sur ses lèvres comme un sourire de nostalgie et d'indulgence, mais un regard fugitif, d'une intensité particulière, le ramenant à quelque souvenir, affaiblit la vigueur de la dénégation qu'il voulait catégorique. Alors il se reprend :

« Ce qui est vrai, c'est que mon père, autrefois, a dû, pour notre réputation, nous intimer l'ordre de ne plus nous revoir : séparation qui m'a été pénible, j'en conviens.

– Mais par la suite, tu l'as revu, puisque tu fréquentais avec lui les réunions qu'organisait mon malheureux Clodius.

– Bien sûr ! Mais entre-temps, nous étions devenus de jeunes adultes. C'est moi, je l'avoue, qui ai entraîné Antoine dans les aventures faciles, dans les soirées arrosées, bref, dans ce que les moralistes grincheux appellent débauche en parlant des autres et trouvent excusable quand il s'agit d'eux-mêmes.

– De sorte que tu apparais encore comme un individu futile, inconséquent, "perdu de vices", selon l'expression rabâchée par Cicéron... »

Un plan commence à germer dans la tête de Fulvia. Elle continue de glaner, au hasard des sujets abordés, des informations qui lui seront utiles.

« Passons à l'aspect purement politique de notre association. Que penses-tu de Cicéron, précisément ? » demande-t-elle *ex abrupto*.

Bien que surpris par la soudaineté de la question, le jeune mari ne cherche nullement à se dérober et répond sans détours.

« Mon défunt père était un vieux conservateur et un ami du grand orateur. Jusqu'à présent, la tradition familiale et les désirs de mon père s'imposaient à moi. Je sais l'aversion que tu éprouves à l'égard du consulaire, mais, pour ma part, je ne suis pas encore brouillé avec lui : il m'a même adressé, dans la correspondance volumineuse qu'il entretient avec ses relations, quelques lettres flatteuses.

– Ainsi, Cicéron en ce moment encore est convaincu que tu éprouves le plus grand respect pour les thèses qu'il défend et pour les institutions telles qu'elles sont à l'heure actuelle. Dans ce cas, je te suggère de le laisser persister dans cette erreur. Car, si nous abusons le consulaire, c'est le parti entier du Sénat que nous maintenons dans l'illusion. Lorsque le moment sera venu, et au moment opportun seulement, tu commenceras à agir selon nos convictions, et les conservateurs, lorsqu'ils comprendront ce que nous préparons et de quel côté tu te trouves, en seront abasourdis. »

Curion avait gardé le souvenir de Fulvia telle qu'elle était au moment de son premier mariage ; il ne connaissait pas – personne encore ne connaissait – la nouvelle Fulvia, transformée par des années de luttes et de douleur. Sa nuque et sa pensée se courbent sous l'évidente et implacable supériorité de la froide calculatrice, du stratège de la politique qu'elle est devenue. Mais Fulvia poursuit :

« Pour ce qui est de l'orateur, tu l'as trompé déjà, sans le vouloir il est vrai, quand tu lui faisais croire que Clodius se brouillait avec César au sujet de l'affaire de la Bonne Déesse. Et ma belle-sœur, Quartilla, s'est amusée de lui, naguère... »

Il reste cependant pour Fulvia un dernier sujet à éclaircir.

« Une chose m'inquiète : les folles dépenses que tu as engagées pour les jeux donnés au peuple à l'occasion du décès de ton père...

– Ne t'inquiète pas pour cela : ces frais, colossaux, il est vrai, me seront intégralement remboursés. »

Cette fois, Fulvia est réellement surprise.

« Mais, par qui donc ? » interroge-t-elle, mais en même temps qu'elle pose la question, la réponse s'impose dans son esprit.

« Un certain proconsul, répond Curion d'un air de mystère entendu, qui combat au loin pour agrandir l'empire.

– Mais, exulte Fulvia, nous ne pouvions rêver mieux ! Qui sait d'ailleurs si César, puisque c'est bien de lui qu'il s'agit, n'est-ce pas, ne caresse pas des projets semblables aux nôtres ? Et toi, Curion, prend-elle soin de flatter, en détenant le pouvoir de tribun, es le trait d'union indispensable entre la plèbe de la Ville, qui me regarde encore comme la manifestation ultime de son Clodius, et l'armée qui interviendra un jour ou l'autre, sous le commandement de César. Continue donc de contrefaire l'ingénu : nous conviendrons ensemble du moment où il sera opportun de porter le coup rapide et décisif. »

*

* *

Durant l'année de son tribunat, Curion, volontairement, se contente de proposer des lois anodines : sur la gestion des routes et sur des améliorations à apporter à la livraison du ravitaillement de la Ville ; il propose l'annexion d'un État vassal, la Numidie. Ainsi, Curion montre son intérêt pour la plèbe sans que le Sénat n'en soit offensé. Appliquant les conseils de sa femme, il plaît à tout le monde et ne s'aliène personne. Un fils leur est né : il portera le prénom de son père, Caius[157].

Au mois de décembre, le mandat des tribuns va bientôt s'achever. Or, ce qui doit aussi prendre fin, c'est le proconsulat de César dans les Gaules. Comme chaque soir, Curion rapporte à Fulvia l'essentiel des événements de la journée :

« Les séances du Sénat sont de plus en plus houleuses ; la situation est très tendue : César fait la sourde oreille aux objurgations des sénateurs, il cherche à prolonger son mandat. Il est clair que demain le consul Marcellus va mettre aux voix la proposition de mettre fin au gouvernement de César dans les Gaules.

– Dans ce cas, la rupture est proche : la guerre civile, peut-être. C'est le moment d'agir. Mais, au lieu d'un veto pur et simple, il est plus adroit… »

Curion suit le conseil de sa femme. Devant les sénateurs qui viennent de voter le rappel du proconsul, Curion insiste : si César, fait-il valoir, abandonne le commandement de ses légions et rentre à Rome comme simple particulier, il se livre pieds et poings liés à ses adversaires, qui ne manqueront pas de lui intenter des procès politiques, ou même simplement de l'assassiner. Aussi, il fait mettre aux voix une proposition qui conduirait César et Pompée à abdiquer le commandement de leurs troupes en même temps. La motion est adoptée.

---

157. Le nom complet de Curion est Caius Scribonius Curio.

Mais le lendemain, le consul Marcellus, farouche adversaire de César, harangue les sénateurs, affirme que César descend des Alpes avec son armée pour envahir l'Italie. La nouvelle est parfaitement fausse, mais qu'importe ! Le consul remet une épée symbolique à Pompée, qui part pour la Campanie[158] rejoindre ses troupes massées à Capoue.

De retour chez lui ce soir-là, Curion n'est pas surpris de recevoir la visite du plus influent et du plus redoutable des tribuns qui se préparent à lui succéder, et qui est bien connu de Fulvia : c'est Marc Antoine, le second de César dans les Gaules et l'un de ses meilleurs généraux. Sitôt arrivé à Rome, Antoine s'en est venu chez Curion. Ils échangent les dernières nouvelles.

« Imaginer, s'indigne Fulvia, que les deux généraux se démettent ensemble est une pure illusion : chacun a trop de méfiance à l'égard de l'autre. Les conservateurs ne veulent qu'une chose : faire faire à Pompée ce qu'ils ont fait faire autrefois à Sylla pour maintenir leurs privilèges, soit une guerre civile, des proscriptions, des massacres et des assassinats comme celui qui m'a rendu veuve ! Ah ! Clodius avait bien vu qu'au sein même des nations se livrent des guerres aussi exigeantes et terribles que celles qui se font entre les peuples. Vous laisserez-vous duper encore par ces gens-là ? César consent encore à négocier ? Va donc, Curion, lui annoncer que les troupes de Pompée sont aux portes de la Ville, que d'autres légions sont levées en Italie, convainc-le qu'en aucun cas César ne doit se séparer de ses soldats, et que le seul espoir qui reste pour le peuple est que l'armée des Gaules, tout entière, marche résolument sur Rome ! »

158. La Campanie : région du Sud-Ouest de l'Italie abritant Pompéi et dont la capitale est Naples.

Dès le lendemain, Curion part pour Ravenne[159], où il est accueilli chaleureusement par le proconsul qui lui exprime sa gratitude. Curion l'informe des récents développements, l'adjure d'agir sans tarder, préconise de marcher sur Rome avec toute l'armée. Pendant que l'ancien tribun s'entretient avec César, le célibataire endurci qu'est Marc Antoine passe à son tour avec délices sous l'influence de Fulvia, et lorsqu'il se présente à la séance du Sénat du 6 décembre, les exhortations répétées de la maîtresse occulte de la plèbe ont contribué à mettre ses nerfs à vif.

À peine la séance est-elle ouverte que surgit Curion, revenu de Ravenne et porteur d'un message d'accommodement. Les sénateurs votent néanmoins le rappel de César. Une dernière arme reste à la disposition des tribuns : le droit d'opposer leur veto à la décision du Sénat. Trois fois les sénateurs votent la fin du mandat de César. Trois fois Antoine oppose son veto. Alors, les consuls somment Antoine et Curion de quitter la salle. C'en est trop ! C'est l'inviolabilité des tribuns que les consuls mettent en cause ! En proie à une effroyable colère, Antoine, imité par Curion, sort de la curie, prenant la foule à témoin, avertissant que ce coup de force du Sénat annonce guerres, massacres, confiscations, exils et proscriptions.

Le soir même, Antoine et Curion courent se réfugier auprès de César, laissant dans Rome Fulvia qui, plus que jamais, entrevoit, par les légions prêtes à déferler sur Rome, l'accomplissement de sa vengeance.

---

159. Ravenne : ville du Nord de l'Italie, non loin de Venise, chef-lieu de la province de Cisalpine.

V

Ainsi, ils l'avaient fait. Ils avaient osé l'impensable. Tôt le matin, ils avaient franchi cette rivière en apparence insignifiante qu'on appelait le Rubicon. Caius Laelius, le centurion primipile[160] de la treizième légion, marchait en tête. Mais, tandis qu'on avançait sur la route morne et rectiligne qui, depuis le petit pont du Rubicon entré désormais dans l'histoire, traversait les marais peuplés de roseaux dans la direction d'Ariminum[161], l'ardeur première des soldats faiblissait peu à peu. La première cohorte investit sans peine les abords du Forum ; les suivantes se rangèrent le long des portiques de la place. Les effets du vin chaud qu'on avait distribué aux hommes pour stimuler leur audace se dissipaient. L'angoisse d'échouer dans leur tentative insensée d'un coup de force, de n'être plus que des mutins voués à la décimation et à la hache, les enveloppait dans la même gangue que ce brouillard glacial et opaque des premiers matins de janvier. Ils n'avaient même pas revêtu les tenues de combat. Aucun d'eux ne portait la cotte de mailles. La calotte seule, destinée à garnir les casques, couvrait leur tête ; la *galea*[162] leur ballottait sur le ventre, pendant par la lanière. Ils avaient l'air hirsute et incontrôlable de ces bandes d'émeutiers qui sortent de Subure pour semer la terreur, les jours de révolte.

---

160. Centurion primipile : officier le plus élevé en grade.
161. Ariminum : actuelle Rimini, ville du Nord de l'Italie.
162. *Galea* : casque d'infanterie.

César arriva à son tour, silencieux et grave. Entouré de légats[163] et d'officiers, il monta sur le podium d'un temple. À ses côtés, l'on reconnut avec stupéfaction Curion et Marc Antoine, tunique déchirée, tremblant encore d'épouvante et de rage. Tous deux prirent la parole. Ils racontèrent comment les droits des tribuns du peuple qu'ils étaient avaient été bafoués, comment ils avaient dû s'enfuir dans une simple charrette, en tenue d'esclaves. César harangua les soldats, se présentant à eux comme une victime persécutée, il les alarma sur leur sort, inévitablement lié au sien.

Un à un, les légats, les tribuns montèrent à la tribune. Caius Laelius parla-t-il vraiment de sa fidélité inconditionnelle à son général ? Ces mots célèbres que, par la suite, lui prêtèrent les poètes, le serment de tuer s'il le fallait jusqu'à son père, jusqu'à son frère, Caius Laelius ne fut jamais certain de les avoir prononcés, même dans cette exaltation collective qui emporta tout. De ce moment-là resta le souvenir d'une sorte d'ivresse diffuse et d'un songe irréel. Quand la treizième légion eut acclamé son *imperator*[164] et prêté d'une seule voix son serment indélébile, on se remit en marche.

César avait appris que Pompée, désespérant de conserver la capitale, évacuait Rome et se dirigeait vers le port de Brindes, sur l'Adriatique, avec l'intention de passer en Grèce. Aussi, contournant dans un large mouvement d'enveloppement cette Rome qui tomberait plus tard, les légions de César avançaient à marches forcées vers le sud, en vue de couper la retraite aux troupes du Sénat.

Cette offensive irrésistible aurait dû combler d'aise le centurion Caius Laelius. Mais il n'en était rien. Car la route que l'on suivait dans les Apennins passait par Alba Fucens, et dans l'un des hameaux proches de cette cité vivait son frère Lucius Laelius, avec

---

163. Légat : chargé de mission délégué hors de Rome par le Sénat romain ou par un magistrat supérieur détenteur de l'*imperium*, puis par l'empereur.
164. *Imperator* : titre conféré, sous la République romaine, aux généraux en chef victorieux.

sa femme Stella. Ce que Caius appréhendait, c'était que son frère eût fait partie, contre son gré, des levées de troupes que les Pompéiens faisaient dans les Abruzzes. Ce que redoutait Caius, c'était que son cadet ne fût embrigadé dans les cohortes massées par les officiers de Pompée dans Alba Fucens, et qu'il faudrait bientôt affronter avant de parvenir à Brindes.

Mi-inquiets, mi-curieux, les habitants, égrenés sur les bas-côtés de la via Valeria, regardaient se succéder, à la suite de leurs enseignes, les cohortes à la démarche pesante de ceux qui rappelaient aux plus anciens les « mulets de Marius[165] ». Quant à Lucius Laelius, le jeune frère de Caius, il ne cherchait guère à venir voir les défilés et les agitations qu'il n'observait que trop dans Rome dans les périodes où il était au service de Fulvia : à cet instant, retiré dans sa ferme, il profitait de l'un des trop courts séjours qu'il passait auprès de sa famille ; le passage de l'armée d'Alexandre le Grand ne l'eût pas attiré davantage.

Profitant d'une halte, Caius s'écarta de la colonne et marcha seul vers la petite ferme qu'il connaissait si bien et dont les chaumes se nichaient, tout au bout d'un sentier, à un quart de mille tout au plus de la via Valeria, au milieu des oliviers. De la toiture en paille, une fumée s'échappait lentement, témoin d'une existence heureuse. Au milieu de rires d'enfants, il sembla à Caius avoir perçu une voix d'homme. Et lorsqu'il les eut trouvés, Lucius et Stella, serrés au coin de l'âtre, avec leur marmaille entre les jambes, les retrouvailles furent chaleureuses et tendres.

« Mets-toi à ton aise, dit Lucius, quand les étreintes se furent relâchées. Fais comme dans ta maison, car cette demeure que tu m'as laissée, et qui devait t'appartenir, elle est encore un peu la tienne... »

---

165. Marius, général romain, avait combattu dans les Abruzzes ; il avait équipé ses soldats d'un « barda » réglementaire, d'où leur surnom de « mulets de Marius ».

Il avait prononcé ces mots avec une nuance d'inquiétude : de fait, il craignait que le vieux militaire, qui venait peut-être, en traversant le Rubicon, d'embrasser une cause perdue, ne revienne un jour sans toit et dépouillé de tout.

« N'aie crainte, rassura Caius, qui avait très bien compris. Les troupes de César sont fanatisées, leurs revendications sont légitimes et rejoignent celles du peuple : nous ne pouvons pas perdre cette guerre. Le butin de mes années de campagnes suffirait d'ailleurs à me mettre à l'abri du besoin, et de plus, je recevrai quelques arpents de bonne terre réservés aux vieux soldats, dans les colonies.

– Quant à moi, répondit Lucius en versant à son hôte une large mesure du vin récolté au dernier automne, je ne fais partie d'aucune armée, si ce n'est de celle de la plèbe. »

Caius goûta une lampée de vin chaud, claqua de la langue en signe de contentement et, oubliant les appréhensions qu'il avait eues au sujet de son frère, reprit après une pause :

« Nos légions se préparent à mettre le siège devant Alba Fucens. Nous ignorons encore si la ville est bien défendue : as-tu sur ce point quelque information utile ?

– La garnison, dit-on, serait de six cohortes, mais récemment enrôlées et, à ce qu'on dit, peu aguerries.

– Ton renseignement est précieux. J'en référerai à César en personne. La ville ne nous résistera pas longtemps ; nous pourrons reprendre notre avance et, aussitôt conquis le port de Brindes, nous nous rabattrons sur Rome. César escompte, reprit Caius en cachant mal sa préoccupation, que la plèbe lui fera bon accueil. Mais, en l'absence de Curion et de Marc Antoine, nous ne savons pas bien qui tient les rênes, et avec qui il convient de s'aboucher…

– Le peuple compte sur vous, cela est certain ! Quant aux instances de la plèbe, elles sont, une fois les tribuns réfugiés auprès de ton général, entre les mains de dame Fulvia elle-même ! Et c'est à dame Fulvia qu'il appartient de préparer la Ville à l'arrivée de votre armée ; c'est elle que je dois prévenir de l'opportunité qui s'annonce et des mouvements de l'armée de César. »

La complémentarité de la plèbe et de l'armée trouvait une illustration dans la collaboration inopinée mais opportune de ces deux frères. Le devoir appelait de nouveau Lucius Laelius au côté de Fulvia. Tandis que l'officier, porteur d'informations précieuses, rejoignait son général, Lucius une fois encore s'arracha aux étreintes de Stella et aux caresses de ses enfants et, machère au côté, pèlerine sur les épaules, il repartit partager de nouveau les destins de la plèbe de Rome.

Ce fut au Champ de Mars, en dehors de l'enceinte de la Ville, que César, respectueux de la règle qui voulait qu'aucune troupe en armes n'entrât dans Rome, avait réuni le Sénat et convoqué les comices. Mais, au fil des jours qui suivirent, les soldats, par petits groupes, sous des prétextes divers, s'abattirent sur la cité comme une nuée de sauterelles. Les traits burinés de ces troupiers étaient ceux de paysans venus de Cisalpine[166], bien différents des Romains de la Ville. Quoi que non armés, ces hommes qui déambulaient en groupes attentifs et compacts, la bourse pleine, en quête de produits qui pussent améliorer leur ordinaire[167], étaient des étrangers et des intrus.

Attablée dans l'auberge de Fonteius, la vieille bande du Tuscus observait d'un œil méfiant ces escouades en tuniques grises qui circulaient dans les rues comme en pays conquis.

« Au début, maugréait Fonteius, les commerçants du vicus étaient contents, cela faisait une clientèle. Mais à présent, avec tout cet argent rapporté de leurs conquêtes, voilà qu'ils raflent tout,

---

166. La province de Cisalpine (Italie du Nord) était celle dont César était gouverneur au début de la guerre des Gaules et où il effectuait l'essentiel de ses levées de troupes ; elle était peuplée de populations celtiques et de colons italiens.
167. Ordinaire : repas quotidien et habituel.

cherchant partout de quoi manger. Pour nous, c'est de nouveau la rareté et la cherté des vivres ! »

Mais, à ce moment-là, le frappement de sandales cloutées fit résonner la mosaïque : des militaires venaient d'entrer. Le boutiquier se tut, prudemment. Pourtant, les attablés, excités par les diatribes de Fonteius, continuaient avec insistance à regarder de travers les nouveaux venus : l'envie de mettre dehors les indésirables faisait son chemin, des paroles peu amènes furent échangées ; on allait en venir aux mains. Puis, alors que les premières cruches étaient déjà brisées pour servir d'armes, deux grands bras s'écartèrent, deux larges mains à la puissance tranquille et redoutable s'élevèrent au-dessus des têtes et imposèrent le calme.

« Caius ! » s'exclama Lucius. Les deux frères se jetèrent dans les bras l'un de l'autre.

Leur geste spontané et joyeux apaisa les hostilités, adoucit les méfiances.

« Lucius, je te cherchais », reprit le centurion, en entraînant à part son cadet. « Depuis notre rencontre d'Alba Fucens, César, qui sait tout et fait profit de tout, sait bien que je suis tout à lui, et que toi, mon frère, es tout à Fulvia. En marge des comices impuissants et du Sénat amoindri et croupion, il veut s'entendre avec celle qui, de fait, représente le peuple, puisqu'elle est l'héritière d'un grand tribun. Aussi… »

Durant les jours qui suivirent, l'on vit fréquemment la litière d'une grande dame s'arrêter devant la Villa Publica, où résidait César en dehors de la Ville. Et lorsque, bientôt, le dictateur partit pour conquérir l'Espagne, on apprit que c'était à Curion, époux de Fulvia, qu'avait été dévolue la mission d'arracher la Sicile et l'Afrique productrices de blé des mains des pompéiens. Dans ce choix, Fulvia, mystérieuse, active, incontournable, avait joué un rôle.

VI

Caius Scribonius Curion à Fulvia, son épouse.

*Partis de Reggio, nous avons abordé en Sicile le même jour, et sans aucune difficulté. La ville de Syracuse*168 *est tombée sans résistance. Comme nous en étions convenus, j'ai pris contact avec les sociétés de publicains en charge de l'approvisionnement en blé. J'ai fait valoir le fait que César tient absolument à ce que Rome soit ravitaillée d'urgence. Les bateaux que j'ai fait réunir seront chargés et prêts à partir dans les tout prochains jours. Nous avons à notre disposition la force des légions, qui manquait tant à Publius et à Sextus Clodius quand ils se consacraient, sans moyens suffisants, à la curatèle de l'annone. Je laisse dans l'île deux de mes légions pour tenir la province, et avec les deux autres je m'apprête à passer en Afrique où, dit-on, trois gouverneurs du parti de Pompée sont en désaccord et se disputent le pouvoir. Autant dire que, même avec mes effectifs réduits, je parviendrai à faire passer cette province dans le camp de César. Transmets pour moi à la plèbe l'heureuse nouvelle qu'aucun souci n'est plus à redouter sous le rapport du ravitaillement. Embrasse bien pour moi ton jeune Publiolus, ainsi que notre tout petit Caius.*

Portez-vous bien tous.

Satisfaite, Fulvia enroula la missive et la plaça sur l'étagère où figuraient déjà bon nombre de documents qui se rapportaient de

168. Syracuse : ville en Sicile.

près ou de loin à la vie politique de la cité. Grâce à l'aide des légions de César, elle réalisait, par l'entremise de Curion, ce qu'avait voulu Publius Clodius : le contrôle des provinces qui fournissaient le pain. En somme, c'était non pas vraiment Curion, mais son Publius revenu de l'au-delà, qui rentrerait à Rome revêtu de la gloire d'avoir assuré la subsistance de cette ville, et la plèbe reconnaissante, en célébrant le souvenir du défunt martyrisé et en fêtant sa victoire posthume, rendrait grâces à Fulvia l'inspiratrice et l'héritière.

Un serviteur passa une tête respectueuse et craintive à l'entrée du tablinum :

« Quelqu'un demande à vous voir, maîtresse. Son nom est Caelius Rufus. »

Fulvia fit signe que l'on pouvait introduire le visiteur, et, tandis que ce dernier pénétrait dans la pièce, elle se détourna vers les rayons de la bibliothèque pour dissimuler le sourire de contentement qui s'épanouissait sur son visage. C'était un véritable cercle politique qui s'était constitué peu à peu autour de celle qui était devenue l'égérie et l'âme des tribuns, la référence de la plèbe. Jadis, autour de Cornelia, la mère des Gracques, il y avait eu un cercle philosophique et littéraire. Mais l'aréopage qui gravitait autour de Fulvia était un véritable club politique. Rufus en faisait partie depuis peu : il était même l'un des plus prometteurs ; il pouvait parfaitement servir les stratégies de son inspiratrice, et le moment, semblait-il, était sur le point d'arriver.

« C'est un conseil de votre part, dame Fulvia, que je viens solliciter », hasarda respectueusement Caelius Rufus.

Fulvia avait pris place sur la chaise curule qui lui venait de son père. Appuyée sur l'accoudoir, le menton dans la main, elle s'était parée de la physionomie hautaine et attentive, de l'attitude et des gestes parcimonieux, mais pleins de noblesse, qui étaient ceux d'un véritable magistrat. N'eût été l'abondance de sa chevelure rousse édifiée en trois étages de boucles savantes, qui la faisait ressembler à Sempronia, sa mère, on aurait pu la prendre, dans son hiératisme intimidant, pour le maître de la maison en personne.

« Les manifestations populaires contre la plaie insoutenable des dettes, exposa Rufus, sont chaque jour plus désespérées et plus violentes. Hier, on a compté des morts sur le pavé du Forum. Les taux usuraires sont une gêne pour les riches, un enfer pour les pauvres. Il est urgent d'obtenir l'abolition totale de toutes les dettes.

– Mais comment ? demanda Fulvia avec un ton d'ingénuité et un regard candide qui abusèrent son interlocuteur.

– Des partisans décidés, s'échauffa Rufus en se démasquant tout à fait, peuvent être rassemblés et mettre, comme l'avait voulu Catilina, l'Italie entière en révolte. Quel est votre avis, dame Fulvia ? Pareille tentative a-t-elle quelque chance de succès ? »

L'excitation de Rufus, sa hâte de passer à l'action, le besoin d'approbation et de conseils qu'il dévoilait tombaient à point. Grâce à un message qui lui était parvenu quelques jours auparavant, et dont elle allait opportunément tirer parti, Fulvia pouvait faire entrer dans ses plans le jeune agitateur et le mener où elle voulait. Elle sourit, se leva, alla prendre un parchemin dans les rayons de la bibliothèque. Elle en connaissait parfaitement la teneur, pour l'avoir lu et relu, car il annonçait une nouvelle qui, à ses yeux, avait grande importance. Mais après avoir repris sa place dans le fauteuil curule, elle parcourut à nouveau le message, comme en se résumant à elle-même un contenu récemment découvert.

« On m'informe d'un événement qui peut t'aider à prendre une décision. Tu te souviens, bien sûr, du sinistre Milon ? Stylé par les pompéiens réfugiés en Grèce, il est rentré de son exil de Marseille. »

Le calme glacial avec lequel Fulvia, veuve de Clodius assassiné, assénait cette révélation surprit d'abord Rufus qui eut un geste de surprise ; puis, la faveur qu'elle lui octroyait en faisant, à lui le premier, cette communication, le mit en confiance et le rendit prêt à entreprendre à ses côtés tout ce qu'elle désirerait qu'il fît.

« Milon n'a jamais cessé d'être notre ennemi », rugit Rufus, qui s'identifia de bonne foi à la surprise apparente de Fulvia, et brûla aussitôt de la même ardeur pour ce combat.

« César, continua Fulvia, a autorisé le rappel des exilés ; mais, à ma demande, Milon l'assassin n'a pas bénéficié de ces mesures de clémence. Il reste un hors-la-loi. Débarqué depuis peu en Étrurie[169], il a réuni de nouveau son ancienne bande de gladiateurs. Au moment où César, absent, guerroie au loin, il s'apprête à fomenter des troubles en Italie au bénéfice de Pompée.

– Dans ce cas, sus à lui ! aboya Rufus.

– Sans doute, approuva Fulvia avec un fin sourire. Mais il convient d'exécuter l'assaut avec adresse. Écoute-moi. S'il apprend qu'un nouveau Catilina, toi en l'occurrence, plein de flamme et de ressources, projette simultanément de soulever certaines régions d'Italie contre l'ordre césarien, il croira la partie plus facile, il deviendra plus audacieux. Aussi, quand tu auras pris la décision de recourir aux armes, abouche-toi avec lui. Ce sera notre ruse. Fais-lui croire, sans prononcer mon nom, bien sûr, que vous êtes des alliés objectifs. Tâche de savoir quelles cités il compte gagner à sa cause. Informe-moi des mouvements qu'il projette : je prendrai les mesures nécessaires et ferai mon affaire du sort de l'assassin ! »

*
* *

Exalté par les encouragements et par le rôle de premier plan que lui avait concédé la grande dame, Caelius Rufus fit les choses hardiment. Sa troupe se gonflait de partisans prêts à tout. Il entra en pourparlers avec Milon, convint avec lui de zones d'opérations et d'influence. Il se garda bien de toute allusion à celle qui inspirait ses

169. Étrurie : l'actuelle Toscane.

actes. Presque chaque jour, il envoyait un rapport à Fulvia. Bientôt, parvint au Palatin un message de Rufus, laconique mais précis :

Les décurions de la cité de Compsa dans les Pouilles délibèrent âprement sur la question d'accepter ou non l'accès aux remparts de la ville pour les gladiateurs. Milon se présentera devant les murs aux prochaines calendes et s'efforcera de débaucher la cité ; je me suis écarté de Compsa volontairement, afin de lui laisser le champ libre : vous saurez, je le sais, agir comme il convient.

« Magnifique ! s'exclama Fulvia. Mon agent a manœuvré comme il fallait ; l'occasion est propice. »

Le fidèle Lucius Laelius était à Rome. Elle le fit appeler aussitôt.

« L'assassin de Publius Clodius est à Compsa, dit-elle. Rappelle-toi la mission ultime que te confia autrefois mon époux Publius, au temple des Nymphes. Le moment est venu. »

Lucius avait paru, comme toujours, avec sa falcata à la ceinture. Mais ce n'était pas sa seule arme. Une fronde permettait à ce coureur des routes qui se déplaçait sans cesse entre Rome et le Fucin de chasser au besoin, pour compléter son ordinaire. Les paroles de Clodius résonnaient encore dans sa tête, comme si elles avaient été prononcées la veille. Glacial et solitaire, Lucius prit sans un mot la route de Compsa.

L'insécurité qui se répandait dans les campagnes jetait dans les villes beaucoup de paysans à la recherche d'un abri. Se mêlant à l'exode, Lucius n'eut aucune peine à entrer dans Compsa. Enveloppé dans son manteau, sous un portique envahi de gens déplacés, il ne dormit que d'un œil, hanté par les bandits, le poing fermé sur le pommeau de sa falcata. Le regard qu'il décocha aux larrons qui s'approchèrent leur signifia clairement qu'il n'était pas disposé à se laisser faire.

Le lendemain, il se restaurait à un thermopolium quand une agitation fébrile accompagnée de clameurs l'avertit qu'un événement inhabituel et grave se produisait à l'une des portes de la ville. Se mêlant aux curieux, Lucius monta sur le rempart. Devant la porte ouest, la cohorte des gladiateurs étincelait de brillantes et étranges armures ; celui qui les menait éclatait en vociférations, réclamant qu'on lui ouvrît les portes. Lentement, Lucius se frayait un passage sur le chemin de ronde. Il saisissait de plus en plus distinctement le sens des hurlements de Milon, de ses menaces de destructions et de massacres. Les décurions auraient cédé, peut-être. Mais, soudain, il y eut le vrombissement d'une fronde ; une balle siffla[170]. Frappé en pleine tête, Milon se renversa en arrière. Ce fut son lieutenant, Birria, qui reçut entre ses bras, genou à terre, le corps expirant de son maître.

Cherchant d'où le coup était parti, le gladiateur, levant les yeux, aperçut Lucius qui, entre deux merlons[171], repliait posément le cuir de sa fronde. Tandis que se dispersait la troupe des gladiateurs privée de son chef, Lucius, du haut des murs, toisait Birria, l'ensevelissant sous la joie féroce d'avoir châtié enfin celui qui avait autrefois anéanti son idole ; et Birria leva vers le rempart et vers le ciel un regard qui cribla Lucius jusqu'au fond de la poitrine. Entre ces serviteurs loyaux de causes inconciliables, le duel à mort se poursuivrait, jusqu'à son terme[172].

---

170. Les pierres lancées par les frondes étaient de la même forme effilée que les balles de nos fusils.
171. Merlon : partie d'un parapet se plaçant entre deux créneaux.
172. C'est Jules César (*La Guerre civile*) qui relate les circonstances de la mort de Milon. Les longues pérégrinations de Caelius sont racontées par Dion Cassius (*Histoire romaine*) ; nous nous sommes permis de suggérer l'hypothèse selon laquelle Caelius, en se rapprochant de Milon, a pu être manipulé par Fulvia désireuse de vengeance.

PARTIE V

I

« Un grand malheur, oui, un grand malheur s'est abattu sur nous ! L'armée d'Afrique a succombé au terme d'une grande bataille et Curion, votre mari, n'a pas survécu à sa défaite. Dès notre débarquement, une maladie pernicieuse avait éclairci nos rangs, et quand votre courageux époux a résolu de forcer le destin, le roi de Numidie, venu au secours des séides de Pompée, l'a attiré dans un traquenard qui fut fatal. Désirant ménager votre peine, nous n'osons pas ici mettre sous vos yeux le récit d'une fin trop horrible à décrire. Croyez bien, dame Fulvia… »

Les visites se succèdent, avec la litanie de condoléances plus ou moins sincères. Fulvia les reçoit, en gestes mécaniques. Ce qui se passe autour d'elle lui paraît irréel. Veuve pour la deuxième fois ! Soudain, devant sa porte s'arrête une litière richement décorée qu'entoure un nombre respectable de licteurs. Une voix ferme, impérieuse, ordonne qu'on annonce un très important personnage. Et celui qui surgit tout à coup devant Fulvia, c'est Marc Antoine en personne, Marc Antoine le second de César dictateur, le « maître de cavalerie », le deuxième personnage de l'État. Mais, ce qui est tout aussi impressionnant que l'apparat, c'est qu'Antoine est, sans nul doute, un très bel homme. Bien proportionné, athlétique, il porte une barbe épaisse et soignée. Certains le comparent à ces statues du demi-dieu Hercule, aux muscles puissants et aux toisons bouclées. À la guerre, il est d'un courage indomptable ; il est l'un des héros de la bataille de Pharsale[173]. On prête à ce séducteur une aventure avec Fulvia, du temps de leur jeunesse, et du vivant même de Clodius ! Et Fulvia, malgré la situation, malgré son deuil, est obligée de convenir en elle-même qu'il y a eu peut-être quelque chose. Antoine n'est pas un très grand orateur. Ses condoléances n'ont pas une grande emphase, mais elles sont, sans le moindre doute, sincères. Car, chacun le sait, Curion a toujours été son ami très intime. L'entretien est bref, ainsi le veut l'usage.

Mais, dans les mois qui suivent, Fulvia va revoir plusieurs fois le maître de cavalerie. S'il revient à plusieurs reprises, c'est pour la consulter, c'est pour connaître son avis et son appréciation, tout comme un préteur chargé du droit s'informe sur un point particulier auprès d'un jurisconsulte, tout comme un général partant pour la guerre recueille les conseils de plusieurs vieux centurions. C'est que les troubles politiques viennent de reprendre, avec une intensité particulière.

Un jeune tribun, Dolabella, agite de nouveau le peuple, au sujet de l'éternelle question des dettes. Comme autrefois Clodius, Dolabella s'est fait plébéien. Il a la sympathie du peuple. L'émeute gronde, des barricades et des tours de bois ont été dressées sur le Forum. *Fulvia soutient-elle ce mouvement ?* s'interroge le maître de cavalerie qui a la charge de l'ordre à Rome. À la suite de leurs entretiens, rien ne permet de l'affirmer. Alors, le second de César a les mains libres. Les troupes massées sur le Capitole descendent au Forum et chargent les émeutiers. Huit cents d'entre eux périssent dans les combats. L'alerte a été chaude, mais le calme revient.

En l'absence de César, le maître de Rome a le loisir de faire tout ce qu'il veut. Pourtant, sa vie déréglée, ses dépenses excessives, ses repas prolongés fort avant dans la nuit, ses promenades en état d'ivresse, ses sommeils en plein jour lui aliènent de nombreuses

---

173. Pharsale, en Grèce, où en 48 av. J.-C., César défit Pompée.

sympathies. *Voici un homme*, estime Fulvia, *dont le caractère n'est pas si ferme qu'on pourrait croire. Avec un peu d'adresse, on peut l'influencer.* Plutôt que le heurter de front, ne vaudrait-il pas mieux profiter de sa nonchalance présente, le gagner à sa cause à elle, et pour cela, en un mot, le séduire ? Fulvia, épouse du deuxième personnage de l'État...

C'est le retour de César qui va favoriser cette prise de décision importante. Mais, pour commencer, le dictateur entend prendre en mains les problèmes qui ont agité la cité en son absence. Sans désavouer Antoine pour ses mesures de fermeté, il ne sanctionne nullement Dolabella, car il estime partiellement fondé le mécontentement ambiant. Seulement, il y a deux sortes de débiteurs. Ceux qui, par mauvaise foi, trouvent le moyen de profiter sans fin de l'argent emprunté sans jamais mettre en gage leurs propriétés, et il y a les autres, qui ne peuvent faire mieux. Une première loi va les contraindre à vendre leurs biens jusqu'à concurrence de leur dette ; le scandale cessera, des riches qui gardent des villas luxueuses au soleil, sans faire honneur à leur signature. Mais il y a aussi les pauvres. Pour eux, la contrainte par corps est abolie, et l'on ne verra plus l'insolvable travailler comme un esclave pour le riche. Pendant trois ans, les intérêts ne seront pas perçus. En outre, le paiement des loyers les plus bas est suspendu pour une durée d'une année.

César, pense Fulvia, dépitée, *a trouvé là des solutions originales, équilibrées, intelligentes, au problème récurrent des dettes.* Cette conclusion, facile en apparence, qu'aucun de ses affidés, y compris elle-même, n'avait obtenue, la contrarie, car la plèbe maintenant ne jure que par César. Mais elle ne peut que l'accepter, puisqu'elle est le fruit d'une logique imparable et qu'elle porte la marque d'un grand esprit.

Le calme est revenu, mais César est conscient du fait que la conduite déréglée d'Antoine a failli tout gâcher et rendre le régime impopulaire. Il faut le remettre dans le droit chemin. César lui enjoint de modérer ses débauches. Il doit se marier. Or, il y a cette Fulvia, maîtresse occulte de la plèbe, qui depuis peu est veuve. Si Marc Antoine l'épouse, il sera possible de percer les intentions et les secrets de cette femme puissante. Assagir et observer Fulvia, voilà ce que souhaite obtenir César en lui donnant pour époux Marc Antoine, mari repenti de sa vie dissolue d'autrefois. Quant à Fulvia, elle entend bien mettre à profit cette situation nouvelle pour peser d'une façon différente mais efficace sur les décisions qui seront prises au plus haut niveau de l'État. C'est là la consécration de tous ses efforts. « Les désirs de César sont des ordres », dit Antoine, sans autre commentaire. Le mariage est prononcé.

Néanmoins, l'ordre nouveau auquel Fulvia se serait peut-être ralliée va être remis en cause par un événement que l'accumulation des victoires de César a rendu en apparence impossible aux yeux de tous : la réussite du complot que quelques hommes ont ourdi et dont la réalisation a été fixée aux prochaines ides de mars[174].

*
* *

« Fuyez ! Enfermez-vous ! »

En proie à une irrépressible panique, les gens couraient dans les rues, jetant au hasard de leur fuite des bribes d'informations incompréhensibles, s'arrêtant à peine pour rajuster une toge défaite ou emporter en hâte un enfant étonné qui ne savait que faire. La vague de cet affolement subit submergeait les rues, les îlots, les quartiers, les uns après les autres, et, comme elle atteignait le Palatin, Fulvia,

---

174. Les ides de mars correspondent au 15 mars dans le calendrier romain. C'était un jour festif dédié à Mars, dieu de la guerre.

que le sang-froid n'abandonnait jamais, fit fermer la lourde porte d'entrée, la fit renforcer de pesantes barres de fer et distribua des guetteurs aux fenêtres des étages. Marc Antoine était parti très tôt, ce jour des ides de mars, rejoindre César à la curie du Champ de Mars, où une séance devait avoir lieu. Il était prévu qu'il en revienne une fois la réunion terminée, en début d'après-midi. À travers les volets refermés, Fulvia, palpitante, perçut le nom du dictateur, mêlé à l'annonce d'un événement terrible, une bataille peut-être. Une inquiétude mortelle saisit l'épouse du lieutenant de César.

Une heure passa, d'une lenteur infinie. Les rues étaient désertes. Soudain, un groupe d'hommes en fuite déboucha par une rue latérale ; plusieurs poings frappèrent avec insistance l'une des portes secondaires.

« Ouvrez donc ! C'est Marc Antoine, votre maître ! »

Antoine, vêtu d'une simple tunique de plébéien, dissimulé sous la bure d'un manteau de voyage ! Il fit quelques pas et s'effondra sur l'un des bancs de l'atrium.

« César ! Assassiné ! » annonça-t-il d'une voix éteinte, tandis que la maisonnée accourait autour de lui. « Dans la curie même du Champ de Mars[175], par un groupe de félons dont plusieurs lui étaient redevables de nombre de bienfaits, et parmi lesquels figurait Brutus[176], en qui il avait toute confiance ! Pourquoi donc César avait-il licencié sa garde personnelle ? Pourquoi me suis-je laissé distraire par Trebonius[177], qui me retenait étrangement au dehors ? »

Le meurtre accompli, les assassins s'étaient élancés hors du bâtiment, agitant leurs poignards et leurs épées, avec des clameurs de victoire, et certains invoquaient, comme celui de leur recours ou de leur inspirateur, le nom de Cicéron. Autour de la curie, le désordre

175. La curie du Forum ayant été détruite dans les émeutes qui suivirent la mort de Clodius, on utilisait celle du Champ de Mars, bâtie par Pompée.
176. Brutus : sénateur et philosophe, considéré à tort comme le fils adoptif de Jules César.
177. Caius Trebonius (92-43 av. J.-C.) : tribun de la plèbe, puis légat en Gaule. Il épouse le parti de Jules César avant de participer à son assassinat.

devint indescriptible. Les épées luisaient, chacun s'efforçait, pour se mettre en lieu sûr, de gagner les issues du portique de Pompée. Abandonnant sa toge, Marc Antoine lui-même s'était enfui ; c'était une tunique de plébéien opportunément trouvée et revêtue à la hâte qui lui avait évité d'être massacré à son tour.

Fulvia fut la première à réagir. Une vérité nouvelle éclatait à ses yeux.

« Avant de se dessaisir de ses pouvoirs de dictateur, César t'avait fait élire consul. Tu es donc son successeur légitime, Marcus ! »

Consul en effet, Antoine restait le titulaire principal du pouvoir légal. Fulvia, épouse de celui qui devenait le premier personnage de l'État, comprit qu'elle devenait, en ce moment critique où tout pouvait sombrer, l'ultime soutien et le rempart moral essentiel à un homme traqué, assailli d'adversités et d'ennemis, pour reprendre l'initiative, repartir au combat et croire en la victoire.

II

« Agis donc ! exhortait Fulvia. Les soldats attendent tes ordres. Une grande partie du peuple ne demande qu'à te suivre ! »

Durant de longues heures, la Ville entière avait paru morte, mais à présent, dans la rue, une activité, prudente et circonspecte, paraissait revenir. Le consul se reprit. Il se fit porter une nouvelle toge, bordée de pourpre. Il envoya des serviteurs s'informer de ce qui se passait dans la Ville. Lorsqu'ils revinrent, la situation qu'ils décrivirent était celle d'une étrange torpeur. Brutus, Cassius, les autres conjurés, s'étaient retranchés sur le Capitole. C'était comme une veillée d'armes.

« Vois, Marcus : les gens se rassemblent peu à peu autour de ta maison. De vieux centurions, attendant tes ordres, se présentent déjà dans l'atrium à peine rouvert ; je reconnais aussi des plébéiens qui autrefois faisaient partie des décuries de mon malheureux Publius et viennent quérir des consignes.

– C'est bien : fort de ces soutiens, je vais, avant toutes choses, réunir le Sénat, dès demain, puisque telle est ma prérogative de consul, afin qu'il prenne le sénatus-consulte que la situation exige. »

Chaque camp, comme écrasé par le cataclysme qui était survenu, sortant à peine encore de sa stupéfaction première, observait l'autre, jaugeant son adversaire, comptant ses forces, dans l'impossibilité de discerner, si une conflagration avait lieu, quelles pourraient être ses chances.

*
* *

La séance du Sénat fut étonnamment calme et d'une rare gravité. Les sénateurs, les magistrats, les consulaires se montrèrent inhabituellement pondérés, courtois, respectueux.

« Ainsi, résuma Fulvia en fulminant, Brutus, Cassius et les autres, quittant leur abri du Capitole, se sont rendus à la curie ! Dans un discours d'apaisement ou, plutôt, d'excuses, ils ont admis publiquement que celui qu'ils ont assassiné était un grand homme ! En vérité, toutes les audaces leur sont permises ! Et ce maudit Cicéron, délivrant au peuple romain un message de concorde ! J'imagine l'air suave, narquois, doucereux qu'il devait avoir !

– Sans doute, mais en convoquant le Sénat dans les formes légales, j'ai obtenu un décret d'amnistie générale et, surtout, la nomination de Brutus et Cassius comme gouverneurs de provinces, ce qui va les éloigner et laisser la Ville entre nos mains.

– Ne soit donc pas naïf, Marcus ! D'évidence, quelque chose se trame contre nous quelque part ! Les meurtriers qui s'élançaient hors de la curie en brandissant leurs épées teintes de sang avaient bien le nom de Cicéron sur les lèvres ! Les propos lénifiants échangés au Sénat n'ont pour but que d'endormir notre méfiance, en attendant de nous supprimer, quand l'occasion s'en présentera ! Crois-moi, Marcus : Cicéron, déjà, était derrière Milon, j'en suis certaine, lorsque fut assassiné mon malheureux Clodius, et je ne suis pas assez crédule pour me figurer qu'il n'est pour rien dans le meurtre de César. »

Fulvia se tut : quelques jours tout au plus, et les circonstances elles-mêmes conduiraient Marc Antoine à montrer devant tous l'énergie et la détermination indispensables.

*
* *

Le jour des funérailles de César était venu. Après avoir parcouru lentement une grande partie de la Ville, le cortège funèbre, arrivant par la Voie sacrée, fit une halte dans la partie basse du Forum. C'était en face du temple des Dioscures, là où se trouvent les estrades des tribunaux et celle qui est réservée aux défenseurs du peuple, tout près du Lacus Curtius et de la chapelle ronde dédiée à Vénus Cloacina[178]. C'est là, donc, que la procession s'arrêta et que le corps fut exposé, à quelques pas du sanctuaire de Vesta, à la ferveur et au recueillement de tous.

Marc Antoine, gravement, monta à l'une des tribunes. L'éloge funèbre qu'il allait prononcer, il l'aurait voulu digne et modéré. Il entendait éviter de jeter aux quatre vents des germes de guerre civile. Mais il entendait tout près de lui les sanglots de Calpurnia, la veuve. Il percevait les noms de Brutus, de Cassius, de tous les autres conjurés, que des provocateurs avaient lancés et que la foule conspuait. Car, tout autour de la tribune, on voyait bien Lollius, Lucius, Fonteius, toute l'ancienne bande du Tuscus qui se trouvait spontanément reconstituée, comme les vétérans et les colons qui se regroupent d'instinct autour de leurs vieilles enseignes ; il y avait ceux de Subure avec leurs matraques à peine dissimulées et leurs épées sous les aisselles, et ceux de l'Aventin à la barbe hirsute, et tous les dépenaillés qui n'attendaient plus des mots, mais l'occasion tant espérée d'en découdre. Dans son apologie du grand défunt, Antoine retraça tout ce que César avait réalisé pour le peuple : le ravitaillement devenu régulier, les dettes ramenées à des proportions supportables, la création des colonies où les vétérans retrouveraient, indépendants et libres, leur honneur de travailleurs de la terre. Il rappela les immenses conquêtes, toutes les pages de gloire

178. Vénus : déesse de l'amour, de la séduction, de la beauté féminine.

de cet imperator secondé par les dieux, aimé de la Fortune, inspiré par Vénus toujours attachée à ses pas, et puis sa clairvoyance, la netteté de sa pensée, ses vastes projets, ses solutions admirables de génie et l'alternance savante entre sa fermeté et sa clémence, qui ralliait et séduisait les ennemis vaincus. Mais, reprenant, peut-être malgré lui, quelque slogan répété dans la foule, Antoine s'en prit directement cette fois aux assassins de celui qui méritait le titre de « Père de la patrie », qui, dès lors, devenaient coupables d'un véritable parricide.

À ce mot, les lamentations, les sanglots étouffés, les invocations aux dieux s'arrêtèrent. Devant la toge ensanglantée, déchirée, percée de coups, ce fut une explosion d'imprécations, de hurlements, d'appels au meurtre. Les survivants du temps de Catilina, les anciens des bandes de Clodius, les vieux soldats qui l'instant d'avant pleuraient, se saisirent des stalles, des tables et des bancs qui meublaient les tribunes, les brisèrent, les démembrèrent. Sur place, sans attendre l'arrivée au tombeau, ils confectionnèrent un bûcher, y mirent le feu et, lorsque les cendres de leur idole se furent dispersées dans l'espace, le raz-de-marée de leurs torches, comme une lave incandescente, déferla dans les rues, vers les maisons des conjurés, avide d'offrir en holocauste à leur divinité ses propres assassins.

*
* *

Les Brutus, les Cassius, les Casca, les Spinther, les Trebonius s'étaient enfuis. Mais Cicéron était resté. Cicéron, qui n'avait rien perdu de son influence sur les sénateurs ; Cicéron, allié de Brutus, sans aucun doute ; Brutus qui au loin, dans quelque province, trouverait des armées prêtes à le suivre ; Cicéron, guettant l'occasion d'utiliser son arme favorite, le « sénatus-consulte suprême[179] », celui qui jadis avait abattu les Gracques. Que réservait l'avenir ? Il convenait de sonder les intentions du consulaire, de déterminer si, au vu des rapports de force, le redoutable manœuvrier se prêterait de bonne grâce aux compromis indispensables au maintien de la paix civile. L'entrée dans la vie d'adulte de Publius, fils de Clodius et de Fulvia, et le rappel du banni Sextus Clodius, condamné à l'exil en même temps que Milon, fournit le prétexte à une adroite tentative.

Si, écrivait Marc Antoine à Cicéron, *devant un malheur comme celui de Sextus Clodius, vous demeurez inexorable (quant à la demande de rappel), je me résignerai, quoiqu'un autre devoir me soit tracé par les instructions de César. Mais, si vous prenez conseil de l'humanité, de la sagesse, de vos bons sentiments pour moi, vous vous laisserez toucher. Publius Clodius le fils est, quant à lui, un jeune homme plein d'avenir. Faites donc qu'il sache que, pouvant persécuter les amis de son père, vous ne vous y êtes point résolu. Ne m'empêchez pas d'élever cet enfant dans cette maxime dont je veux pénétrer sa jeune âme : point de haines héréditaires. Si je ne réussis pas dans cette démarche, je renonce à rappeler Sextus Clodius de mon chef. Vous voyez quelle est ma déférence à votre égard. Laissez-moi espérer qu'elle vous touchera.*

Cicéron adressa à Marc Antoine la réponse suivante :

Vous m'écrivez en termes si affectueux que j'en suis tout pénétré. Cet homme (Sextus Clodius), je le remets entièrement entre vos mains, mon cher Antoine, et je tiens la lettre que je viens de recevoir de vous comme le plus généreux et le plus flatteur de tous

179. C'est le sénatus-consulte ultimus : procédure qui conférait aux consuls, dans des cas d'extrême danger pour les institutions, des pouvoirs exceptionnels.

les procédés. Ce que vous souhaitez, je le ferai déjà pour vous complaire, mais je cède aussi, croyez-le bien, à ma nature et au penchant de mon cœur. Il n'y a pas de fiel en moi. On ne m'a pas vu me faire plus rigide et sévère que ne l'exigeait la raison d'État. Contre Sextus en particulier, je n'ai jamais donné aucun signe de haine. Je me suis fait une loi de ménager les amis de mes ennemis, surtout lorsqu'ils sont à terre.

Quant au jeune Publius, il vous appartient, comme vous le dites, de prévenir son âme contre les haines héréditaires.

Puisque vous voulez mon consentement pour une chose qui est absolument en votre pouvoir, faites valoir mon consentement au jeune Clodius, si telle est votre envie. Ce n'est pas que, quand je songe à mon âge et au sien, je ne puisse rien appréhender de sa part, ou que mon caractère recule devant les luttes. Car il faut dire que si toutes ces querelles ne m'ont pas fermé votre cœur, elles m'ont pourtant interdit votre maison.

Ce premier duel, à fleuret moucheté, dans lequel aucun des protagonistes n'oubliait, à tout hasard, de laisser voir ses griffes, était resté un échange courtois. Cicéron feignait d'oublier les vieux conflits. Adroitement, il cherchait à dissocier le modéré Antoine de l'implacable Fulvia. Si par nécessité il avait plié, sa retraite n'était que provisoire. Comme il l'écrivait un peu plus tard à son ami Atticus :

Je me suis montré accommodant, mais il est évident que, ce qu'Antoine s'est mis en tête d'obtenir avec mon assentiment, il était résolu à le faire même en cas de refus.

Les adversaires potentiels avaient commencé à s'évaluer, à apprécier les forces en présence, dans une paix armée qui, un jour ou l'autre, devait être rompue. Personne n'était dupe.

III

Le soleil rougeoyant disparaissait, découpant la silhouette des pins qui, telle de la noire dentelle, couronnaient le sommet du Janicule[180]. Les rumeurs venues du port faiblissaient, les tout derniers bateaux accostaient au pied de la rotonde du grand autel d'Hercule invaincu, près du marché aux bestiaux. Fulvia était assise sur le petit banc de pierre de la maison du Palatin, celui qui était comme lové dans une niche de feuillage au milieu du péristyle. C'était là, parmi les massifs et les lauriers, qu'elle venait trouver refuge près de son père, le maladroit, mais bon et généreux Bambalio, dont Cicéron aimait à se moquer, mais qui avait conquis l'amitié très sincère de Marc Antoine. C'était à l'endroit même où, dans un passé trop lointain, elle avait parlé pour la première fois à Publius Clodius.

La grande dame qu'elle était devenue, cette matrone redoutée, aux calculs mystérieux, on la décrivait souvent comme froide, secrète, insensible, et, pour ceux qui la voyaient dans l'attitude qu'elle se donnait en public et qui n'était pas sans rappeler celle de Sempronia, sa sécheresse de cœur et sa détermination implacable ne faisaient aucun doute. L'on savait bien que, chaque soir, dans la salle à abside qui dominait le Cirque Maxime, on pouvait l'apercevoir, par les fenêtres aux croisillons entrouverts, allant d'un buste à un autre de ses glorieux ancêtres, marchant d'une fresque à l'autre, tenant d'une main la menotte de Clodiola, sa fille, et de l'autre une

180. Janicule : colline située de l'autre côté du Tibre.

baguette. On devinait l'enfant écarquillant des yeux candides et répétant bribe après bribe la leçon qui imprimait, sur l'innocence de cette douce page blanche, le même étrange et destructeur devoir de mémoire et de haine.

Mais aurait-il fallu qu'elle laissât éclater aux yeux de tous son âme véritable, comme une mosaïque envoie les quatre saisons aux angles de sa composition ou bien disperse aux points cardinaux les aiguilles de la rose des vents ? Qu'elle laissât deviner ses doutes, ses peurs, ses hantises et ses effrois ? En effet, Fulvia était perpétuellement tourmentée : la haine des gens du Sénat s'arrêterait-elle à elle-même, ou bien se poursuivrait-elle sur la personne de son fils ? C'était son obsession, c'était là sa hantise. Car la guerre civile allait recommencer et les massacres ensanglanter Rome une nouvelle fois. Les maisons de campagne du lac Nemi et de la Campanie ne seraient plus des abris pour quiconque. Elles seraient confisquées, vendues aux enchères, les vaincus assassinés et leurs enfants, comme au temps de Sylla, poursuivis, exilés, dépouillés de leurs droits.

Lucius faisait les cent pas sous le péristyle qui entourait les jardins où songeait la domina. Marchant sous le portique, il pensait à son frère, qui avait combattu si longtemps et si loin, dans les Gaules. À cette heure, il devait être quelque part, sur le Rhin, commis comme tant d'autres à la garde de la nouvelle frontière. Et Lucius, qui allait et venait, le regard tourné à tout moment vers la dame de ce lieu, devinait également quelle était la détresse de celle-ci. Il avait entendu ses supplications lorsque, la veille, elle avait conjuré Antoine d'intervenir en faveur de son fils. L'adolescent encore insouciant et frivole avait, en riant, minimisé le danger, cherchant à écarter cette protection trop pesante qui l'accablait, puis était sorti, joyeux, courir avec ses compagnons les rues de Rome. C'était Lucius qui avait porté le message à son destinataire, et il avait bien vu le rictus que Tiron[181] affichait, hautain, en lui remettant la réponse. Maintenant il gardait les jardins, comme un soldat, car même ici, au plus profond de la pacifique retraite de Bambalio, un attentat était toujours possible.

« Hélas, mon pauvre enfant ! »

Elle voulut croire que l'épaisseur du bosquet de lauriers avait étouffé le bruit de son sanglot. Mais Lucius Laelius, le chien fidèle, avait bien entendu, et il s'était approché, discrètement.

« Sauf votre respect, domina, si votre ennui a quelque rapport avec la situation de votre fils, je connais le moyen d'y remédier. C'est chose aisée. Il suffit de confier votre jeune Publius à une *vexillatio*[182] en partance pour les Gaules et aux bons soins de mon propre frère. Tout le monde est au courant : mon frère est le centurion Laelius qui, le premier, en tête de l'armée, avait traversé le Rubicon. Votre mari a le pouvoir d'envoyer votre fils comme jeune tribun au milieu des soldats, où nul ne peut l'atteindre. »

Lucius avait raison. Il suffisait que Marc Antoine nommât son beau-fils à un poste quelconque, dans les Gaules à présent pacifiées, sous les ordres de Lépide, le fidèle de César, et à la garde du centurion le plus célèbre de l'armée. Après les heures d'angoisse qu'elle s'était infligées, et sous le coup de cette délivrance si soudaine et si complète, Fulvia fut sur le point de s'abandonner à Lucius, de reposer son front, un instant, sur cette épaule solide et secourable. Mais la hauteur de sa noblesse le lui interdisait. Lucius salua et s'éloigna, lentement.

---

181. Tiron : l'affranchi en qui Cicéron avait une grande confiance.

182. *Vexillatio* : troupe de soldats groupée provisoirement autour d'un *vexillum* (étendard), durant le temps d'un déplacement (permission d'hiver, par exemple).

*
* *

« César avait un fils », murmura Marc Antoine, dont le front tout à coup était devenu soucieux.

« Comment cela ? demanda Fulvia, qui ne comprenait pas encore.

– Un fils adoptif. Il a vingt ans : à peine plus que ton Publiolus que je viens d'envoyer aux bons soins de Lépide. Il a appris la mort de son père alors qu'il se trouvait à Apollonia, sur les bords de l'Adriatique. Il a débarqué à Naples il y a quelques jours et sollicite une entrevue.

– Attention ! avertit Fulvia. Tu connais l'importance de l'hérédité, à Rome : elle s'étend jusqu'aux réseaux de la clientèle. Qui a servi le père servira aussi le fils !

– Allons donc ! Ce garçon ne peut être dangereux : je l'inciterai à la patience et à la retenue. Il comprendra que, quelles que soient ses ambitions ultimes, il doit dans un premier temps me seconder dans la tâche que je me suis donnée de poursuivre l'œuvre de César. »

Marc Antoine se trompait. L'un et l'autre des deux époux ressentaient d'ailleurs, à l'approche de cette visite, comme un mauvais pressentiment, comme une sorte de malaise.

L'entrevue se passa mal. Loin d'être l'adolescent inexpérimenté et influençable qu'Antoine imaginait, Octave réclama haut et fort l'héritage matériel et moral de son père. Or, Antoine et Fulvia avaient obtenu, avec les archives et les projets de lois que gardait dans sa maison le grand défunt, la possession de son énorme fortune. Car le temps pressait : il fallait qu'Antoine prît sans délai les rênes de l'empire, en s'affirmant comme le continuateur immédiat du dictateur disparu ! Alors, Marc Antoine asséna à Octave que, dans son inexpérience, n'ayant aucun appui, n'étant élu à aucune magistrature légale, il ne pouvait en rien influer sur la marche des affaires, et il l'éconduisit. La vérité était que l'argent de César, comme celui du Trésor public, avait disparu, déjà, comme dans un feu de paille.

Les conséquences de cette mésentente ne se firent pas attendre.

« J'apprends, annonçait quelques jours plus tard Antoine à Fulvia, qu'Octave s'est abouché avec Cicéron, qui lui-même se rapproche des consuls aux ordres du Sénat.

– Ce qui fait de lui un allié objectif de Brutus, l'assassin de son père ! C'est un comble ! Cicéron, encore lui, manœuvre pour rassembler tous ceux qui sont contre toi et pour t'isoler ! Il est en passe de réussir, et cet intrus, cet enfant sans expérience, incapable d'attendre d'être adulte pour entrer dans la vie publique, le sert dans ses desseins !

– Le fils de César, constata Antoine sur un ton d'amertume, profite de ce que beaucoup d'anciens soldats me reprochent d'avoir laissé fuir les assassins de César. Ils croient que je renonce à le venger. Ils veulent que ce soit l'enfant de César qui les dirige, et cet Octave, tout enfant qu'il est, se montre capable de cacher la haine qu'il doit éprouver pour les meurtriers de son père et d'en faire abstraction ! »

Bientôt, on apprenait que Brutus était au milieu de ses légions ; qu'Octave visitait les camps militaires, séduisait les soldats, arrivait en Campanie où il réunissait autour de lui les vétérans de l'époque de son père.

« Il faut agir, avertissait Fulvia, sinon, ils feront ce qu'ils ont fait aux Gracques et à César : ils nous tueront. »

Des légions débarquaient à Brindes, revenant de Syrie. Marc Antoine, avec son frère Lucius et sa femme Fulvia, se porta à leur rencontre, espérant les gagner à sa cause.

« Si nous voulons survivre, nous sommes contraints de vaincre ! » soupira-t-il.

Il reprenait, à peu de choses près, les paroles même de Fulvia.

IV

Fulvia, avec stupéfaction, venait de découvrir à Brindes l'atmosphère inattendue du camp des légions qui arrivaient du royaume de Macédoine, en Grèce. Elle était bien différente de l'ambiance qu'on lui avait rapportée des cantonnements de la Gaule, dans lesquels on ne jurait que par César et où chacun aurait suivi l'imperator, de son vivant, jusqu'au bout du monde. Dans cette armée rentrée d'Orient, l'indiscipline dans les comportements, l'insulte aux lèvres, la menace dans les gestes étaient monnaie courante, et la tentation de la mutinerie, lancinante. Ces soldats-là, plus mercenaires que citoyens, n'avaient dans la pensée que combattre peu, gagner beaucoup, et se retirer tôt en ayant fait fortune. Comme au Forum les jours qui précèdent les émeutes, les hommes étaient vindicatifs, prompts à la révolte : Fulvia croyait revoir les vieilles bandes de Clodius, les armes en plus, mais ces bandes-là, elle ne les contrôlait pas.

Marc Antoine avait offert une gratification de cent deniers par tête pour se les attacher. Mais qu'était-ce que cela, quand le fils de César en offrait cinq cents ! Ce fut un concert de cris et de réclamations, qu'aucun tribun de la plèbe n'était là pour encadrer. Antoine voulut faire un exemple : il fit exécuter des hommes ; cela ne suffit pas. Il fit exécuter un centurion, qui tomba aux pieds même de Fulvia et l'éclaboussa de son sang ; l'assemblée peu convaincue et même pas effrayée se dispersa toute seule, plantant là Antoine au milieu de sa harangue. Le lendemain, deux légions entières s'étaient évaporées vers d'autres lieux, où on les payait mieux.

Avec ce qui restait, Marc Antoine décida de gagner Rome, au plus vite. Mais Octave, plus rapide, l'avait devancé et était entré dans la Ville avec ses légions levées en Campanie. On voyait bien qu'une alliance se précisait entre celui qui venait de prendre le nom de César Octavien et les troupes du Sénat, aux ordres des nouveaux consuls, Hirtius et Pansa. Et l'on devinait aisément que Cicéron qui, par prudence, accomplissait un voyage loin de Rome, encourageait en sous-main Brutus.

« Me voilà pris », explique Marc Antoine à son épouse, qui prend le même front soucieux qu'un officier d'état-major, « dans une sorte de tenaille : tandis que les consuls et Octavien, après m'avoir éloigné de Rome, se lancent à ma poursuite et arrivent par le Sud, Brutus cherche à me couper la route pour m'enfermer en Italie. Mon plan pour échapper à ce piège : nous jeter sur l'armée de Brutus, la détruire et tuer son chef – ainsi serait accompli le premier acte de la vengeance de César – ou lui "passer sur le ventre" et atteindre le Nord de l'Italie pour nous lier ensuite à l'armée des Gaules qui est prête à prendre mon parti et qui est sous les ordres de Lépide. »

Au cours des jours qui suivent, l'armée d'Antoine bouscule les troupes de Brutus et les rejette dans la ville de Modène. La place est aussitôt assiégée.

*
* *

« Je viens de recevoir, annonce Fulvia, la copie du discours que Calenus[183], cet allié précieux que nous avons à Rome, a prononcé devant le Sénat. Voici ce qu'il a répondu à Cicéron qui, comme on

183. Calenus : militaire et homme politique qui fut tribun de la plèbe, préteur, consul et proconsul.

sait, s'acharne à déclamer contre toi, qui es loin de la Ville, ces harangues pleines de fiel qu'on commence à appeler les "Philippiques". »

Les deux époux lisent et relisent ce courrier d'un genre nouveau qui les ravit.

« Avoir si bien su mettre en lumière, devant la plus haute assemblée, les détours et les tortueuses volutes des stratégies et des manigances du vieux consulaire ! Avertir ce jeune écervelé d'Octavien, s'il veut bien le comprendre, qu'il est manipulé par le vieux routier de la haute politique tout comme un pion de latroncules[184]. Notre ami Calenus assène à Cicéron en plein Sénat quelques vérités, entre autres celle du beau philosophe, toujours loin des combats, prêt en paroles à donner sa vie pour la République… mais à la conserver dans l'attente sans cesse différée d'un sacrifice plus beau encore. Calenus lui sert le même langage et les mêmes avanies que celles que le consulaire s'arroge d'habitude le droit d'infliger aux autres. Il n'a pas craint de développer au grand jour quelles sont les méthodes de sa duplicité tortueuse. Il n'a pas eu peur de l'attaquer, comme le fait souvent ce maître en matière de calomnies, sur sa propre vie privée : insinuations gratuites, mais qui portent quand même ! Cicéron, décrit et raconté avec le langage de Cicéron ! Et, il est vrai, ce que Cicéron dit des autres, on peut en dire de lui tout autant ! Décrire et raconter Cicéron avec le langage même qu'il utilise lorsqu'il parle des autres ! Cicéron et ses femmes ! Cicéron et sa fille ! Ah ! Les plaisantes révélations ! Les savoureux détails ! Calenus nous assure qu'après cette réplique, l'orateur a perdu son sang-froid et ne savait que dire : il était vert de rage ! »

Quelques jours plus tard, les armées d'Hirtius et d'Octavien débouchaient par la route de Bologne, au secours de Brutus. On savait que les troupes de l'autre consul, Vibius Pansa, approchaient aussi. Laissant son frère Lucius Antonius continuer le

184. Latroncules : sorte de jeux d'échecs.

siège de Modène, Antoine se tourna contre ces armées de secours. D'abord vainqueurs, tendant des embuscades meurtrières, ses troupes finirent, fatiguées des combats et des marches, par céder face aux légions ennemies. La situation était grave, l'armée d'Antoine presque encerclée. Ce fut la dernière réserve, la garde d'Antoine, la légion Alauda[185], qui rompit l'encerclement dans un ultime et pathétique effort, et, par cette brèche, les autres légions passèrent, échappant à un anéantissement presque certain.

Il était du devoir de Brutus de poursuivre avec vigueur cette armée en retraite, c'était même pour lui sa meilleure chance de salut ; mais il fut hors d'état de le faire, faute de cavalerie. S'il avait poussé vigoureusement jusqu'aux Alpes, s'il en avait fait occuper les cols, l'armée vaincue aurait été enfermée en Italie et c'en était fait de la résistance d'Antoine. Il n'en fut rien. Dès lors commença une incroyable odyssée.

Pour l'heure, Fulvia marchait dans la hantise de devoir revivre elle-même la défaite de son aïeul Caius Gracchus. Les récits de sa mère Sempronia restaient imprimés dans sa mémoire. Elle s'arrêtait sur le bord des routes, haranguant mieux qu'Antoine les légions qui restaient solides, exhortant les indécis, stimulant les traînards, guidant les égarés. À sa chevelure défaite qui flottait dans le vent, on croyait voir quelque gorgone échappée de la cuirasse de bronze d'un général. Et les soldats, parce que c'était une femme et qu'ils ne pouvaient pas déchoir, écoutaient, acclamaient, obéissaient et resserraient leurs rangs.

Autour de la cinquième légion Alauda, quatre autres légions se reformèrent. Les débris de plusieurs autres se rallièrent. Ceux qui n'avaient plus d'armes en ramassèrent ; ceux qui n'avaient pas

185. Cette légion « Alouette » était uniquement constituée de Gaulois ayant reçu la promesse de citoyenneté romaine.

d'enseigne en joignirent une. Sur le chemin, nombre de volontaires vinrent grossir les rangs. La cavalerie était intacte et ce fut Lucius Antonius, à la tête des Celtes, qui devança Brutus et occupa les cols. Mieux encore, trois légions de vétérans, dont les excellentes troupes avaient combattu à Pharsale sous les ordres d'Antoine, arrivaient, commandées par son ami Ventidius. Antoine, que ses ennemis décrivaient comme un débauché adepte des orgies romaines, s'était montré capable d'endurer, bien au-delà de ce qu'ils avaient cru possible, la faim, le froid, les marches forcées, les privations de toutes sortes.

Au terme d'une incroyable odyssée, Antoine, redevenu après cette succession de ralliements presque aussi fort qu'avant la défaite de Modène, parvenait à Forum Julii[186]. Le gouverneur de la province de Narbonnaise, Lépide, campait non loin, au milieu de ses légions. Influencé tantôt par les courriers d'Antoine, tantôt par ceux de Cicéron, il était fort indécis sur l'attitude à adopter à l'égard des fugitifs. Il se trouva que ce fut le jour même des ides de mars que ces derniers arrivèrent en vue de son camp. C'était un an tout juste après le meurtre tragique de leur imperator. Tous ceux qui avaient aimé César gardaient au fond du cœur le souvenir de cette date. Ceux du camp d'Antoine et ceux du camp de Lépide communiaient dans la même pensée. Les soldats de Lépide réclamaient à grands cris qu'on les laissât rejoindre les troupes et la cause d'Antoine. Quelle joie, lorsque Fulvia reconnut son propre fils, Publius Clodius, accompagné du célèbre centurion Laelius, parmi les tribuns que Lépide envoyait pour nouer les contacts avec leurs frères d'armes ! Et c'était Publius, le fils qu'elle avait envoyé dans les Gaules pour l'éloigner des dangers de Rome, qui par un renversement inopiné de circonstances, contribuait à la sauver !

186. Forum Julii : actuelle commune de Fréjus.

En Italie aussi, dans le même temps, la situation évoluait. Octavien, mécontent qu'on ne l'eût pas désigné comme consul, prenait ses distances à l'égard des sénateurs. Grâce aux bons offices de Lépide, il se montrait réceptif aux objurgations de Marc Antoine qui ne cessait de lui représenter les avantages d'une nouvelle union de tous les césariens contre les tenants du vieux pouvoir sénatorial.

« Une rencontre est prévue sur une île située au milieu de la rivière qui arrose Bologne, annonça Marc Antoine. Peut-être le jeune écervelé comprendra-t-il qu'il s'est laissé duper par le parti du Sénat ?

– Je connais, répondit Fulvia, le moyen de nous subordonner cet ambitieux adolescent. Laisse-moi agir, et nous le tiendrons sous peu, sans qu'il s'en rende compte, à notre discrétion. »

Fulvia réunit sous la tente du général les centurions les plus influents et quelques vieux soldats. Elle resta une longue heure avec eux. Rien ne transpira de cette réunion, mais les vétérans en sortirent à l'évidence satisfaits et le sourire aux lèvres.

L'île de Bologne offrait pour les négociateurs des garanties de sécurité suffisante. Les deux rivaux s'y rendirent seuls et sans armes, en présence de Lépide. À l'issue de cette entrevue, un accord était trouvé : les césariens se trouvaient à nouveau réunis et convenaient du fait qu'avant toute chose, il fallait punir ceux qui avaient assassiné César.

C'est alors que les soldats d'Antoine réclamèrent à grand cris, pour sceller cette alliance, un mariage entre les deux familles. César, autrefois, n'avait-il pas donné sa fille Julia à Pompée ? Comme saisissant cette occasion, Fulvia offrit sa fille Clodia en mariage à Octavien. Elle n'avait pas encore l'âge nubile, mais Octavien, de bonne grâce, accepta. En son for intérieur, le fils de César ne se faisait aucune illusion, ni sur le rôle que Fulvia attribuerait à sa fille, ni sur la solidité de cette union qui pourrait un jour être brisée, si nécessaire. Néanmoins, dans l'euphorie du moment, l'alliance parut de bon augure.

Les projets ambitieux qu'avait longtemps médités Fulvia prenaient corps. Elle-même et sa fille étaient en passe d'établir, pour les années qui s'ouvraient, une influence déterminante sur les deux plus hauts personnages de l'État. Mais surtout, elle avait obtenu une chose importante : une liste de ceux que l'on allait désormais proscrire et pourchasser avait été établie. Cicéron, qui, source de tous les maux, était l'un des premiers noms, était à la merci de Fulvia, toute-puissante.

V

Le palais, qui autrefois avait appartenu à Pompée le Grand, étendait ses portiques, ses exèdres[187] et ses plans d'eau sur la majeure partie du quartier des Carènes[188]. Son entrée majestueuse s'ouvrait en face du vieux temple de la Terre[189], et ses jardins, entourés de hauts murs, s'élançaient à l'assaut de la pente ouest de la colline de l'Oppius[190]. Marc Antoine, alors qu'il était maître de cavalerie, avait acquis sous la dictature de César cette propriété prestigieuse du grand homme déchu. Depuis l'issue honorable de la guerre de Modène, Fulvia et lui s'y étaient installés, narguant la vieille aristocratie qui se pelotonnait sur les contreforts du Palatin que l'on apercevait au loin. Les visites des magistrats titulaires des plus hautes fonctions s'y succédaient. Les scribes allaient et venaient, porteurs d'ordres immédiatement communiqués aux messagers partant pour les quatre coins du monde. Les ambassades, chargées de toutes sortes de présents, y venaient fébrilement quérir des assurances. Les clientèles mêlées des Antoine et des Fulvii s'y consumaient en protestations renouvelées d'hommage et de fidélité. Le soir venu, le grouillement et la bousculade de leur affairement laissaient place à la réception fastueuse des invités de marque et de la cour des habitués. Alors, c'était au tour des musiciens, des mimes, des danseuses et des bouffons de peupler les salons de marbre. Les

187. Exèdre : salle, souvent semi-circulaire, dotée de sièges, où l'on conversait.
188. Quartier des Carènes : s'étendant le long de la Voie sacrée, c'était un des plus splendides quartiers de Rome.
189. Temple dédié à Tellus, déesse de la Terre.
190. Oppius : élévation d'une des sept collines de Rome, l'Esquilin.

courtisans, amateurs d'anecdotes et de bons mots, ouvraient grand leurs oreilles : on savait que le maître de ces lieux aimait à taquiner ses invités de traits d'esprit, et l'on savait aussi qu'en retour il s'amusait avec simplicité des plaisanteries que l'on osait à son encontre. Et le cercle taquin animait jusque tard dans la nuit les repas plantureux qui se poursuivaient souvent jusqu'à l'aube.

Mais ce n'étaient ni les fêtes ni les plaisirs qui faisaient de l'ancien palais de Pompée le nouveau centre du monde. Depuis que le triumvirat des vengeurs de César avait couvert la Ville de sa chape de plomb et de revanche, dans les entrailles sombres et les secrets dédales de ce labyrinthe moderne, s'échafaudaient avec méthode les plans d'une éradication de toute opposition. Le palais des Carènes était le lieu sinistre et redouté où prenaient forme la traque des chefs de l'ancien parti sénatorial, la poursuite implacable des responsables, mais aussi de tous ceux que les dénonciations rendaient coupables d'avoir des biens que d'autres convoitaient. C'était là que s'élaboraient les listes de proscrits, là que les ennemis des hommes en place étaient dépouillés de leurs biens, exilés ou acculés au suicide. C'est là que Lucius Laelius, arraché à la vie paisible de sa ferme par un message impérieux de Fulvia, dut se rendre, toutes affaires cessantes, avant les nones de décembre[191].

Ce qui frappa dès l'abord Lucius de surprise et d'inquiétude, ce fut, lorsqu'il fut admis en sa présence, la métamorphose, la dureté des traits de Fulvia, au point qu'il se demanda un instant si c'était bien elle qui était devant lui. Ensuite, lorsqu'il se fut convaincu que c'était bien la domina à qui il devait allégeance, ce fut l'étrange et effrayant éclat de ses yeux, et la lumière nouvelle de triomphe absolu qui émanait d'elle, dont les rayons proclamaient la toute-puissance. Il n'était pas douteux que la convocation de Lucius avait un rapport

191. C'est-à-dire avant le 7 décembre.

avec la froide résolution de cette femme de poursuivre jusqu'au bout la traque implacable de ses ennemis, qu'elle s'était assignée comme son but ultime.

« Voici dix ans déjà, mon époux Publius Clodius, que tu servais et qui t'estimait grandement, te fit promettre de le venger si d'aventure on attentait à ses jours. Par un juste retour des choses, ses assassins sont aujourd'hui en fuite. L'heure est venue. »

Elle était accoudée sur un lit de travail, près d'une table de thuya des Gaules couverte de parchemins et de tablettes, dans l'attitude même qu'on voyait aux consuls. Derrière elle, un buste du dernier des Gracques, au milieu d'un feuillage de lierres, continuait d'inspirer, d'un regard vide, les pensées et les actes atroces de cette terrible femme. Lucius s'était raidi. Pour ses idées, par fidélité de clientèle, il avait, sans hésiter, fait le coup de poing, tiré l'épée, dans des combats de rues, milice contre milice, pour une juste cause. Il avait abattu Milon d'un coup de fronde, parce que Milon était sans aucun doute possible le véritable assassin de Clodius. Mais l'arme que, fortuitement, il avait employée ne lui conférait aucun titre de gloire. Il ne se sentait plus l'âme d'un nervi. Quelle mission de violence sans mérite cherchait-on à confier à son bras fatigué de frapper et à son esprit las de massacres, avide de repos ?

« Le grand coupable est mort de ma main, objecta Lucius, lorsque je l'abattis du haut des remparts de Compsa. »

Pour Fulvia, le véritable auteur de tous les complots n'était pas le gladiateur qui avait tenu l'arme, ni même celui qui avait dirigé les milices et dont la tête avait été fracassée par la fronde de Laelius. Elle s'emporta :

« Comment trouves-tu l'audace de prétendre que le responsable des malheurs de Rome ne serait plus ? À l'approche des triumvirs réconciliés, il s'est enfui de la Ville et cherche refuge en ce moment dans quelqu'une de ses propriétés du Latium[192] ou de la Campanie !

---

192. Latium : région d'Italie centrale.

L'homme de qui résultent toutes les guerres civiles, qui donna l'ordre de tuer Catilina, qui inspira le meurtre de mon malheureux époux, ne le vois-tu donc pas, c'est Cicéron ! Et si je t'ai fait venir, Laelius, c'est pour te donner l'ordre de le tuer. »

Les rugissements qu'elle éructait, échevelée, frémissante, un coin de bave aux lèvres, les gestes violents et saccadés qui l'agitaient n'avaient plus rien d'humain. Un poignard était là, posé en évidence sur une table de marbre, des sbires en éveil passaient et repassaient dans les couloirs en le toisant, en quête d'ordres. Lucius dut faire effort pour paraître impassible et il s'imagina pourtant pouvoir encore la raisonner.

« Cicéron est devenu un vieil homme. Il ne représente plus un danger pour les césariens réconciliés. Ses dernières épreuves l'ont usé. Une peine d'exil ne suffirait-elle pas ? Au reste, rien ne prouve que ce consulaire ait commandité le meurtre de notre Clodius. La rencontre tragique de Clodius et de Milon sur la via Appia était peut-être fortuite. »

Le souvenir de la perte de l'être cher, la peur sans cesse ravivée que l'on s'en prenne à ses enfants, l'angoisse permanente de la ruine, de l'exil et de la mort avaient depuis longtemps effacé de l'esprit de cette femme violente et tourmentée toute idée de nuance, de dialogue, de compromis.

« Est-ce de l'argent qu'il te faut ? »

Elle tira d'un coffre qui se trouvait près d'elle un sac de deniers, qu'elle lui jeta au visage. Toute idée de pardon, toute idée de clémence étaient devenues étrangères, stupéfiantes, impensables, à cette femme qu'habitaient l'obsession de la guerre civile et l'ivresse de la récente victoire. Les angoisses de la fuite de Modène, les affres d'une défaite frôlée et évitée de si peu, l'avaient transformée, en avaient fait une autre.

« Le laisser vivre, après ce qu'il m'a fait subir ? Crois-tu donc qu'il m'aurait épargnée, s'il avait été vainqueur ? »

Ses yeux s'animèrent d'un éclat fulgurant, que Lucius ne lui avait jamais vu : il lui traversa l'esprit que la grande dame était capable, dans sa fureur, dans son dépit, d'armer quelque autre sbire avec mission de supprimer le trop timide Lucius.

« Es-tu bien un homme du peuple, Laelius ? Ou bien ne l'es-tu pas ? Ou bien ne l'es-tu plus ? Dois-je encore te faire confiance, ou bien es-tu un ennemi ? »

Après une pause chargée d'implicites menaces, quand l'attitude de Lucius lui eût montré qu'elle pouvait compter une fois encore sur son obéissance passive, Fulvia reprit :

« Un cheval t'attend. Rends-toi dans toutes les villas dans lesquelles le fugitif a pu chercher asile. Ta monture te permettra de devancer sans peine les patrouilles légionnaires lancées à sa recherche. Fais vite, et rapporte-moi sa tête : c'est le dernier ordre et le dernier conseil que je te donne ! »

Le ton était glacial. Une menace à peine voilée pesait sur celui-là même à qui incombait l'odieuse et inutile mission. Alors il dit :

« J'obéirai, dame Fulvia. »

Et il sortit, lentement. Et ce ne fut qu'une fois sorti de cet antre de fauves et échappé des griffes de cette sorte de tigresse, que Lucius respira.

Lucius monta à cheval et sortit de la Ville par la porte Latine. En quelques heures, il atteignit les abords du lac de Nemi. La villa de Tusculum n'avait guère changé d'aspect, depuis qu'il avait, jadis, surpris dans son parc une conversation d'importance et enlevé un courrier sur l'ordre de Fulvia. La villa était déserte. Témoins d'une fuite précipitée, des rouleaux de livres, des parchemins gisaient ou voletaient çà et là, dispersés par le vent. Il descendit la pente herbeuse jusqu'à l'île aux roseaux. Seule la brise de décembre sifflait dans les rangées de peupliers. Lucius courut vers le sud, à Arpinum. C'était la petite cité où le grand homme était né. Ici, l'on aimait Cicéron. Lucius questionna, sans illusion. Les gens, méfiants, hostiles, évitaient de répondre. Il n'insista pas. Coupant alors par les chemins de traverse, il galopa jusqu'à Formies. Le lendemain, il arrivait en vue de la villa que possédait Cicéron à l'entrée de cette localité. On la voyait de loin, juchée dans son bois de cyprès sur la hauteur qui dominait la mer.

Mais, alors qu'il s'apprêtait à en gravir la pente, il aperçut une forte troupe d'esclaves qui, entourant une riche litière, sortait de la villa. Cicéron, en effet, avait résolu ce matin-là de tenter le tout pour le tout. Par le petit port de Gaëte, tout proche, il pouvait, s'il trouvait un navire, prendre la mer et, si les vents étaient favorables, rejoindre Brutus et Cassius, qui poursuivaient au loin la lutte contre les triumvirs. Lucius Laelius, au pas de son cheval, la terrible falcata battant sa cuisse, montait lentement la même pente, à la rencontre du cortège. Sur un grand arbre mort, au bord du chemin, du côté de la mer, trois corbeaux silencieux et sombres semblaient monter la garde. La litière approchait. Dans un instant, il faudrait la croiser. Ce n'était pas que Lucius craignît Fulvia, ni par ailleurs qu'il n'eût pour le vieil homme qui venait une quelconque haine. Mais les obligations de clientèle sont un refuge qui abolit les convictions personnelles, atténuent les cas de conscience, excusent les actes les plus cruels. Se conformer à ce devoir implacable d'obéir était si simple. Pourtant, il lui parut que le grand homme qu'on l'avait chargé de tuer méritait une forme de justice.

« Si les corbeaux s'envolent vers la gauche, augura Lucius, c'est que les dieux auront voulu condamner l'ennemi de Fulvia. »

À ce moment, l'un des corbeaux sautilla vers la gauche, tourna un œil vers ses deux congénères, comme s'il les consultait, émit un croassement lugubre, et il battit des ailes. Lucius saisit le pommeau de la falcata et tira l'arme à demi. Le vol des trois oiseaux passerait au-dessus de la litière. Mais les deux autres corbeaux, comme si l'idée de quelque sacrilège les eût épouvantés soudain, poussèrent des croassements bien plus horribles encore. À grands claquements d'ailes, ils s'élevèrent dans les airs et partirent à droite, vers la mer, et l'autre, comme honteux, les suivit. Lucius rengaina. Il se rangea sur le côté du chemin et la voiture passa, dans le grincement indifférent de ses moyeux cerclés d'argent, tandis qu'on entendit, venant de l'intérieur, une voix noble et claire qui dictait calmement quelque chose de grave. La villa de Formies était à quelques pas, en haut de cette pente. Lucius la trouva pareillement désertée. Un terre-plein bordé d'ifs s'étendait devant le grand portail d'entrée. La course folle qu'il avait fournie depuis trois jours, la lutte intérieure qu'il avait dû livrer contre lui-même l'avaient exténué. Libéré, il aspira à pleins poumons l'air qui venait du large.

En contrebas, roulant sur le chemin caillouteux qui descendait vers le port, la voiture et son escorte atteignaient les premières maisons de Gaëte. Lucius observa que, le long du quai, un assez gros navire était amarré et il lui sembla que l'équipage s'activait pour un départ imminent. Il n'était pas fréquent qu'à Gaëte fissent relâche des bateaux de transport : pourtant, ce matin-là, il y avait celui-là. Avec satisfaction, Lucius reconnut la litière qui s'engageait sur le quai. Un transbordement hâtif eut lieu. Les rames dirigèrent le bateau jusqu'au petit môle. L'orateur naviguait-il vers son exil, ou de nouveaux espoirs ? Cela importait peu : dans quelques instants, Lucius reprendrait par la bride le cheval qu'il laissait encore paître. Il n'aurait qu'à dire à la dame qui l'avait envoyé qu'il était arrivé trop tard, et ce serait fini. Là-bas, la voile salvatrice se gonflait.

Mais tout à coup, le vent fraîchit. La mer devint mauvaise. Malgré tous les efforts, le vent contraire ramenait le bateau vers le port. Au terme d'une âpre lutte, le vaisseau dut rentrer à Gaëte. Par une décision nouvelle et incompréhensible, les dieux, semblait-il, s'opposaient maintenant à ce que vive le grand homme. La litière et son cortège, doucement, remontaient vers Formies, ramenant vers la villa celui qu'avait abandonné Neptune[193]. Atterré, Lucius ne

193. Neptune : dieu de la mer.

savait plus quels auspices il devait suivre. Au-dessus de lui, les trois mêmes corbeaux passèrent en ligne droite, oracle muet qui livrait Lucius à lui-même. Pétrifié, figé, le cœur battant à se rompre, il se mordit les lèvres.

Et puis soudain, une galopade effrénée, venue par quelque autre chemin, déboucha sur l'esplanade. Un tribun militaire donna des ordres brefs. Les cavaliers fondirent sur la voiture qu'ils entourèrent. Les esclaves, avec un admirable ensemble et une fidélité à toute épreuve, avaient sorti leurs glaives. La voix claire de Cicéron s'éleva, leur intimant l'ordre de baisser leurs armes. Autour de la litière, les deux groupes, mêlés, étaient compacts. On entendit alors comme une sorte de dispute, une dernière altercation, où le timbre vibrant et pur que chacun connaissait élevait une ultime protestation. Il y eut encore de vaines imprécations, des cris d'horreur et de malédictions, et puis les hurlements de triomphe de cette soldatesque. Chargés de leur sanglant butin, les cavaliers disparurent vers la route de Rome.

VI

Octave et Marc Antoine partirent ensemble pour la Grèce combattre les armées de Brutus et de Cassius[194], et ils laissèrent Rome, en apparence à la garde de leur collègue Lépide, mais en réalité courbée sous l'autorité de cette femme puissante et redoutée qu'était Fulvia. Nul n'avait oublié l'horrible spectacle de la tête et des mains de Cicéron, assassiné, clouées sur les Rostres, ni les choses plus effroyables encore qui avaient été rapportées : Fulvia insultant le visage de l'orateur défunt, perçant la langue avec les épingles de sa chevelure, et Antoine s'esclaffant avec ostentation, pour ne pas demeurer en reste et provoquer l'ire de sa femme. Octave et Marc Antoine étaient absents, mais l'atmosphère de terreur était restée la même. L'épouse d'Antoine avait pris en charge les affaires publiques et s'en acquittait comme il l'eût fait lui-même. Rien ne se décidait au Sénat ni à l'assemblée du peuple sans son assentiment. Par le truchement officiel de Lucius, frère d'Antoine, elle dirigeait pratiquement Rome en sous-main, sans qu'intervînt jamais un Lépide que l'on savait sans volonté. La nouvelle de la victoire de son époux combla les attentes de Fulvia. Quatre armées considérables, de dix légions chacune, s'y étaient affrontées et c'était son mari qui avait pris la part la plus active à tous les combats. Seulement, ce fut pour Fulvia le dernier triomphe.

Octavien avait pris le chemin du retour. Le bruit courait qu'une maladie très grave l'avait frappé et que son existence même ne tenait

194. C'est la bataille de Philippes (septembre à octobre 42 av. J.-C.), où au cours de deux affrontements successifs, Octavien et Antoine vainquirent Brutus et Cassius.

qu'à un fil. Les esprits avisés sentaient bien qu'il y avait là quelque stratégie secrète, et ce qui retenait l'attention, c'était qu'Antoine quant à lui semblait prendre plaisir à s'attarder en Orient.

*
* *

La lettre que Fulvia vient de recevoir d'Antoine a quelque chose d'étrange. Les affaires de l'Orient semblent être pour lui une nouvelle passion, tout ce qui se passe là-bas paraît l'accaparer. Une guerre possible contre les Parthes retient son attention. Elle répond aussitôt.

Tu te laisses abuser, assure-t-elle dans sa clairvoyance, *si tu tiens pour vraie l'indisposition d'Octavien. Je ne le crois nullement malade. Sa lenteur est calculée. Il compte bien que tu t'attardes à des expéditions lointaines. Il manœuvre pour avoir en ton absence le contrôle de Rome, se réserver la fidélité des meilleures légions, conserver les ressources des provinces les plus riches et les plus peuplées : pourquoi lui as-tu abandonné la Gaule ? Ne vois-tu pas qu'il veut nous séparer ?*

Mais les allusions répétées et insistantes aux nécessités de la politique purement romaine ne reçoivent que des réponses distraites et évasives. Elle sent bien que son mari est mû par d'autres désirs, d'autres projets, d'autres rêves. Bientôt, la nouvelle se répand qu'Antoine a rencontré, au cours d'une ambassade fastueuse, Cléopâtre, cette belle et spirituelle reine de l'Égypte dont César, en son temps, s'était entiché lui aussi au point de l'installer à Rome même. Antoine, dit-on, vit à Alexandrie[195], et là-bas, ce ne sont plus, paraît-il, que fêtes interminables et grandioses.

---

195. Alexandrie était la capitale de l'Égypte.

La bibliothèque d'Alexandrie ne se limite pas à une grande et silencieuse salle de lecture. Elle constitue à elle seule une aile entière du palais royal, qui s'étend sur la majeure partie de la presqu'île du Lochias. De fait, elle se compose d'une succession de portiques qui s'organisent, chacun, autour d'une exèdre dans laquelle on peut prendre des repas fastueux, tout en profitant des livres qui sont à la portée de la main. On y écoute les lectures données par les auteurs et les plus grands savants. Sur tous les rivages de la Méditerranée, elle est connue pour être l'un des hauts lieux de la culture. Les jardins sont peuplés de palmiers, de bambous et d'autres arbres exotiques et, depuis les fenêtres, on aperçoit l'île d'Antirhodos et le gigantesque phare, qui est l'une des Sept Merveilles du monde. Il est exact que dans ces lieux la reine Cléopâtre organise des banquets au cours desquels Antoine aime à se montrer. Mais aujourd'hui Antoine est irrité. Il tient dans sa main une missive venue de Rome. Il a envie de la froisser, tant les récriminations de sa femme l'indisposent, mais un scrupule le retient.

Ne crois pas, répond-il d'une écriture nerveuse, *que je me désintéresse des affaires de l'Italie ; l'expédition contre les Parthes, durant laquelle je me suis couvert de gloire, a renforcé l'empire et a permis d'aguerrir mes légions ; si cela s'avérait nécessaire, elles seraient en mesure de s'opposer à celles d'Octavien.*

De fait, Antoine a menti. La campagne contre les Parthes s'est terminée par un échec. La trop fameuse cavalerie ennemie, par une audacieuse manœuvre de contournement, a attaqué l'arrière-garde de la colonne romaine et détruit le matériel de siège. En conséquence, la mise au pas du dangereux voisin est remise à plus tard. Antoine s'interroge : sa présence en Orient est-elle utile ? Ne s'est-il pas fourvoyé dans une impasse ? Dans son dos, la voix d'un serviteur s'élève, respectueuse : « La reine vous attend, Seigneur. »

Antoine tressaille et remet de l'ordre dans sa toge. On ne résiste pas à la convocation de l'ensorceleuse Cléopâtre.

*
* *

Que faire, se demande Fulvia, *pour ouvrir les yeux d'Antoine et l'obliger à sortir de son indifférence et de sa torpeur ?* Fulvia a remarqué les visites de plus en plus fréquentes de ses « clients », venus de toute l'Italie ; ils se plaignent d'être les victimes d'une nouvelle forme de spoliations. En effet, les vieux soldats de la conquête des Gaules et de la guerre civile estiment qu'ils ont accompli leur temps de service. Ils veulent être démobilisés. Ils réclament des terres. Mais les terres issues de la conquête sont désormais attribuées. Dans ces conditions, le licenciement de plus de vingt légions et l'établissement de dizaines de milliers de colons ne peuvent plus être réalisés que par la dépossession d'autres propriétaires terriens, cette fois en Italie même. Conflit latent qui, à terme, ne peut que s'aggraver.

En manœuvrant avec habileté, Fulvia peut tirer profit de cette situation et contraindre l'amant de Cléopâtre à renouer avec le ciel de l'Italie.

« Des incidents graves, assurent les membres de la ligue des propriétaires venus rencontrer Fulvia, se produisent partout, non seulement à Rome, mais dans toute l'Italie.

– Soyez sûrs que, affirme leur interlocutrice, révoltée par l'injustice qui vous est faite, je suis déterminée à vous soutenir. Mais Rome est tenue solidement par les soldats d'Octavien. C'est à Préneste, où nous serons plus en sécurité, que notre résistance doit s'organiser. »

Préneste est une petite ville, située non loin de Rome. Fulvia s'y rend sans tarder. Elle s'y installe. Elle s'insurge en public contre les spoliations d'Octavien. Et avec quelle fougue ! C'est merveille de l'entendre, c'est merveille de la voir ! De nombreux citoyens dépossédés de leurs terres la rejoignent. Elle s'y entoure de sénateurs, de chevaliers décidés à une résistance. Lucius Antonius, le frère d'Antoine, est consul cette année-là.

« En l'absence de mon époux retenu en Égypte, suggère-t-elle à son beau-frère, une occasion s'offre à vous, si vous voulez être un grand homme. Prenez donc avec moi, ouvertement, la défense de tous ces gens. »

Lucius Antonius ne peut qu'accepter. Dès lors, Fulvia entreprend ce que personne n'osait croire possible. Non seulement on la voit délibérer avec son propre Sénat sur les affaires publiques, comme si elle était elle-même le consul, mais, digne représentante de son mari absent, après avoir réuni sept légions entières équipées grâce à sa fortune personnelle, elle se montre chaque jour l'épée au côté, organisant et haranguant cette armée qui est la sienne. Dans cette conjoncture, il semble impossible qu'Antoine se détourne plus longtemps du sort de ses anciens soldats, du peuple de Rome, de sa femme et de son frère.

C'est une véritable sécession qui menace donc Octavien. Il y répond avec subtilité et détermination. En premier lieu, sa diplomatie conforte le triumvir resté en Égypte dans l'espérance d'une gloire orientale ; il promet de lui envoyer des légions, pour une prochaine guerre contre les Parthes. Ces troupes, bien sûr, ne parviendront jamais à leur destination. Ensuite, il répudie Clodia, qu'il renvoie à sa mère : l'alliance de façade qu'il avait consentie avec Fulvia est ainsi rompue. Adroitement, il se prépare au conflit italien en dissociant le triumvir égyptien de sa redoutable épouse.

Les rares nouvelles que Fulvia reçoit d'Antoine ne témoignent toujours que de l'irrésolution et de l'inaction du familier de la cour de Cléopâtre. Comme les signes avant-coureurs d'une prochaine guerre civile se précisent, elle persuade Lucius, son beau-frère, de réunir ses maigres troupes, de les compléter des propriétaires italiens qui viennent le rejoindre de toutes parts et de se frayer un chemin vers la Gaule, où il ralliera les vieilles légions, au nom de Marc Antoine. C'est le plan qui a réussi deux ans plus tôt, au cours de la guerre de Modène. C'est la seule stratégie possible. Elle ne pèche que par son évidence. Les généraux d'Octavien n'ont guère de peine à barrer aux troupes de Lucius Antonius et de Fulvia le chemin de la Gaule et à les rejeter sur la ville de Pérouse, non loin de Rome, où elles sont contraintes de s'enfermer.

La place est naturellement forte et bien approvisionnée ; les volontaires ne cessent d'affluer que lorsque la cité se trouve totalement investie, et même encore la cavalerie de Lucius Antonius, laissée à dessein dans les campagnes alentour, continue d'effectuer sur les arrières de l'ennemi des raids efficaces.

Les exploits de ceux qui t'attendent, communique Fulvia à son mari à travers les lignes ennemies, *sont sans pareils, mais ils seront vains si tu ne viens pas sans tarder au secours de ton frère. Je te conjure encore une fois de ne pas te désintéresser des affaires de l'Italie, car si tu commets cette erreur, Octavien, par la suite, t'anéantira sans la moindre difficulté.*

En casque et en cuirasse, comme une guerrière véritable, elle a pris place sur le mur d'enceinte pour observer les péripéties des combats. Deux soldats l'encadrent : leurs boucliers la protègent des projectiles. Voici qu'une balle de fronde rebondit, tout près de son visage. Elle ramasse l'objet en forme de fuseau. Elle le ramasse. Sur un côté, une inscription dans laquelle son nom est mentionné, avec une allusion obscène. Elle le rejette avec mépris.

Au terme de quatre mois de siège, Pérouse, minée par la famine, se rendit. La plupart des habitants furent mis à mort, de même que beaucoup de sénateurs de Rome qui s'y trouvaient. La ville fut livrée aux flammes. Lucius Antonius fut à peu près le seul qui parvint à obtenir la grâce d'Octavien. Fulvia, elle, reçut du vainqueur – sur le point de devenir l'empereur Auguste – l'ordre de quitter l'Italie. Elle se tourna vers son espoir ultime. Elle quitta secrètement Préneste où elle s'était retirée et, emmenant ses enfants, Caius, fils de Curion, et Iulus, fils d'Antoine, dont elle avait la garde, elle résolut de gagner la Grèce. Là, elle se faisait forte de rejoindre Marc Antoine, de le reconquérir, de le persuader de suivre enfin ses véritables intérêts et de reprendre, avec l'armée d'Orient, la lutte interrompue contre la puissance d'Octavien.

VII

Lorsque les événements ou bien les traditions d'une lignée ont fait de nous les obligés d'une grande famille, il est de notre devoir de suivre et seconder notre protecteur jusque dans les heures les plus noires que lui impose l'adversité. Telle était la conviction de Lucius Laelius. Un esclave envoyé par Fulvia était venu le quérir au fond de sa petite terre au bord du lac Fucin. Chassée d'Italie par un affreux coup du sort, Fulvia le priait, dans son message, de suivre l'esclave, de la rejoindre à Brindes et de bien vouloir veiller sur elle au cours du voyage qui la conduirait à la ville de Sicyone, dans le golfe de Corinthe[196]. Ce n'était pas un ordre. Ce n'était plus une exigence. C'était une prière. Alors, il s'arma encore une fois de son inséparable machère, se couvrit de sa pèlerine et rejoignit la dame qu'il servait peu avant qu'elle ne s'embarque pour la Grèce.

À l'extrémité d'une presqu'île, une villa d'apparence assez simple couronnait le modeste promontoire de Sicyone. Fulvia s'arrêta à cet endroit, pour y attendre Marc Antoine qui devait l'y rejoindre. Par-delà les campagnes parsemées de bosquets d'ifs et de champs d'oliviers, on distinguait, sur sa hauteur, l'acropole de Corinthe et, de l'autre côté du golfe sillonné de voiliers, s'alignait une imposante chaîne de montagnes.

Conformément à ce qui avait été convenu, Marc Antoine se rendit lui aussi au rendez-vous de Sicyone. Mais l'entrevue ne fit

---

196. Golfe de Corinthe : dans le Péloponnèse. Territoire grec devenu une colonie romaine importante.

que mettre en lumière une série de désaccords. La villa résonna des récriminations de Fulvia contre les hésitations d'Antoine. Il avait, reprochait-elle, laissé échapper l'opportunité que lui avait offerte l'insurrection des propriétaires terriens de reprendre pied en Italie. Antoine la morigénait au contraire d'avoir compromis une situation d'équilibre satisfaisante et fomenté des troubles aux conséquences incalculables. Les excuses qu'il donnait à son inaction masquaient mal son désintérêt pour la politique italienne et la passion qu'il éprouvait pour les charmes de l'Orient. Lorsque, rendu à des ardeurs plus belliqueuses par les objurgations de Fulvia, il partit enfin vers l'Italie avec sa flotte de guerre, il montrait encore une bien peu ferme résolution. Au moment du départ, elle sentit bien qu'il la regardait comme on regarde une dernière fois et, en regardant s'éloigner les deux cents voiles de ce qui ressemblait plus à une parade navale qu'à une véritable expédition guerrière, Fulvia douta que leur puissance pût résister aux manœuvres de la diplomatie d'Octavien.

Alors, Sicyone devint un lieu de solitude et de désolation abandonné de tous. L'enfant qu'elle avait eu de Curion avait été enlevé à Fulvia. Iulus avait suivi son père, Antoine. Clodia, répudiée, cherchait ailleurs une seconde fortune. Une immense lassitude de la vie envahit celle qui avait influé si longtemps sur la vie politique de Rome. Depuis qu'elle avait reçu d'Antoine une lettre l'informant qu'il la répudiait, pour épouser la sœur d'Octavien, un mal mystérieux, insidieux, l'affaiblissait. Elle ne s'alimentait plus que sur les insistances des quelques esclaves qui lui restaient fidèles. Elle n'avait pas quarante ans, mais Lucius, qui de jour en jour constatait son déclin, la voyait devenir ridée, hagarde et vieille. Antoine n'avait laissé aucune garde, et c'était Lucius qui assurait seul une surveillance régulière autour de la villa. Attentif à la moindre approche suspecte, il redoutait un assassinat de la dame qu'il protégeait par Octavien, peut-être même par Antoine. Serait-ce par le fer ? Serait-ce par le poison ?

Quelques jours après le départ de la flotte, Lucius effectuait dans l'enceinte de la villa une de ses rondes habituelles. À travers l'entrecolonnement du portique, il apercevait, par intermittence, Fulvia qui, au milieu d'un grand salon, restait étendue sur les coussins d'un lit de repos. Elle paraissait extrêmement pâle et d'une grande faiblesse. Lorsqu'il passa devant l'entrée de ce salon, il ne remarqua pas le petit poignard de femme à manche d'or, à demi dissimulé près d'elle dans les replis des étoffes. Il visita avec la plus grande attention chacune des pièces qui s'ouvraient sur le péristyle, puis il se dirigea vers les jardins. Coupant à travers des bosquets de lauriers-roses, l'allée centrale se terminait par un belvédère qui dominait le golfe. Scrutant chaque massif, Lucius traversa l'esplanade dans toute sa longueur et parvint au belvédère. Là s'achevait son inspection.

Il s'apprêtait, après un dernier coup d'œil circulaire, à retourner sur ses pas, lorsqu'il aperçut, en contrebas, un homme de haute taille qui paraissait chercher quelque chose. L'apparition fut fugitive, car le passant, s'engageant dans le chemin qui montait en contournant la villa, disparut, masqué par la rangée de cyprès qui bordait le sentier. Était-ce une vision ? Était-ce le résultat d'une vieille obsession qui l'avait poursuivi à travers les années ? Non, ce ne pouvait tout de même pas être lui... Pourtant, c'était bien lui. Birria, en quelques enjambées, avait escaladé la pente. Il trouva non gardée l'entrée de la villa. Il visita, une à une, les pièces qu'avait fouillées Lucius. Puis il passa dans les jardins, en empruntant, dans sa méconnaissance des lieux, l'allée principale.

Sa ronde achevée, Lucius retournait lentement, par une desserte latérale, lorsqu'il entendit un pas inhabituel qui crissait sur le sable de la grande allée. Birria avait marché jusqu'au belvédère qui terminait les jardins par un à-pic sur la mer. Birria, depuis longtemps affranchi par Milon, dirigeait maintenant une école de gladiateurs ; il cherchait ce jour-là un esclave en fuite qui avait pu trouver refuge sur cette côte. Mais Lucius n'en savait rien, et Birria, ignorant absolument que Fulvia fût ici, était passé non loin de la dame au teint pâle allongée sur le lit, sans la reconnaître. Lucius avait, lui, identifié aussitôt l'intrus qui parcourait la villa avec cette assurance tranquille et cette provocante impunité. C'était bien l'homme qui, autrefois, avait été pour Clodius et pour Fulvia un ennemi mortel. C'était l'homme qu'on lui avait fait promettre de tuer. Birria entendit la course de Lucius qui résonnait sur le gravier comme une charge de soldat. Lassé d'exécutions, fatigué de meurtres, l'affranchi, avec un soupir, dégagea son épée et dégaina, posément.

Sans boucliers, le combat serait très bref. Ils restèrent ainsi un court instant, face à face, dans la rotonde du belvédère. Et ce furent trois éclairs qui se succédèrent. Le gladiateur se fendit, sa lame chercha la poitrine du garde de Fulvia. Mais la falcata, plus vive, s'abattit sur le bras qui s'avançait. Le bruit métallique d'un objet lourd chutant sur le sol fit comprendre à Lucius que le poignet avait été tranché et que l'arme était tombée, heurtant les dalles. Et, sans à-coup et dans le même geste, le sabre en un simple revers atteignit le gladiateur à la gorge. Son regard parut chercher au loin quelque explication vaine, et puis il se figea. Mais il ne tomba pas. Ce fut une dernière poussée qui le fit basculer dans le vide. Lucius perçut le son mat du corps atteignant les rochers, et puis ce fut un grand silence.

En une course folle, Lucius traversa l'esplanade, franchit le péristyle et atteignit le grand salon. Fulvia reposait à l'endroit même où il l'avait laissée. Mais elle était plus pâle encore. Son poignet blanc baignait dans un petit bassin qui peu à peu se remplissait de sang. Alors il remarqua le discret poignard de femme à manche d'or, qui était tout près d'elle. « Publius ! » murmura-t-elle, dans un dernier sursaut. Elle entrevit au milieu d'un brouillard le fidèle

Lucius Laelius qui, les yeux cerclés de larmes et de sang, cherchait à lui montrer une épée au pommeau d'argent. L'épée du gladiateur. Alors elle exhala : « C'est bien. » Et lentement, elle ferma les yeux, tandis qu'au pied du promontoire, le roulement régulier des vagues commençait de bercer le sommeil de la grande dame de Rome qui dormait pour toujours.

FIN

QUELQUES DATES DANS LA VIE DE FULVIA

Ier SIÈCLE AVANT JÉSUS-CHRIST

- 80 ? Naissance de Fulvia.
- 62 Scandale des Damia (dans lequel est mêlé Clodius).
- 62 ? Mariage de Fulvia et Clodius.
- 59 César est élu consul.
- 58 Clodius est élu tribun de la plèbe ; début de la guerre des Gaules.
- 57 Clodius domine Rome ; exil temporaire de Cicéron.
- 55 Cicéron est rappelé par le Sénat.
- 52 Assassinat de Clodius.
- 51 Fin de la guerre des Gaules.
- 50 Mariage de Fulvia et Curion.
- 49 Coup d'État de César contre le Sénat.
- 48 Mort de Curion ; César vainc Pompée et l'armée sénatoriale à Pharsale.
- 47 Fulvia épouse Marc Antoine.
- 44 Assassinat de César.
- 43 Guerre de Modène (Marc Antoine contre les assassins de César).
- 42 Victoire de Marc Antoine et Octavien contre les meurtriers de César.
- 41 Guerre de Pérouse (Fulvia contre Octavien) ; exil de Fulvia.
- 40 Mort de Fulvia en exil.

BIBLIOGRAPHIE

OUVRAGES MODERNES

Bernard Romain, « Le Rôle des femmes des imperatores et des triumvirs dans les guerres civiles de la fin de la République romaine », *Histoire*, 2019.

Carcopino Jérôme, *Histoire romaine*, Presses universitaires de France, 1940.

Cels Saint-Hilaire Janine, « Publius Clodius, ses amis, ses partisans, sous le regard de Cicéron », *Dialogues d'Histoire ancienne*, 2005.

Nicolet Claude, *Le Métier de citoyen dans la Rome républicaine*, Gallimard, 1988.

Virlouvet Catherine, *Fulvia, la pasionaria*, Rome-Bari, 1994.

TEXTES ANCIENS

Appien, *Histoire romaine*, liv. XII : *La Guerre de Mithridate*, Les Belles Lettres, 2001.

Appien, *Les Guerres civiles à Rome*, Les Belles Lettres, 1993.

Asconius, commentaire au *Pro Milone* de Cicéron, site Philippe Remacle, 1916.

César Jules, *La Guerre civile*, liv. II, Les Belles Lettres, 1936.

Cicéron, *Epistulae Ad Familiares*, site Philippe Remacle, 63 à 43 av. J.-C.

Cicéron, *De Domo sua*, plaidoirie, site Philippe Remacle, 57 av. J.-C.

Cicéron, *La Réponse des haruspices*, discours, site Philippe Remacle, 56 av. J.-C.

Cicéron, *Les Philippiques,* série de quatorze discours, site Philippe Remacle, 44 à 43 av. J.-C.

Cicéron, *Lettres à Atticus*, recueil, site Philippe Remacle, 68 à 43 av. J.-C.

Cicéron, *Pro Milone,* plaidoyer, site Philippe Remacle, 52 av. J.-C.

Cicéron, *Pro Sestio*, plaidoyer, site Philippe Remacle, 56 av. J.-C.

Cicéron, *Pro L. Flacco*, plaidoyer, site Philippe Remacle, 59 av. J.-C.

Cicéron, *De legibus,* traité des Lois, site Philippe Remacle, 52 av. J.-C.

Dion Cassius, *Histoire romaine*, liv. 39-48, Les Belles Lettres, 1994.

Lucain, *Pharsale*, livr. I, site Philippe Remacle, 1740.

Plutarque, *Vie d'Antoine,* Les Belles Lettres, 2015.

Plutarque, *Vie de Pompée*, Hachette, 1845.

Plutarque, *Vie de Cicéron,* Hachette, 1857.

Pline l'Ancien, *Histoire naturelle*, liv. XXXVI, E. Littré, 1850.

Salluste, *Conjuration de Catilina,* récit, site Philippe Remacle, 43 av. J.-C.

Tite-Live, *Histoire romaine*, liv. CXX (fragment), Les Belles Lettres, 2003.

Valère Maxime, *Faits et dits mémorables*, liv. III, Les Belles Lettres, 1995.

Varron, *De l'agriculture*, livre I, traité, éditions Errance, 2003.

Velleius Paterculus, *Histoire romaine*, liv. II, Les Belles Lettres, 1982.

Virgile, *Les Géorgiques*, liv. II, poème, site Philippe Remacle, 37 à 30 av. J.-C.

TABLE DES MATIÈRES

RETROUVEZ DANS LA MÊME COLLECTION
DESTINS DE FEMMES

Dans ses yeux, la musique,
roman d'Emmanuelle de Verdilhac, 2025

J'ai choisi la tempête, récit de Marie Chamming's,
2025 (première édition en 1965)

DANS LA MÊME COLLECTION
ROMANS HISTORIQUES

Marie de Beaujeu, roman Élisabeth Bourgois, 2025 (première édition en 2004)

Numéro d'édition : 25L1145
Achevé d'imprimer en septembre 2025 en France
par SEPEC Numérique, 1 Rue Prony, 01960 Péronnas
pour le compte des Éditions du Triomphe
Dépôt légal : octobre 2025

Ce livre est composé de matériaux issus de forêts bien gérées,
certifiées PEFC et d'autres sources contrôlées.

IMPRIM'VERT®

PEFC
10-31-3532